मैंगोरिल

मैंगोसिल

उदय प्रकाश

वाणी प्रकाशन

वाणी प्रकाशन

4695, 21-ए, दरियागंज, नयी दिल्ली 110 002

फ़ोन : +91 11 23273167 फ़ैक्स : +91 11 23275710

शाखाएँ

अशोक राजपथ, पटना 800 004, बिहार

कॉफ़ी हाउस कैम्पस, महात्मा गांधी मार्ग, इलाहाबाद 211 001, उत्तर प्रदेश

महात्मा गांधी अन्तरराष्ट्रीय हिन्दी विश्वविद्यालय, वर्धा 442 001, महाराष्ट्र

सुल्तानिया रोड, मोतिया पार्क, भोपाल 462 001, मध्य प्रदेश

www.vaniprakashan.com
marketing@vaniprakashan.in
sales@vaniprakashan.in

MANGOSIL
by Uday Prakash

ISBN : 978-93-87648-40-1
Collection of Stories

प्रथम संस्करण 2017
द्वितीय संस्करण 2020

सिटी प्रेस, दिल्ली-110 095 में मुद्रित

वाणी प्रकाशन का लोगो मक़बूल फ़िदा हुसेन की कूची से

अनुक्रम

तिरिछ

इस घटना का सम्बन्ध पिताजी से है। मेरे सपने से है और शहर से भी है। शहर के प्रति जो एक जन्म-जात भय होता है, उससे भी है।

पिताजी तब पचपन साल के हुए थे। दुबला शरीर। बाल बिल्कुल मक्के के भुए जैसे सफेद। सिर पर जैसे रुई रखी हो। वे सोचते ज़्यादा थे—बोलते बहुत कम। जब बोलते तो हमें राहत मिलती, जैसे देर से रुकी हुई साँस निकल रही हो। साथ-साथ हमें डर भी लगता। हम बच्चों के लिए वे एक बहुत बड़ा रहस्य थे। हमें पता था कि संसार के सारे ज्ञान की तिजोरी उनके पास है। हम जानते थे कि संसार की सारी भाषाएँ वे बोल सकते हैं। दुनिया उनको जानती है और हमारी तरह ही उनसे डरती हुई उनका सम्मान करती है।

हमें उनकी सन्तान होने का गर्व था।

कभी-कभी, वैसे ऐसा सालों में एकाध बार ही होता, वे शाम को हमें अपने साथ टहलाने कहीं बाहर ले जाते। चलने से पहले वे मुँह में तम्बाकू भर लेते। तम्बाकू के कारण वे कुछ बोल नहीं पाते थे। वे चुप रहते। यह चुप्पी हमें बहुत गम्भीर, गौरवशाली, आश्चर्यजनक और भारी-भरकम लगती। छोटी बहन कभी उनसे रास्ते में कुछ पूछना चाहती तो फौरन मैं उसका जवाब देने की कोशिश करता, जिससे पिताजी को न बोलना पड़े।

वैसे यह काम काफ़ी मुश्किल और जोखिम भरा होता, क्योंकि मैं जानता था कि अगर मेरा जवाब ग़लत हुआ तो पिताजी को बोलना पड़ जायेगा। बोलने में उन्हें परेशानी होती थी। एक तो उन्हें तम्बाकू

की पीक निकालनी पड़ती थी, फिर जिस दुनिया में वे रहते थे, वहाँ से निकलकर यहाँ तक आने में उन्हें एक कठिन दूरी तय करनी पड़ती थी। वैसे बहन के सवालों में कोई ख़ास बात होती नहीं थी। जैसे वह यही पूछ लेती कि सामने छिउले की सूखी टहनी पर बैठी उस चिड़िया को क्या कहते हैं? मैं चूँकि सारी चिड़ियों को जानता था, इसलिए बता सकता था कि वह नीलकंठ है और दशहरे के दिन उसे ज़रूर देखना चाहिए। मेरी पूरी कोशिश रहती कि पिताजी को आराम रहे और वे सोचते रहें।

मेरी और माँ की, दोनों की पूरी कोशिश रहती कि पिताजी अपनी दुनिया में सुख-चैन से रहें। वहाँ से उन्हें जबरन बाहर न निकाला जाये। वह दुनिया हमारे लिए बहुत रहस्यपूर्ण थी, लेकिन हमारे घर की और हमारे जीवन की बहुत-सी समस्याओं का अन्त पिताजी वहीं रहते हुए करते थे। जैसे जब मेरी फ़ीस की बात आयी, उस समय हमारा आख़िरी गिलास भी गुम गया था और सब लोग लोटे में पानी पीते थे। पिताजी दो दिन तक बिल्कुल चुप रहे। माँ को भी शक हुआ था कि पिताजी फ़ीस की बात बिल्कुल भूल गये हैं या फिर इसका हल उनके वश की बात नहीं। लेकिन तीसरे दिन, सुबह-सुबह पिताजी ने मुझे एक पत्र लिफ़ाफ़े में रखकर दिया और शहर के डॉक्टर पन्त के पास भेजा। मुझे बहुत आश्चर्य हुआ जब डॉक्टर ने मुझे शरबत पिलाया, घर के भीतर ले जाकर अपने बेटे से परिचय कराया और सौ-सौ के तीन नोट मुझे दिये।

हम पिताजी पर गर्व करते थे, प्यार करते थे, उनसे डरते थे और उनके होने का अहसास ऐसा था, जैसे हम किसी क़िले में रह रहे हों। ऐसा क़िला, जिसके चारों ओर गहरी नहरें खुदी हुई हों, बुर्ज बहुत ऊँचे हों, दीवारें सख़्त लाल चट्टानों की बनी हुई हों और हर बाहरी हमले के सामने हमारा क़िला अभेद्य हो।

पिताजी एक ख़ूब मज़बूत क़िला थे। उनके परकोटे पर हम सब कुछ भूलकर खेलते थे, दौड़ते थे। और, रात में ख़ूब गहरी नींद मुझे आती थी।

लेकिन उस दिन शाम को, जब पिताजी बाहर से टहलकर आये तो उनके टखने में पट्टी बँधी थी। थोड़ी देर में गाँव के कई लोग वहाँ आ गये। पता चला कि पिताजी को जंगल में तिरिछ (विषखापर, एक ज़हरीला लिज़ाड) ने काट लिया है।

हम सब जानते थे कि तिरिछ के काटने पर आदमी बच ही नहीं सकता। रात में, लालटेन की धुँधली-मटैली रौशनी में गाँव के बहुत से लोग हमारे आँगन में जमा हो गये थे। पिताजी उनके बीच थे, ज़मीन पर बैठे हुए। फिर पास के गाँव का चुटुआ नाई भी आया। वह अरण्ड के पत्ते और कण्डे की राख से ज़हर उतारता था।

तिरिछ एक बार मैंने देखा था।

तालाब के किनारे जो बड़ी-बड़ी चट्टानों के ढेर थे, और जो दोपहर में ख़ूब गर्म हो जाते थे, उनमें से किसी चट्टान की दरार से निकलकर वह पानी पीने तालाब की ओर जा रहा था।

मेरे साथ थानू था। उसने बतलाया कि वह तिरिछ है, काले नाग से सौ गुना ज़्यादा उसमें ज़हर होता है। उसी ने बताया कि साँप तो तब काटता है, जब उसके ऊपर पैर पड़ जाये या कोई जब ज़बरदस्ती उसे तंग करे। लेकिन तिरिछ तो नज़र मिलते ही दौड़ता है। पीछे पड़ जाता है। उससे बचने के लिए कभी सीधे नहीं भागना चाहिए। ढेढ़ा-मेढ़ा चक्कर काटते हुए, गोल-मोल दौड़ना चाहिए।

दरअसल जब आदमी भागता है तो ज़मीन पर वह सिर्फ़ अपने पैरों के निशान नहीं छोड़ता, बल्कि हर निशान के साथ वहाँ की धूल में अपनी गन्ध भी छोड़ जाता है। तिरिछ इसी गन्ध के सहारे दौड़ता है। थानू ने बतलाया कि तिरिछ को चकमा देने के लिए आदमी को यह करना चाहिए कि पहले तो वह बिल्कुल पास-पास कदम रखकर, जल्दी-जल्दी कुछ दूर दौड़े, फिर चार-पाँच बार ख़ूब लम्बी-लम्बी छलाँग दे। तिरिछ सूँघता हुआ दौड़ता आयेगा। जहाँ पास-पास पैर के निशान होंगे, वहाँ उसकी रफ़्तार ख़ूब तेज़ हो जायेगी—और जहाँ से आदमी ने छलाँग मारी होगी, वहाँ आकर वह उलझन में पड़ जायेगा। वह इधर-उधर तब तक भटकता रहेगा, जब तक उसे अगले पैर के निशान और उसमें बसी गन्ध नहीं मिल जाती।

हमें तिरिछ के बारे में दो बातें और पता थीं। एक तो यह कि जैसे ही वह आदमी को काटता है, वैसे ही वह वहाँ से भागकर किसी जगह पेशाब करता है और उस पेशाब में लोट जाता है। अगर तिरिछ ने ऐसा कर लिया तो आदमी बच नहीं सकता। अगर उससे बचना है तो तिरिछ के पेशाब में लोटने के पहले ही, ख़ुद किसी नदी, कुएँ या तालाब में डुबकी लगा लेनी चाहिए या फिर तिरिछ के ऐसा करने के पहले ही उसे मार देना चाहिए।

दूसरी बात यह कि तिरिछ काटने के लिए तभी दौड़ता है, जब उससे नज़र टकरा जाये। अगर तिरिछ को देखो तो उससे कभी आँख मत मिलाओ। आँख मिलते ही वह आदमी की गन्ध पहचान लेता है और फिर पीछे लग जाता है। फिर तो आदमी चाहे पूरी पृथ्वी का चक्कर लगा ले, तिरिछ पीछे-पीछे आता है।

मैं भी तमाम बच्चों की तरह उस समय तिरिछ से बहुत डरता था। मेरे दुःस्वप्न के सबसे ख़तरनाक पात्र दो ही थे—एक हाथी और दूसरा तिरिछ। हाथी तो फिर भी दौड़ता-दौड़ता थक जाता था और मैं पेड़ पर चढ़कर बच जाता था या फिर उड़ने लगता था, लेकिन तिरिछ—उसके सामने तो मैं किसी इन्द्रजाल में बँध जाता था। मैं सपने में कहीं जा रहा होता तो अचानक ही किसी जगह वह मिल जाता, उसकी जगह तय नहीं होती थी। कोई ज़रूरी नहीं था कि वह चट्टानों की दरार में, पुरानी इमारतों के पिछवाड़े या किसी झाड़ी के पास दिखे—वह मुझे बाज़ार में, सिनेमा हॉल में, किसी दुकान या मेरे कमरे में ही दिख सकता था।

मैं सपने में कोशिश करता था कि उससे नज़र न मिलने पाये, लेकिन वह इतनी परिचित आँखों से मुझे देखता कि मैं अपने-आपको रोक नहीं पाता था और बस, आँख मिलते ही उसकी नज़र बदल जाती थी—वह दौड़ता था और मैं भागता था।

मैं गोल-गोल चक्कर लगाता, जल्दी-जल्दी पास-पास डग भरकर अचानक ख़ूब लम्बी-लम्बी छलाँगें लगाने लगता, उड़ने की कोशिश करता, किसी ऊँची जगह पर चढ़ जाता, लेकिन मेरी हज़ार कोशिशों के बावजूद वह चकमा नहीं खाता था। वह मुझे बहुत घाघ, समझदार,

चतुर और ख़तरनाक लगता। मुझे लगता कि वह मुझे ख़ूब अच्छी तरह से जानता है। उसकी आँखों में मेरे लिए परिचय की जो चमक थी, उससे मुझे लगता कि वह मेरा ऐसा शत्रु है जिसे मेरे दिमाग़ में आने वाले हर विचार के बारे में पता है।

मेरा सबसे खौफ़नाक, यातनादायक, भयाक्रान्त और बेचैनी से भरा यही सपना था। भागते-भागते मेरा पूरा शरीर थक जाता, फेफड़े फूल जाते, मैं पसीने में लथ-पथ होकर बेदम होने लगता और एक बहुत ही डरावनी, सुन्न कर डालने वाली मृत्यु मेरे बिल्कुल क़रीब आने लगती। मैं ज़ोरों से चीख़ता, रोने लगता। पिताजी को, थानू को या माँ को पुकारता और फिर मैं जान जाता कि यह सपना है। लेकिन यह पता चल जाने के बावजूद मैं अच्छी तरह से जानता कि तब भी मैं अपनी इस मृत्यु से नहीं बच सकता। मृत्यु नहीं—तिरिछ द्वारा अपनी हत्या से—और ऐसे में मैं सपने में ही कोशिश करता कि किसी तरह मैं जाग जाऊँ। मैं पूरी ताक़त लगाता, सपने के भीतर आँखें खोलकर फाड़ता, रोशनी को देखने की कोशिश करता और ज़ोर से कुछ बोलता। कई बार बिल्कुल ऐन मौक़े पर मैं जागने में सफल भी हो जाता।

माँ बतलाती कि मुझे सपने में बोलने और चीख़ने की आदत है। कई बार उन्होंने मुझे नींद में रोते हुए भी देखा था। ऐसे में उन्हें मुझे जगा डालना चाहिए, लेकिन वे मेरे माथे को सहलाकर मुझे रज़ाई से ढँक देती थीं और मैं उसी खौफ़नाक दुनिया में अकेला छोड़ दिया जाता था। अपनी मृत्यु—बल्कि अपनी हत्या से बचने की कमज़ोर कोशिश में भागता, दौड़ता, चीख़ता।

वैसे धीरे-धीरे मैंने अनुभवों से यह जान लिया था कि आवाज़ ही ऐसे मौक़े पर मेरा सबसे बड़ा अस्त्र है, जिससे मैं तिरिछ से बच सकता था। लेकिन दुर्भाग्य से, हर बार इस अस्त्र की याद मुझे बिल्कुल अन्तिम समय पर आती थी। तब, जब वह मुझे बिल्कुल पा लेने वाला होता। अपनी हत्या की साँसें मुझे छूने लगतीं, मौत के नशे से भरे एक निर्जीव, लेकिन डरावने अँधेरे से मैं घिर जाता, लगता मेरे नीचे कोई ठोस आधार नहीं है—मैं हवा में हूँ और वह पल आ जाता, जब मेरे

जीवन का अन्त होने वाला होता। तभी बिल्कुल इसी एक बहुत ही छोटे और नाज़ुक पल में मुझे अपने इस अस्त्र की याद आती और मैं ज़ोर-ज़ोर से बोलने लगता और इस आवाज़ के सहारे मैं सपने से बाहर निकल आता। मैं जाग जाता।

कई बार माँ मुझसे पूछती भी कि मुझे क्या हो गया था। तब मेरे पास इतनी भाषा नहीं थी कि मैं उन्हें सब कुछ, एक-एक चीज़ उसी तरह बता पाता। अपनी इस असमर्थता के बारे में मुझे ख़ूब पता था और इसी वजह से मैं एक अजीब से तनाव, बेचैनी और असहायता से भर जाता। अन्त में हारकर इतना ही कह पाता कि "बहुत डरावना सपना था।"

जाने क्यों मुझे शक था कि पिताजी को उसी तिरिछ ने काटा था, जिसे मैं पहचानता था और जो मेरे सपने में आता था।

लेकिन एक अच्छी बात यह हुई थी कि जैसे ही वह तिरिछ पिताजी को काटकर भागा, पिताजी ने उसका पीछा करके उसे मार डाला था। तय था कि अगर वे फौरन उसे नहीं मार पाते तो वह पेशाब करके उसमें ज़रूर लोट जाता। फिर पिताजी किसी हाल में न बचते। यही वजह थी कि पिताजी को लेकर मुझे उतनी चिन्ता नहीं रह गयी थी, बल्कि एक तरह की राहत और मुक्ति की ख़ुशी मेरे भीतर धीरे-धीरे पैदा हो रही थी। कारण, एक तो यही कि पिताजी ने तिरिछ को तुरन्त मार डाला था और दूसरा यह कि मेरा सबसे ख़तरनाक, पुराना परिचित शत्रु आख़िरकार मर चुका था। उसका वध हो गया था और अब मैं अपने सपने के भीतर, कहीं भी, बिना किसी डर के सीटी बजाता घूम सकता था।

उस रात देर तक हमारे आँगन में भीड़ रही। पिताजी की झाड़-फूँक चलती रही। काटे के ज़ख़्म को चीरकर ख़ून भी बाहर निकाला गया और कुएँ में डालने वाली लाल दवा (पोटेशियम परमैंगनेट) ज़ख़्म में भरी गयी। मैं निश्चिन्त था।

अगली सुबह पिताजी को शहर जाना था। अदालत में पेशी थी। उनके नाम सम्मन आया था। हमारे गाँव से लगभग दो किलोमीटर दूर

से निकलने वाली सड़क से शहर के लिए बसें गुज़रती थीं। उनकी संख्या दिन भर में मुश्किल से दो या तीन थी। ग़नीमत थी कि पिताजी जैसे ही सड़क तक पहुँचे, शहर जाने वाला पास के गाँव का एक ट्रैक्टर उन्हें मिल गया। ट्रैक्टर में बैठे हुए लोग पहचान के थे। ट्रैक्टर दो-ढाई घण्टे में शहर पहुँच जाने वाला था यानी अदालत खुलने से काफ़ी पहले।

रास्ते में तिरिछ वाली बात चली। पिताजी ने अपना टखना उन लोगों को दिखलाया। ट्रैक्टर में पण्डित राम औतार भी थे। उन्होंने बतलाया कि तिरिछ के ज़हर की एक खासियत यह भी है कि कभी-कभी यह चौबीस घण्टे बाद, ठीक उसी वक़्त, जिस वक़्त पिछले दिन तिरिछ काटता है, अपना असर दिखाता है। इसलिए अभी पिताजी को निश्चिन्त नहीं होना चाहिए। ट्रैक्टर के लोगों ने पिताजी का ध्यान एक और बड़ी ग़लती की ओर खींचा। उनका कहना था कि यह तो पिताजी ने बहुत ठीक किया कि तिरिछ को फ़ौरन मार डाला, लेकिन इसके बाद भी तिरिछ को यों ही नहीं छोड़ देना चाहिए था। उसे कम-से-कम जला ज़रूर देना चाहिए था।

उन लोगों का कहना था कि बहुत से कीड़े-मकोड़े और जीव-जन्तु रात में चन्द्रमा की रोशनी में दुबारा जी उठते हैं। चाँदनी में जो ओस और शीत होती है, उसमें अमृत होता है और कई बार ऐसा देखा गया है कि जिस साँप को मरा हुआ समझकर रात में यों ही फेंक दिया जाता है, उसका शरीर चाँद की शीत में भीगकर दुबारा जी उठता है और वह भाग जाता है। फिर वह हमेशा बदला लेने की ताक में रहता है।

ट्रैक्टर के लोगों को शक था कि कहीं ऐसा न हो कि रात में जी उठने के बाद तिरिछ पेशाब करके उसमें लोट जाये। ऐसा हुआ तो चौबीस घण्टे बीतते-बीतते, ठीक उसी घड़ी के आने पर, तिरिछ का जानलेवा ज़हर पिताजी पर चढ़ना शुरू हो जायेगा। उन लोगों ने सलाह भी दी कि पिताजी को वहीं से वापस लौट जाना चाहिए और अगर संयोग से उस तिरिछ की लाश उसी जगह पड़ी हुई हो, तो उसे अच्छी तरह जलाकर राख कर देना चाहिए। लेकिन पिताजी ने उन्हें बताया कि पेशी कितनी ज़रूरी थी। यह तीसरा सम्मन था और अगर इस बार

भी वे अदालत में हाज़िर न हुए तो ग़ैर-ज़मानती वारंट निकलने का डर था। पेशी भी हमारे उसी मकान को लेकर थी, जिसमें हमारा परिवार रह रहा था। वकील को पिछले दो बार की पेशी में फ़ीस भी नहीं दी जा सकी थी और कहीं अगर उसने लापरवाही दिखला दी और जज सनक गया तो वह हमारी कुड़की-डिक्री भी करवा सकता था।

विचित्र स्थिति थी कि अगर पिताजी उस तिरिछ की लाश को जलाने के लिए ट्रैक्टर से उतरकर वहीं से गाँव लौट आते तो ग़ैर-ज़मानती वारंट के तहत वे गिरफ़्तार कर लिए जाते और हमारा घर हमसे छिन जाता। अदालत हमारे ख़िलाफ़ हो जाती।

लेकिन पण्डित राम औतार एक वैद्य भी थे। ज्योतिष पंचांग के अलावा उन्हें जड़ी-बूटियों की भी बड़ी गहरी जानकारी थी। उन्होंने सुझाया कि एक तरीक़ा ऐसा है, जिससे पिताजी पेशी में हाज़िर भी हो सकते हैं और तिरिछ के ज़हर से चौबीस घण्टे के बाद बच भी सकते हैं। उन्होंने बताया कि चरक का निचोड़ इस सूत्र में है कि विष ही विष की औषधि होता है। अगर धतूरे के बीज कहीं मिल जायें तो वह तिरिछ के ज़हर की काट तैयार कर सकते हैं।

अगले गाँव सामतपुर में ट्रैक्टर रोक दिया गया और एक तेली के खेत में धतूरे के पौधे आख़िरकार खोज निकाले गये। धतूरे के बीजों को पीसकर उसे ताँबे के पुराने सिक्के के साथ उबालकर काढ़ा तैयार किया गया। काढ़ा बहुत कड़वा था, इसलिए उसे चाय में मिलाया गया और पिताजी को वह चाय पिला दी गयी। इसके बाद सभी निश्चिन्त हो गये। एक बहुत बड़े ख़तरे से पिताजी को निकालने की कोशिश हो रही थी।

वैसे मुझे तिरिछ के बारे में तीसरी बात भी पता थी, जो पिताजी के जाने के कई घण्टे बाद अचानक याद आ गयी थी। यह बात साँप की उस बात से मिलती-जुलती थी, जिसके फलस्वरूप आगे चलकर कैमरे का आविष्कार हुआ था।

यह माना जाता था कि अगर कोई आदमी साँप को मार रहा हो तो अपने मरने से पहले वह साँप, अन्तिम बार अपने हत्यारे के चेहरे को पूरी तरह से, बहुत ग़ौर से देखता है। आदमी उसकी हत्या कर रहा

होता है और साँप टकटकी बाँधकर उस आदमी के चेहरे की एक-एक बारीकी को अपनी आँख के भीतरी पर्दे में दर्ज कर रहा होता है। साँप की मृत्यु के बाद साँप की आँख के भीतरी पर्दे पर उस आदमी का चित्र स्पष्ट दर्ज हो जाता है।

बाद में, आदमी के जाने के बाद उस साँप का दूसरा जोड़ा जाकर उस मरे हुए साँप की आँख के भीतर झाँकता है और इस तरह वह हत्यारा पहचान लिया जाता है। सारे साँप उसे पहचानने लगते हैं। फिर वह कहीं भी चला जाये, उससे बदला लेने की फ़िराक़ में वे रहते हैं। हर साँप उसका शत्रु होता है।

मुझे शक था कि मरे हुए तिरिछ की आँख के भीतरी पर्दे पर पिताजी का चेहरा दर्ज होगा। कोई दूसरा तिरिछ आकर उस लाश की आँख में से झाँकेगा और पिताजी वहाँ पहचान लिए जायेंगे। मेरे भीतर इस बात को लेकर बेचैनी पैदा हुई कि पिताजी ने यह सतर्कता क्यों नहीं बरती? उन्हें तिरिछ को मारने के साथ ही किसी पत्थर से उसकी दोनों आँखों को कुचलकर फोड़ देना चाहिए था, लेकिन अब क्या हो सकता था? पिताजी शहर जा चुके थे और मेरे सामने उलझन और चुनौती थी कि गाँव के पास फैले इतने बड़े जंगल में जिस जगह तिरिछ को मारकर उन्होंने छोड़ा था, वह जगह मैं खोज निकालूँ।

मैं थानू के साथ बोतल में मिट्टी का तेल, दियासलाई और डण्डा लेकर जंगल में तिरिछ की खोज में भटकता रहा। मैं उसे अच्छी तरह से पहचानता था। बहुत अच्छी तरह। थानू निराश था।

फिर मुझे अचानक ही लगने लगा कि इस जंगल को मैं अच्छी तरह से जानता हूँ। एक-एक पेड़ मेरा परिचित निकलने लगा। इसी जगह से कई बार सपने में मैं तिरिछ से बचने के लिए भागा था। मैंने ग़ौर से हर तरफ़ देखा—बिल्कुल यही वह जगह थी। मैंने थानू को बताया कि एक सँकरा-सा नाला इस जगह से कितनी दूर दक्षिण की तरफ़ बहता है। नाले के ऊपर जहाँ बड़ी-बड़ी चट्टानें हैं, वहाँ कीकर का एक बहुत पुराना पेड़ है, जिस पर शहद के बड़े-बड़े छत्ते हैं। उन्हें देखकर लगता है कि वे कई शताब्दियों पुराने हैं। मैं उस भूरे रंग की चट्टान

को जानता था, जो बरसात भर नाले के पानी में आधी डूबी रहती थी और बारिश के बीतने के बाद जब बाहर निकलती थी तो उसकी खोहों में कीचड़ भर जाती थी और अजीब-अजीब वनस्पतियाँ वहाँ से उग आती थीं। चट्टान के ऊपर हरी काई की एक पर्त-सी जम जाती थी। इसी चट्टान की सबसे ऊपर वाली दरार में तिरिछ रहता था। थानू इस बात को मेरी कल्पना मान रहा था।

लेकिन बहुत जल्द हमें यह नाला मिल गया। कीकर का वह बूढ़ा पेड़ भी, जिस पर शहद के छत्ते थे और वह चट्टान भी। तिरिछ की लाश चट्टान से ज़रा हटकर, ज़मीन पर, घास के ऊपर चित पड़ी हुई थी। बिल्कुल यह वही तिरिछ था। मेरे भीतर हिंसा और उत्तेजना और ख़ुशी की एक सनसनी दौड़ रही थी।

थानू ने और मैंने सूखे पत्ते और लकड़ियाँ इकट्ठी कीं, ख़ूब सारा मिट्टी का तेल उसमें डाला और आग लगा दी। तिरिछ उसमें जल रहा था। उसके जलने की चिरायध गन्ध हवा में फैल रही थी। मेरा मन और ज़ोर से चिल्लाने को हुआ, लेकिन मैं डरा कि कहीं मैं जाग न जाऊँ और यह सब कुछ सपना न साबित हो जाये। मैंने थानू की ओर देखा। वह रो रहा था। वह मेरा बहुत अच्छा दोस्त था।

मेरे सपने में इसी जगह से निकलकर उस तिरिछ ने कई बार मेरा पीछा करना शुरू किया था। आश्चर्य था कि इतने लम्बे अर्से से उसके अड्डे को इतनी अच्छी तरह से जानने के बावजूद कभी दिन में आकर मैंने उसे मारने की कोशिश नहीं की थी।

मैं आज बेतहाशा ख़ुश था।

पण्डित राम औतार ने बतलाया था कि ट्रैक्टर ने पौने दस बजे के लगभग शहर का चुंगीनाका पार किया था। वहाँ उन्हें नाके का टोल टैक्स चुकाने के लिए कुछ देर रुकना भी पड़ा था। वहाँ पर पिताजी ट्रैक्टर से उतरकर पेशाब करने गये थे। लौटने पर उन्होंने बताया था कि उनका सिर कुछ घूम-सा रहा है, तब तक पिताजी को धतूरे का काढ़ा पिये हुए तक़रीबन डेढ़ घण्टा हो चुका था। ट्रैक्टर ने पिताजी को शहर में दस बजकर पाँच-सात मिनट के आसपास छोड़ दिया था।

ट्रैक्टर में ही बैठे पलड़ा गाँव के मास्टर नन्दलाल का कहना था कि जब शहर में, मिनर्वा टॉकीज़ के पास वाले चौराहे पर पिताजी को ट्रैक्टर से उतारा गया, तब उन्होंने शिकायत की थी कि उनका गला कुछ सूख-सा रहा है। वे थोड़ा परेशान भी थे, क्योंकि अदालत जाने का रास्ता उन्हें मालूम नहीं था और शहर के लोगों से पूछ-पूछकर कहीं जाने में उन्हें बहुत तकलीफ़ होती थी।

पिताजी के साथ एक दिक़्क़त यह भी थी कि गाँव या जंगल की पगडंडियाँ तो उन्हें याद रहती थीं, शहर की सड़कों को वे भूल जाते थे। शहर वे बहुत कम जाते थे। जाना ही पड़े तो अन्तिम समय तक वे टालते रहते थे, जब तक जाना बिल्कुल ही ज़रूरी न हो जाये। कई बार तो ऐसा भी हुआ कि पिताजी सारा सामान लेकर शहर के लिए रवाना हुए और बस अड्डे से लौट आये। बहाना यह कि बस छूट गयी। जबकि हम सब जानते थे, ऐसा नहीं हुआ होगा। फिर वे कहीं बैठ गये होंगे—पेशाब करने या पान खाने। फिर उन्होंने देखा होगा कि बस छूट रही है। उन्होंने ज़रा-सा और इन्तज़ार किया होगा। जब बस ने रफ़्तार पकड़ ली होगी, तब वे कुछ दूर तक दौड़े होंगे। फिर उनके कदम धीमे पड़ गये होंगे और अफ़सोस और गुस्सा प्रकट करते वे लौट आये होंगे। ऐसा करते हुए उन्हें स्वयं भी लगा होगा कि बस सचमुच छूट गयी है। ऐसे में जबकि हम मान चुके होते कि वे शहर जा चुके हैं, वे लौटकर हमें चकित कर देते।

ट्रैक्टर से मिनर्वा टॉकीज़ के पास वाले चौराहे पर, सिन्ध वाच कम्पनी के ठीक सामने लगभग दस बजकर सात मिनट पर उतरने के बाद से लेकर शाम छह बजे तक पिताजी के साथ शहर में जो कुछ भी हुआ, उसका सिर्फ़ एक धुँधला-सा अनुमान ही लगाया जा सकता है। यह जानकारी भी कुछ लोगों से बातचीत और पूछताछ के बाद मिली है। किसी की भी मृत्यु के बाद, अगर वह मृत्यु बहुत आकस्मिक और अस्वाभाविक ढंग से हुई हो, ऐसी जानकारियाँ मिल ही जाती हैं। उस दिन, बुधवार 17 मई, 1972 को सुबह दस-दस से लेकर शाम छह बजे तक, लगभग पौने आठ घण्टे पिताजी कहाँ-कहाँ गये, कहाँ-कहाँ उनके

साथ क्या-क्या हुआ, इसका बहुत सही और विस्तृत ब्योरा तो मिलना मुश्किल है। जो सूचनाएँ या जानकारियाँ बाद में मिलीं, उनके जरिये उन घटनाओं का सिर्फ़ अनुमान ही लगाया जा सकता है।

जैसा कि पलड़ा गाँव के मास्टर नन्दलाल का कहना था कि जब पिताजी ट्रैक्टर से उतरे, तभी उन्होंने गला सूखने की शिकायत की थी इसके पहले चुंगीनाका के पास, जब पिताजी पेशाब करके लौटे थे तो उन्होंने सिर घूमने की बात की थी यानी पिताजी पर धतूरे के बीजों के काढ़े का असर होना शुरू हो गया था। वैसे भी शहर पहुँचने तक पिताजी को काढ़ा पिये हुए लगभग दो घण्टे हो चुके थे। मेरा अनुमान है कि उस समय पिताजी को प्यास बहुत लगी होगी। गला भिगाने के लिए वे किसी होटल या ढाबे की तरफ़ गये भी होंगे, लेकिन जैसा कि मुझे उनके स्वभाव के बारे में पता है, वे वहाँ कुछ देर खड़े रहे होंगे और फिर एक गिलास पानी माँगने का फ़ैसला न कर सके होंगे। एक बार उन्होंने बताया भी था कि कुछ साल पहले गर्मियों के दिनों में जब उन्होंने किसी होटल में पानी माँगा था, तो वहाँ काम करने वाले नौकर ने उन्हें गाली दी थी। पिताजी बहुत संवेदनशील थे, इसलिए उन्होंने अपनी प्यास को दबाया होगा और वे वहाँ से चल पड़े होंगे।

सवा दस से लेकर लगभग ग्यारह बजे के बीच, पैंतालीस मिनट तक पिताजी कहाँ-कहाँ गये, इसकी कोई जानकारी कहीं से नहीं मिलती। इस बीच ऐसी कोई ख़ास घटना भी नहीं हुई, जिससे कोई कुछ कह सके। फिर शहर में सड़क पर आते-जाते लोगों में से किसी ने उन पर ध्यान दिया हो, उन्हें देखा हो, इसका पता लगाना भी मुश्किल है। वैसे मेरा अपना अन्दाज़ा है कि इस बीच पिताजी ने कुछ लोगों से अदालत जाने का रास्ता पूछा होगा और उनके दिमाग़ में यह बात भी रही होगी कि वहाँ पहुँचकर वे अपने वकील एस.एन. अग्रवाल से पानी माँग लेंगे। लेकिन उनके पूछने पर या तो लोग चुप रहकर तेज़ी से आगे बढ़ गये होंगे या किसी ने बौखलाहट और जल्दबाज़ी में उन्हें कुछ बताया होगा, जो पिताजी ठीक से समझ नहीं सके होंगे और सिर्फ़ अपमानित, दुःखी और परेशान होकर रह गये होंगे। शहर में ऐसा होता ही है।

वैसे बीच के पौने घण्टे के बारे में मेरा अपना अनुमान है कि इस बीच पिताजी पर काढ़े का असर काफ़ी बढ़ गया होगा। मई की धूप और प्यास ने इस असर को और भी तेज़, और भी गहरा कर दिया होगा। उनके पैर लड़खड़ाने भी लगे होंगे और बहुत सम्भव है कि एकाध बार इस बीच उन्हें चक्कर भी आ गये हों।

पिताजी ग्यारह बजे, शहर में देशबन्धु मार्ग पर स्थित स्टेट बैंक ऑफ इंडिया की इमारत में घुसे थे। वे वहाँ क्यों गये, इसकी वजह ठीक-ठीक समझ में नहीं आती। वैसे हमारे गाँव का रमेश दत्त शहर में भूमि विकास सहकारी बैंक में क्लर्क है। हो सकता है पिताजी के दिमाग़ में सिर्फ़ बैंक रहा हो और वहाँ से गुज़रते हुए अचानक उन्होंने स्टेट बैंक लिखा हुआ देखा हो और वे उधर घूम गये हों। उन्होंने अब तक पानी नहीं पिया था, इसलिए उन्होंने सोचा होगा कि वे रमेश दत्त से पानी भी माँग लेंगे, अदालत जाने का रास्ता भी पूछ लेंगे और बता सकेंगे कि उनका सिर घूम-सा रहा है, यह भी कि कल शाम उन्हें तिरिछ ने काटा था। स्टेट बैंक के कैशियर अग्निहोत्री के अनुसार वह उस समय कैश रजिस्ट्री चेक कर रहा था। उसकी मेज़ पर लगभग अट्ठाइस हज़ार रुपयों की गड्डियाँ रखी हुई थीं। उस वक़्त ग्यारह से दो-तीन मिनट ऊपर हुए होंगे, तभी पिताजी वहाँ आये। उनके चेहरे पर धूल लगी हुई थी, चेहरा डरावना था और अचानक ही उन्होंने ज़ोर से कुछ कहा था। अग्निहोत्री का कहना था कि मैं अचानक डर गया। अमूमन ऐसे लोग बैंक के इतने भीतर, कैशियर की टेबिल तक नहीं पहुँच पाते। अग्निहोत्री का कहना यह भी था कि अगर वह पिताजी को एकाध मिनट पहले से अपनी ओर आता हुआ देख लेता, तब शायद न डरता। लेकिन हुआ यह कि वह पूरी तरह से कैश रजिस्टर के हिसाब-किताब में डूबा हुआ था, तभी अचानक ही पिताजी ने आवाज़ निकाली और सिर उठाते ही उन्हें देखकर वह डर गया और चीख़ पड़ा। उसने घण्टी भी बजा दी।

बैंक के चपरासियों, दो चौकीदारों और दूसरे कर्मचारियों के अनुसार अचानक ही कैशियर की चीख़ और घण्टी की आवाज़ से वे सब लोग चौंक गये और उस तरफ़ दौड़े, तब तक नेपाली चौकीदार थापा ने

पिताजी को दबोच लिया था और मारता हुआ कॉमन रूम की तरफ़ ले जा रहा था। एक चपरासी रामकिशोर, जिसकी उम्र पैंतालीस के आसपास थी, ने कहा कि उसने समझा कि कोई शराबी दफ़्तर में घुस आया है या पागल है और चूँकि उसकी ड्यूटी बैंक के मुख्य दरवाज़े पर थी, इसलिए ब्रांच मैनेजर उसे चार्जशीट कर सकता था। लेकिन हुआ यह कि जब पिताजी को मारा जा रहा था, तभी उन्होंने अंग्रेज़ी में कुछ बोलना शुरू कर दिया। इसी वजह से चपरासियों का शक बढ़ गया। इसी बीच शायद असिस्टेंट ब्रांच मैनेजर मेहता ने यह कह दिया कि इस आदमी की अच्छी तरह से तलाशी ले लेना, तभी बाहर निकलने देना। वैसे चपरासी रामकिशोर का कहना था कि पिताजी का चेहरा अजीब तरह से डरावना हो गया था। उस पर धूल जमा हो गयी थी और उल्टी की बास आ रही थी। बैंक के चपरासियों ने पिताजी को ज़्यादा मारने-पीटने की बात से इनकार किया, लेकिन बैंक के बाहर, ठीक दरवाज़े के पास जो पान की दुकान है, उसमें बैठने वाले बुन्नू का कहना था कि जब साढ़े ग्यारह बजे के आस-पास पिताजी बैंक से बाहर आये तो उनके कपड़े फटे हुए थे और निचला होंठ कट गया था, जहाँ से ख़ून निकल रहा था। आँखों के नीचे सूजन और कत्थई चकत्ते थे। ऐसे चकत्ते बाद में बैंगनी या नीले पड़ जाते हैं।

इसके बाद यानी साढ़े ग्यारह बजे से लेकर एक बजे के बीच पिताजी कहाँ-कहाँ गये, इसके बारे में कोई जानकारी नहीं मिलती। हाँ, स्टेट बैंक के बाहर पान की दुकान लगाने वाले बुन्नू ने एक बात बतायी थी, हालाँकि इस बारे में वह पूरी तरह स्पष्ट नहीं था या हो सकता है कि स्टेट बैंक के कर्मचारियों से डर की वजह से वह साफ़-साफ़ बतलाने से कतरा रहा हो। बुन्नू ने बतलाया था कि स्टेट बैंक से बाहर निकलने पर शायद (वह 'शायद' पर बहुत ज़ोर डाल रहा था) पिताजी ने कहा था कि उनके रुपये और काग़ज़ात बैंक के चपरासियों ने छीन लिए हैं। लेकिन बुन्नू का कहना था कि हो सकता है पिताजी ने कोई और बात कही हो, क्योंकि वे ठीक से बोल नहीं पा रहे थे, उनका निचला होंठ काफ़ी कट गया था, मुँह से लार भी बह रही थी और उनका दिमाग़ सही नहीं था।

मेरा अपना अन्दाज़ा है कि इस समय तक पिताजी पर काढ़े का असर बहुत ज़्यादा हो चुका था। हालाँकि पण्डित राम औतार इस बात से इनकार करते हैं। उनका कहना था कि धतूरे के बीज तो होली के दिनों में भाँग के साथ भी घोटे जाते हैं, लेकिन कभी ऐसा नहीं होता कि आदमी पूरी तरह से पागल हो जाये। पण्डित राम औतार का मानना है कि या तो तिरिछ का ज़हर उस समय पिताजी के शरीर में चढ़ना शुरू हो गया था और उसका नशा उनके दिमाग़ तक पहुँचने लगा था या फिर बहुत सम्भव है कि जब स्टेट बैंक में पिताजी को थापा चौकीदार और चपरासियों ने मारा-पीटा था, तब उनके सिर के पीछे की तरफ़ कोई चोट लग गयी हो और उस धक्के से उनका दिमाग़ सनक गया हो। लेकिन मुझे लगता है कि उस समय तक पिताजी को थोड़ा-बहुत होश था और वे पूरी कोशिश कर रहे थे कि किसी तरह वे शहर से बाहर निकल जायें। शायद रुपये और अदालत के काग़ज़ात बैंक में छिन जाने की वजह से उन्होंने सोचा हो कि अब यहाँ रहने का कोई मतलब भी नहीं है। उन्होंने शायद एकाध बार सोचा भी होगा कि वापस स्टेट बैंक जाकर अपने काग़ज़ात तो कम-से-कम माँग लायें। फिर ऐसा करने की उनकी हिम्मत नहीं पड़ी होगी। वे डर गये होंगे। उन्हें उनके जीवन में पहली बार इस तरह से मारा गया था, इसलिए वे ठीक से सोच पाने में सफल नहीं हो पा रहे होंगे। उनका शरीर बहुत दुबला था और बचपन से ही उन्हें एपेंडिसाइटिस की शिकायत थी। यह भी हो सकता है कि उस वक़्त तक उन पर काढ़े का असर इतना ज़्यादा हो गया हो कि वे एक चीज़ पर देर तक सोच ही नहीं पा रहे हों और दिमाग़ में हर पल पैदा होने वाले, छोटे-छोटे बुलबुलों जैसे विचारों या नये-नये झटकों के वश में आकर इधर-से-उधर चल पड़ते रहे हों। लेकिन मैं यह जानता हूँ, मूझे अच्छी तरह महसूस होता है कि उनके दिमाग़ में घर लौट आने और शहर से बाहर निकल जाने की बात—एक स्थायी, बार-बार कहीं अँधेरे से उभरने वाली, भले ही बहुत क्षीण और बहुत धुँधली बात—ज़रूर रही होगी।

पिताजी लगभग सवा बजे शहर के पुलिस थाना पहुँचे थे। थाना शहर के बाहरी छोर पर सर्किट हाउस के पास बने विजय स्तम्भ के पास है। आश्चर्य यह है कि थाने से बमुश्किल एक किलोमीटर दूर अदालत भी है। अगर पिताजी चाहते तो यहाँ से पैदल ही दस मिनट में अदालत पहुँच सकते थे। समझ में यह नहीं आता कि पिताजी अगर यहाँ तक पहुँचे थे, क्या तब तक उनके दिमाग़ में अदालत जाने की बात रह भी गयी थी? उनके काग़ज़ात तो रह नहीं गये थे।

थाने के एस.एच.ओ. राघवेन्द्र प्रताप सिंह का कहना कि उस वक़्त एक बजकर पन्द्रह मिनट हुए थे। वे घर से लाये गये टिफ़िन को खोलकर लंच लेने की तैयारी कर रहे थे। आज टिफ़िन में पराँठों के साथ करेले रखे हुए थे। करेले वे खा नहीं पाते और इसी उलझन में थे कि अब क्या करें। तभी पिताजी वहाँ आये थे। उनके शरीर पर कमीज़ नहीं थी, पैंट फटी हुई थी। लगता था कि वे कहीं गिरे होंगे या किसी वाहन ने उन्हें टक्कर मारी होगी। थाने में उस वक़्त एक ही सिपाही गजाधर प्रसाद शर्मा मौजूद था। सिपाही का कहना था कि उसने सोचा कि शायद कोई भिखमंगा थाने में घुस आया है। उसने आवाज़ भी दी, लेकिन पिताजी तब तक एस.एच.ओ. राघवेन्द्र प्रताप सिंह की टेबिल तक पहुँच चुके थे। एस.एच.ओ. ने कहा कि करेलों की वजह से वैसे भी उनका मूड ऑफ़ था। तेरह साल के विवाहित जीवन के बावजूद पत्नी यह नहीं जान पायी थी कि उन्हें कौन-सी चीज़ें बिल्कुल नापसन्द हैं, इतनी नापसन्द कि वे उन चीज़ों से घृणा करते हैं। उन्होंने जैसे ही निवाला मुँह में रखा, पिताजी बिल्कुल उनके क़रीब पहुँच गये। पिताजी के चेहरे और कन्धों के नीचे उल्टी लगी हुई थी और उसकी बहुत तेज़ गन्ध उठ रही थी। एस.एच.ओ. ने पूछा कि क्या बात है। तो जवाब में पिताजी ने जो कुछ कहा उसे समझना बहुत मुश्किल था। एस.एच.ओ. राघवेन्द्र सिंह बाद में पछता रहे थे कि अगर उन्हें मालूम होता कि यह आदमी बकेली ग्राम का प्रधान और भूतपूर्व अध्यापक है तो वे उसे थाने में ही कम-से-कम दो-चार घण्टे बिठा लेते। बाहर न जाने देते। लेकिन उस समय उन्हें लगा कि यह कोई पागल है और

उन्हें खाते हुए देखकर यहाँ तक घुस आया है, इसीलिए उन्होंने सिपाही गजाधर शर्मा को गुस्से में आवाज़ दी। सिपाही पिताजी को घसीटता हुआ बाहर ले गया। गजाधर शर्मा का कहना था कि उसने पिताजी के साथ कोई मार-पीट नहीं की और उसने देखा था कि जब वे थाने आये थे, तब उनका निचला होंठ कटा था। ठुड्डी पर कहीं रगड़ा खाकर गिरने से खरोंच के निशान थे और कुहनियाँ छिली हुई थीं। वे कहीं न कहीं गिरे ज़रूर थे।

यह कोई नहीं जानता कि थाने से निकलकर लगभग डेढ़ घण्टे पिताजी कहाँ-कहाँ भटकते रहे। सुबह दस बजकर सात मिनट पर जब वे शहर आये थे और मिनर्वा टॉकीज़ के पास वाले चौराहे पर ट्रैक्टर से उतरे थे, तब से लेकर अब तक उन्होंने कहीं पानी पिया था या नहीं, इसे जानना मुश्किल है। इसकी सम्भावना भी कम ही बनती है। हो सकता है तब तक उनका दिमाग़ इस क़ाबिल न रह गया हो कि वे प्यास को भी याद रख सकें। लेकिन अगर वे पुलिस थाने तक पहुँचे तो उनके मस्तिष्क में, नशे के बावजूद, कहीं बहुत कमजोर-सा, अँधेरे में डूबा यह ख़याल रहा होगा कि वे किसी तरह अपने गाँव जाने का रास्ता वहाँ पूछ लें या उस ट्रैक्टर का पता पूछें या फिर अपने रुपये और अदालती काग़ज़ात छिन जाने की रिपोर्ट वहाँ लिखा दें। यह सोचने के क़रीब पहुँचना ही बुरी तरह से बेचैन कर डालने वाला है कि उस समय पिताजी सिर्फ़ तिरिछ के ज़हर और धतूरे के नशे के ख़िलाफ़ ही नहीं लड़ रहे थे, बल्कि हमारे मकान को बचाने की चिन्ता भी कहीं-न-कहीं उनके नशे की नींद में से बार-बार सिर उठा रही थी। शायद उन्हें अब तक यह लगने लगा हो कि यह सब कुछ जो हो रहा है, सिर्फ़ एक सपना है, पिताजी इससे जागने और बाहर निकलने की कोशिश भी करते रहे होंगे।

सवा दो बजे के आस-पास पिताजी को शहर के बिल्कुल उत्तरी छोर पर बसी सबसे सम्पन्न कॉलोनी—इतवारी कॉलोनी में घिसटते हुए देखा गया था। यह कॉलोनी सर्राफ़ा के जौहरियों, पी.डब्ल्यू.डी. के बड़े ठेकेदारों और रिटायर्ड अफ़सरों की कॉलोनी थी। कुछ समृद्ध पत्रकार-कवि

भी वहीं रहते थे। यह कॉलोनी हमेशा शान्त और घटनाहीन रहती थी। जिन लोगों ने यहाँ पिताजी को देखा था, उन्होंने बताया कि उस वक़्त तक उनके शरीर में सिर्फ़ एक पट्टेदार जाँघिया बचा था, जिसका नाड़ा शायद टूट गया था और वे उसे अपने बायें हाथ से बार-बार सँभाल रहे थे। जिसने भी उन्हें वहाँ देखा, उसने यही समझा कि कोई पागल है। कुछ ने कहा कि वे बीच-बीच में खड़े होकर ज़ोर-ज़ोर से गालियाँ बकने लगते थे। बाद में, उसी कॉलोनी में रहने वाले एक रिटायर्ड तहसीलदार सोनी साहब और शहर के सबसे बड़े अख़बार के विशेष संवाददाता और कवि सत्येन्द्र थपलियाल ने बताया कि उन्होंने पिताजी के बोलने को ठीक से सुना था और दरअसल वे गालियाँ नहीं बक रहे थे, बल्कि बार-बार कह रहे थे—"मैं रामस्वारथ प्रसाद, एक्स स्कूल हेड मास्टर...एण्ड विलेज हेड ऑफ...ग्राम बकेली...।" कवि, पत्रकार थपलियाल साहब ने दुःख ज़ाहिर किया। दरअसल उसी समय वे अमरीकी दूतावास की किसी ख़ास पार्टी में संगीत सुनने दिल्ली जा रहे थे, इसलिए जल्दबाज़ी में वे चले गये। हाँ तहसीलदार सोनी साहब का कहना था कि "मुझे उस आदमी पर बहुत तरस आया और मैंने लड़कों को डाँटा भी। लेकिन दो-तीन लड़कों ने कहा कि यह आदमी रामरतन सर्राफ़ की बीवी और साली पर हमला करने वाला था।" तहसीलदार ने कहा कि ऐसा सुनने के बाद उन्हें भी लगा कि हो सकता है यह कोई बदमाश हो और नाटक कर रहा हो। लड़के उन्हें तंग करने में लगे थे और पिताजी बीच-बीच में ज़ोर-ज़ोर से बोलते थे, 'मैं रामस्वारथ प्रसाद...एक्स स्कूल हेडमास्टर...'

अगर हिसाब लगाया जाये तो मिनर्वा टॉकीज़ के पास वाला चौराहा, जहाँ पिताजी ट्रैक्टर से सुबह दस बजकर सात मिनट पर उतरे थे, वहाँ से लेकर देशबन्धु मार्ग का स्टेट बैंक, फिर विजय स्तम्भ के पास का थाना और शहर के बाहरी उत्तरी छोर पर बसी इतवारी कॉलोनी को मिलाकर वे अब तक लगभग तीस-बत्तीस किलोमीटर की दूरी तक भटक चुके थे। यह जगहें ऐसी हैं, जो एक ही दिशा में नहीं हैं। इसका मतलब यह हुआ कि पिताजी की दिमाग़ी हालत यह थी कि उन्हें ठीक-ठीक

कुछ सूझ नहीं रहा था और वे अचानक ही किसी भी तरफ़ चल पड़ते थे। जहाँ तक सर्राफ़ की पत्नी और साली पर उनके हमला करने की बात है, जिसे थपलियाल साहब सच मानते हैं, मेरा अपना अनुमान है कि पिताजी उनके पास या तो पानी माँगने गये होंगे या बकेली जाने वाली सड़क के बारे में पूछने। उस एक पल के लिए पिताजी को होश ज़रूर रहा होगा। लेकिन इस हुलिये के आदमी को अपने इतना क़रीब देखकर वे औरतें डरकर चीख़ने लगी होंगी। वैसे पिताजी की दाहिनी आँख के ऊपर भौंह पर जो चोट लगी थी और जिसका ख़ून रिसकर उनकी आँख पर आने लगा था, वह चोट उनको इतवारी कॉलोनी में ही लगी थी, क्योंकि बाद में लोगों ने बताया कि लड़के उन्हें बीच-बीच में ढेले मार रहे थे।

वह जगह इतवारी कॉलोनी से बहुत दूर नहीं है, जिस जगह पिताजी को सबसे ज़्यादा चोटें लगीं। नेशनल रेस्टोरेंट नाम के एक सस्ते से ढाबे के सामने की खाली जगह पर पिताजी घिर गये थे। इतवारी कॉलोनी से लड़कों का जो झुण्ड उनके पीछे पड़ गया था, उसमें कुछ बड़ी उम्र के लड़के भी शामिल हो गये थे। नेशनल रेस्टोरेंट में काम करने वाले नौकर सत्ते का कहना था कि पिताजी ने ग़लती यह की थी कि एक बार उन्होंने गुस्से में आकर भीड़ पर ढेले मारने शुरू कर दिये थे। शायद उन्हीं का एक बड़ा-सा ढेला सात-आठ साल के लड़के विकी अग्रवाल को लग गया था, जिसे बाद में कई टाँके लगे थे। सत्ते का कहना था कि इसके बाद झुण्ड ज़्यादा ख़तरनाक हो गया था। वे हल्ला मचा रहे थे और चारों तरफ़ से पिताजी पर पत्थर मार रहे थे। ढाबे के मालिक सरदार सतनाम सिंह ने बताया कि उस वक़्त पिताजी के जिस्म पर सिर्फ़ पट्टे वाली एक चड्डी थी, दुबले शरीर की हड्डियाँ और छाती के सफेद बाल दिख रहे थे। पेट पिचका हुआ था। वे धूल और मिट्टी में लिथड़े हुए थे, सिर के सफेद बाल बिखर गये थे, दाहिनी आँख के ऊपर से और निचले होंठ से ख़ून बह रहा था। सतनाम सिंह ने दुःख और पछतावे के साथ कहा—'मेरे को क्या मालूम था कि यह आदमी सीधा-सादा, इज़्ज़तदार, साख-रसूख का इन्सान

है और नसीब के फेर में इसकी ये हालत हो गयी है।' वैसे ढाबे में कप-प्लेट धोने वाले नौकर हरी का कहना था कि बीच-बीच में पिताजी भीड़ को अंड-बंड गालियाँ दे-देकर ढेले मारने लगते थे—'आओ ससुरो ...आओ...एक-एक को मार डालूँगा भोसड़ी वालों...तुम्हारी माँ की...' लेकिन मुझे सन्देह है कि पिताजी ने ऐसी कोई गाली दी होगी। हमने कभी भी उन्हें गाली देते नहीं सुना था।

मैं पूरे विश्वास के साथ कह सकता हूँ, क्योंकि पिताजी को मैं बहुत अच्छी तरह से जानता हूँ कि इस समय तक, उन्हें कई बार लगा होगा कि उनके साथ जो कुछ हो रहा है, वह वास्तविकता नहीं है, एक सपना है। पिताजी को ये सारी घटनाएँ ऊल-जलूल, ऊटपटाँग और बेमतलब लगी होंगी। वे इस सब पर अविश्वास करने लगे होंगे। उन्होंने सोचा होगा कि यह सब क्या बकवास है? वे तो गाँव से शहर आये ही नहीं हैं, उन्हें किसी तिरिछ ने नहीं काटा है, बल्कि तिरिछ तो होता ही नहीं है, एक मनगढ़ंत और अन्धविश्वास है...और धतूरे का काढ़ा पीने की बात तो हास्यास्पद है, वह भी एक तेली के खेत में उसका पौधा खोजकर। उन्होंने सोचा होगा और पाया होगा कि भला उन पर कोई मुकदमा क्यों चलेगा? उन्हें अदालत जाने की क्या ज़रूरत है?

मैं जानता हूँ कि सुरंग जैसा लम्बा और सम्मोहक, लेकिन डरावना सपना जैसा मुझे आता था, पिताजी को भी आता रहा होगा। मेरी और उनकी बहुत-सी बातें बिल्कुल मिलती-जुलती थीं। मुझे लगता है कि इस समय तक पिताजी पूरी तरह से मान चुके होंगे कि यह जो कुछ हो रहा है, सब झूठ और अवास्तविक है। इसीलिए वे बार-बार उस सपने से जागने की कोशिश भी करते रहे होंगे। अगर वे बीच-बीच में ज़ोर-ज़ोर से कुछ बोलने लगते थे या शायद गालियाँ बकने लगते थे, तो इसी कठिन कोशिश में कि वे उस आवाज़ के सहारे उस दुःस्वप्न से बाहर निकल आयें। नेशनल रेस्टोरेंट के नौकरों और मालिक सरदार सतनाम सिंह ने जैसा बताया था, उसके अनुसार उस जगह पर पिताजी को बहुत चोटें आयी थीं। उनकी कनपटी, माथे, पीठ और शरीर के दूसरे हिस्सों पर कई ईंटें और ढेले आकर लग गये थे। सड़क का ठेका

लेने वाले ठेकेदार अरोड़ा के बीस-बाइस साल के लड़के संजू ने उन्हें दो-तीन बार लोहे की रॉड से भी मारा था। सत्ते का तो कहना था कि इतनी चोटों से कोई भी आदमी मर सकता था।

मुझे यह सोचकर एक अजीब-सी राहत मिलती है और मेरी फँसती हुई साँसें फिर से ठीक हो जाती हैं कि उस समय पिताजी को कोई दर्द महसूस नहीं होता रहा होगा; क्योंकि वे अच्छी तरह से, पूरी तार्किकता और गहराई के साथ विश्वास करने लग गये होंगे कि यह सब अपना है और जैसे ही वे जागेंगे, सब ठीक हो जायेगा। आँख खुलते ही आँगन बुहारती माँ नज़र आ जायेगी या नीचे फ़र्श पर सोते हुए मैं और छोटी बहन दिख जायेंगे...या ग़ौरइयों का झुण्ड...हो सकता है कि उन्हें बीच-बीच में अपने इस अजीबो-ग़रीब सपने पर हँसी भी आयी हो।

अगर पिताजी ने ग़ुस्से में लड़कों की तरफ़ ख़ुद भी ढेले मारने शुरू कर दिये तो इसके पीछे पहली वजह तो यही थी कि उन्हें यह बहुत अच्छी तरह से पता था कि ये ढेले सपने के भीतर जा रहे हैं और इससे किसी को कोई चोट नहीं आयेगी। यह भी हो सकता है कि पूरी ताक़त से ढेला मारकर वे उत्सुकता और बेचैनी से यह इन्तज़ार करते रहे हों कि जैसे ही वह जाकर किसी लड़के के सिर से टकरायेगा, उसका माथा नष्ट होगा और एक ही झटके में इस दुःस्वप्न के टुकड़े-टुकड़े बिखर जायेंगे और चारों ओर से वास्तविक संसार की बेतहाशा रोशनी अन्दर आने लगेगी। उनका ज़ोर-ज़ोर से चीख़ना भी दरअसल ग़ुस्से के कारण नहीं था, वे असल में मुझे, छोटी बहन को, माँ को या किसी को भी पुकार रहे थे कि अगर वे अपने आप इस सपने से जाग पाने में सफल न भी हो पायें, तब भी कोई आकर उन्हें जगा दे।

एक सबसे बड़ी विडम्बना भी इसी बीच हुई। हमारे गाँव की ग्राम पंचायत के सरपंच और पिताजी के बचपन के पुराने दोस्त पण्डित कन्धई राम तिवारी लगभग साढ़े तीन बजे नेशनल रेस्टोरेंट के सामने सड़क से गुज़रे थे। वे रिक्शे पर थे। उन्हें अगले चौराहे से बस लेकर गाँव लौटना था। उन्होंने इस ढाबे के सामने इकट्ठी भीड़ को भी देखा और उन्हें यह पता भी चल गया कि वहाँ पर किसी आदमी को मारा

जा रहा है। उनकी यह इच्छा भी हुई कि वहाँ जाकर देखें कि आख़िर मामला क्या है। उन्होंने रिक्शा रुकवा भी लिया, लेकिन उनके पूछने पर किसी ने कहा कि कोई पाकिस्तानी जासूस पकड़ा गया है जो पानी की टंकी में ज़हर डालने जा रहा था, उसे ही लोग मार रहे हैं। ठीक इसी समय पण्डित कन्धई राम को गाँव जाने वाली बस आती हुई दिखी और उन्होंने रिक्शे वाले से अगले चौराहे तक जल्दी-जल्दी रिक्शा बढ़ाने के लिए कहा। गाँव जाने वाली यह आख़िरी बस थी। अगर उस बस के आने में तीन-चार मिनट की भी देरी हो जाती तो वे निश्चित ही वहाँ जाकर पिताजी को देखते और उन्हें पहचान लेते। राज्य परिवहन की वह बस हमेशा आधा-पौन घण्टा लेट रहा करती थी, लेकिन उस दिन, संयोग से वह बिल्कुल सही समय पर आ रही थी।

सतनाम सिंह का कहना था कि वह भीड़ नेशनल रेस्टोरेंट के सामने से तब हटी और लोग तितर-बितर हुए, जब बड़ी देर तक पिताजी ज़मीन से उठे ही नहीं। ईंट का एक बड़ा-सा ढेला उनकी कनपटी पर आकर लगा था। उनके मुँह से ख़ून आना शुरू हो गया था। सिर में भी चोटें थीं। सतनाम ने बताया कि जब पिताजी बहुत देर तक नहीं हिले-डुले तो लड़कों के झुण्ड में से किसी ने कहा कि लगता है यह मर गया। जब भीड़ छँटने के दस-पन्द्रह मिनट बाद भी पिताजी नहीं हिले-डुले तो सतनाम सिंह ने सत्ते से कहा था कि वह उनके मुँह में पानी के छींटे मारकर देखे कि वे सिर्फ़ बेहोश हैं तो हो सकता है कि उठ जायें, लेकिन सत्ते पुलिस की वजह से डर रहा था। बाद में सतनाम सिंह ने ख़ुद ही एक बाल्टी पानी उनके ऊपर डाला था। दूर से पानी डालने के कारण ज़मीन की मिट्टी गीली होकर पिताजी के शरीर से लिथड़ गयी थी।

सरदार सतनाम सिंह और सत्ते दोनों का कहना था कि लगभग पाँच बजे तक पिताजी उसी जगह पड़े हुए थे। तब तक पुलिस नहीं आयी थी। फिर सतनाम सिंह ने सोचा कि कहीं उसे पंचनामा और गवाही वग़ैरह में न फँसना पड़ जाये, इसलिए उसने ढाबा बन्द कर दिया था और डिलाइट टॉकीज़ में 'आन मिलो सजना' फ़िल्म देखने चला गया था।

उस समय लगभग छह बजे थे, जब सिविल लाइंस की सड़क की पटरियों पर एक कतार में बनी मोचियों की दुकानों में से एक मोची गनेशवा की गुमटी में पिताजी ने अपना सिर घुसेड़ा। उस समय तक उनके शरीर पर चड्डी भी नहीं रह गयी थी, वे घुटनों के बल किसी चौपाये की तरह रेंग रहे थे। शरीर पर कालिख और कीचड़ लगी हुई थी और जगह-जगह चोटें थीं।

गनेशवा हमारे गाँव के तालाब के पार वाले टोले का मोची है। उसने बताया कि मैं बहुत डर गया और मास्टर साहब को पहचान ही नहीं पाया। उनका चेहरा डरावना हो गया था और चिन्हाई में नहीं आता था। मैं डरकर गुमटी से बाहर निकल आया और शोर मचाने लगा। दूसरे मोचियों के अलावा वहाँ कुछ और लोग भी इकट्ठा हो गये थे। लोगों ने जब गनेशवा की गुमटी के भीतर जाकर झाँका तो गुमटी के अन्दर, उसके सबसे अन्तरे-कोने में, टूटे-फूटे जूतों, चमड़ों के टुकड़ों, रबड़ और चिथड़ों के बीच पिताजी दुबके हुए थे। उनकी साँसें थोड़ी-बहुत चल रही थीं। उन्हें वहाँ से खींचकर, बाहर पटरी पर निकाला गया। तभी गनेशवा ने उन्हें पहचान लिया। गनेशवा का कहना था कि उसने पिताजी के कान में कुछ आवाज़ें भी लगायीं, लेकिन वे कुछ बोल नहीं पा रहे थे। बहुत देर बाद उन्होंने 'रामस्वारथ प्रसाद...' और 'बकेली' जैसा कुछ कहा था। फिर चुप हो गये थे।

पिताजी की मृत्यु सवा छह बजे के आसपास हुई थी। तारीख़ थी 17 मई, 1972। चौबीस घण्टे पहले लगभग इसी वक़्त उन्हें जंगल में तिरिछ ने काटा था। चौबीस घण्टे पहले क्या पिताजी इन घटनाओं और इस मृत्यु का अनुमान कर सकते थे?

पिताजी का शव शहर के मुर्दाघर में पुलिस ने रखवा दिया था। पोस्टमार्टम में पता चला था कि उनकी हड्डियों में कई जगह फ्रैक्चर था, दायीं आँख पूरी तरह फूट चुकी थी, कॉलर बोन टूटी हुई थी। उनकी मत्यु मानसिक सदमे और अधिक रक्तस्राव के कारण हुई थी। रिपोर्ट के अनुसार उनका आमाशय खाली था, पेट में कुछ नहीं था। इसका मतलब यही हुआ कि धतूरे के बीजों का काढ़ा उल्टियों द्वारा पहले ही निकल चुका था।

हालाँकि थानू कहता है कि अब तो यह तय हो गया कि तिरिछ के ज़हर से कोई नहीं बच सकता। ठीक चौबीस घण्टे बाद उसने अपना करिश्मा दिखाया और पिताजी की मृत्यु हुई। पण्डित राम औतार भी यही कहते हैं। हो सकता है कि पण्डित राम औतार इसलिए ऐसा कहते हों कि वे ख़ुद को विश्वास दिलाना चाहते हों कि धतूरे के काढ़े का पिताजी की मृत्यु से कोई सम्बन्ध नहीं था।

मैं सोचता हूँ, अन्दाज़ा लगाने की कोशिश करता हूँ कि शायद अन्त में, जब गनेशवा ने अपनी गुमटी के बाहर पिताजी के कान में आवाज़ दी होगी तो पिताजी सपने से जाग गये होंगे। उन्होंने मुझे, माँ को और छोटी बहन को देखा होगा—फिर वे दातून लेकर नदी की तरफ़ चले गये होंगे। नदी के ठण्डे पानी से उन्होंने अपना चेहरा धोया होगा, कुल्ला किया होगा और इस लम्बे दुःस्वप्न को वे भूल गये होंगे। उन्होंने अदालत जाने के बारे में सोचा होगा। हम लोगों के मकान की चिन्ता ने उन्हें परेशान किया होगा।

लेकिन मैं अपने सपने के बारे में बताना चाहता हूँ, जो मुझे अक्सर आता है। वह यों है—कि मैं खेतों की मेंड़, गाँव की पगडण्डी से होता हुआ जंगल पहुँच गया हूँ। मैं रक़्सा, नाला, कीकर के पेड़ को देखता हूँ। वह भूरी चट्टान वहाँ उसी जगह है, जो सारी बारिश नाले के पानी में डूबी रहती है। मैं देखता हूँ कि तिरिछ की लाश उसके ऊपर पड़ी हुई है। मुझे एक बेतहाशा ख़ुशी अपने घेरे में ले लेती है। आख़िर वह मारा गया। मैं पत्थर लेकर तिरिछ को कुचलने लगता हूँ, ज़ोर-ज़ोर से उसे मारता हूँ। मेरे पास थानू मिट्टी का तेल और माचिस लिए खड़ा है। तभी अचानक ही, मैं पाता हूँ कि मैं उस चट्टान पर नहीं हूँ। थानू भी वहाँ नहीं है, वहाँ कोई जंगल नहीं है, बल्कि मैं दरअसल शहर में हूँ। मेरे कपड़े बहुत ही मैले, फटे और चिथड़ों जैसे हो गये हैं। मेरे गालों की हड्डियाँ निकली हैं। बाल बिखरे हैं। मुझे प्यास लगी है और मैं बोलने की कोशिश करता हूँ। शायद मैं बकेली, अपने घर जाने का रास्ता पूछना चाहता हूँ और तभी अचानक चारों ओर शोर उठता है...घण्टियाँ बजने लगती हैं...हज़ारों-हज़ारों घण्टियाँ...मैं भागता हूँ।

मैं भागता हूँ...मेरा पूरा शरीर बेदम होने लगता है, फेफड़े फूल जाते हैं। मैं पास-पास क़दम रखकर अचानक लम्बी-लम्बी छलाँगें लगाता हूँ, उड़ने की कोशिश करता हूँ। लेकिन भीड़, लगता है मेरे पास पहुँचने वाली होती है। एक अजीब-सी गर्म और भारी हवा मुझे सुन्न कर देती है। अपनी हत्या की साँसें मुझे छूने लगती हैं...और आख़िरकार वह पल आ जाता है, जब मेरे जीवन का अन्त होने वाला होता है...

मैं रोता हूँ...भागने की कोशिश करता हूँ। मेरा पूरा शरीर नींद में ही पसीने में डूब जाता है। मैं ज़ोर-ज़ोर से बोलकर जागने की कोशिश करता हूँ...मैं विश्वास करना चाहता हूँ कि यह सब सपना है...और अभी आँख खोलते ही सब ठीक हो जायेगा...मैं सपने के भीतर अपनी आँखें फाड़कर देखता हूँ...दूर तक...लेकिन वह पल आख़िर आ ही जाता है...

माँ बाहर से मुझे देखती है। मेरा माथा सहलाकर वह मुझे रज़ाई से ढाँप देती है और मैं वहाँ अकेला छोड़ दिया जाता हूँ। अपनी मृत्यु से बचने की कोशिश में जूझता, बेदम होता, रोता, चीख़ता और भागता।

माँ कहती हैं मुझे अभी भी नींद में बड़बड़ाने और चीख़ने की आदत है। लेकिन मैं पूछना चाहता हूँ और यही सवाल मुझे हमेशा परेशान करता है कि मुझे आख़िरकार अब तिरिछ का सपना क्यों नहीं आता?

दिल्ली की दीवार

यह कहानी दरअसल एक ओट है, जिसके पीछे छुपा हुआ मैं एक रहस्य के बारे में आपको बताना चाहता हूँ। क्योंकि जैसी स्थितियाँ हैं, उसमें अफ़वाहें ही सूचनाओं की शक्ल में आप तक पहुँच रही हैं। और स्थितियाँ ऐसी भी हैं कि पता नहीं कब मैं अपने समय में अचानक अनुपस्थित हो जाऊँ।

पान की दुकान से खुलती सुरंग की नागरिकता, फ़क़ीर के आँसू और थूक

मेरे फ़्लैट से संजय चौरसिया के पान के ठेले की दूरी आधा किलोमीटर से भी कम थी। उसके ठेले के बग़ल में ही रतनलाल का चाय का ठेला था। संजय प्रतापगढ़ के पास के एक गाँव बीसीपुरा से दिल्ली आया था और चाय वाला रतनलाल सासाराम से। दोनों की दुकानें ठेले पर इसलिए थीं कि अगर कभी म्युनिसिपैलिटी वाले इधर आसपास दिखें तो फौरन ठेला घसीटते हुए यहाँ से रफ़ूचक्कर हो लिया जाये। हालाँकि मोटरसाइकिल पर गश्त लगाते पुलिस वाले अक्सर उधर से निकलते रहते थे, लेकिन उनसे ख़तरा कम था, क्योंकि उनका हफ़्ता बँधा हुआ था। चाय वाला रतनलाल पुलिस को पाँच सौ और संजय साढ़े सात सौ रुपये महीना देता था।

“चैन है। कहीं पक्की दुकान लेते तब भी तो किराया देना ही पड़ता! है कि नहीं? जब आदमी दाल-रोटी खाता है, तो चार गस्से (कौर) कुत्ते को भी तो डालता है। है कि नहीं?” संजय मुस्कुराते हुए कहता, लेकिन जीवन किसका कुत्ते जैसा है? यह मैं सोचने लगता।

वहाँ और भी रेहड़ी वाले थे। दस क़दम हटकर साइकिल का पंक्चर लगाने वाला मदनलाल, उसके सामने सड़क की दूसरी ओर मोची देवीदीन, कुछ आगे जाकर स्कूटर और ऑटो की मरम्मत करने और पंक्चर लगाने वाला सन्तोष। सन्तोष सीतामढ़ी से चार साल पहले दिल्ली आया था। मदनलाल और देवीदीन पास से ही, हरियाणा के किसी गाँव से यहाँ तक आते थे। वे ज़मीन पर ही अपना ठीया जमाते थे। शाम होते-होते क्वालिटी आइसक्रीम वाला ब्रजेन्दर भी अपना बिजली और ग्लास फाइबर की बॉडी वाला, अंग्रेज़ी में लिखा, रंगीन ठेला लेकर वहाँ पहुँच जाता था। शाम को वहाँ उबले अण्डे बेचने वाली राजवती अपने पति गुलशन और तीन बच्चों के साथ आ जाती थी। उसकी दुकान से कुछ पीछे ईंटों की दीवार का एक अहाता था। वह जगह सुनसान होती थी। रात में वहाँ कार वाले आ जाते और गुलशन से ह्विस्की या रम मँगाते। तब तक शराब की सरकारी दुकानें बन्द हो चुकी होती थीं, इसलिए गुलशन साइकिल से जाकर कहीं से ब्लैक में अद्धा या पौवा लाता। कुछ ग्राहक उबले अण्डे के अलावा चिकन टिक्का भी मँगाते। अगली लालबत्ती के पास सरदार सत्ते सिंह के ठेले में वह मिलता। गुलशन वह भी लाता। उसे टिप में थोड़ी-सी शराब और कुछ रुपये मिल जाते। राजवती उसको पीने से मना नहीं करती थी, क्योंकि फोकट में मिलने वाली अंग्रेज़ी शराब, अपने पैसे से ख़रीदकर मिलने वाले लोकल ठर्रे से लाख गुना अच्छी थी। ठर्रे के पाउच में मिलावट होती थी, जिसे पीकर कई बार लोग या तो अन्धे हो जाते थे या मर जाते थे।

उस जगह पर रिक्शे वाले भी सुस्ताने और सवारियों के इन्तज़ार में आकर खड़े हो जाते थे। इसलिए वहाँ चहल-पहल रहती थी। ज़्यादातर रिक्शे वाले बिहार और उड़ीसा के होते थे। कुछ दिनों तक अहाते के पास ही नालन्दा से आया हुआ तुफ़ैल अहमद अपनी सिलाई मशीन लेकर बैठने लगा था। तुफ़ैल अहमद के रहने का कोई ठीक पता-ठिकाना नहीं था, इसलिए उसके पास सिलाई का कपड़ा कोई नहीं छोड़ता था। ज़्यादातर स्कूली बच्चों के बस्ते या मज़दूरों और रिक्शे वालों की

तुरपाई और 'आल्टर' का काम ही उसके पास आता। इन दिनों लगभग पन्द्रह-बीस दिनों से वह वहाँ नहीं आ रहा था। कोई कहता था वह बीमार है, कोई कहता वह नालन्दा लौट गया और किसी का कहना था कि यहाँ आते हुए रास्ते में वह किसी ब्लू लाइन बस के नीचे आ गया और मर गया। उसकी सिलाई मशीन थाने के पिछवाड़े पड़ी हुई है।

इसी तरह राजवती के अण्डे के ठेले के पास रात में उबला चना-मसाला और दिन में छोले-कुलचे बेचने वाली नत्थो और उसके पति माँगेराम का पता कई महीने से नहीं चल रहा था। किसी ने बताया था कि माँगेराम के पेट में कैंसर हो गया था, जिसकी दवा-दारू में नत्थो बरबाद हो गयी और उसके मरने के बाद अपने दोनों बच्चों के साथ जमुनापार के किसी कुलचे वाले के पास चली गयी।

यहाँ ऐसा ही होता था। यह किसी नियम जैसा था। यहाँ हर रोज़ आने वाला आदमी अचानक ही एक दिन अनुपस्थित हो जाता और फिर भविष्य में कभी नज़र न आता। इनमें से अधिकांश लोगों का निश्चित पता नहीं होता था कि उनके बारे में कोई जानकारी हासिल की जाये। उदाहरण के लिए राजवती अपने पति गुलशन और बच्चों के साथ यहाँ से चार किलोमीटर आगे, बाइपास के क़रीब, एक सोलहवीं सदी की इमारत के खण्डहर में रहती थी। करनाल और अमृतसर की ओर जाने वाले राष्ट्रीय राजमार्ग से कभी आपने अगर उत्तर की ओर नज़र दौड़ाई हो, जिस तरफ़ निकासी का गन्दा नाला बहता है, तो उसके किनारे उस गोल गुम्बद वाली पुरानी इमारत को आपने ज़रूर देखा होगा। काई लगे मटैले पत्थरों और कत्थई पुरानी ईंटों वाली गुम्बददार टूटी-फूटी इमारत। कोई सोच नहीं सकता कि वहाँ कोई आदमज़ाद रहता भी होगा। दिल्ली से लाहौर यानी हिन्दुस्तान से पाकिस्तान जाने वाली मशहूर 'सद्भावना' बस इसी हाइवे से होकर गुज़रती है।

उस खँडहर में और लोग भी रहते थे, लेकिन ज़्यादातर परिवार वाले ही थे। सिर्फ़ दो लोगों को छोड़कर। एक था रिज़वान, जिसका दाहिना पैर और दायाँ हाथ कोढ़ से गल गया था और दूसरा सनेही राम, जो इतना बूढ़ा हो गया था कि नाले के पास ही उगे एक नीम के

पेड़ के नीचे दिन भर सोता रहता था। सनेही राम को रामचरितमानस और सूरसागर पूरा याद था। ढोला-मारू की कथा और आल्हा वह ऐसे गले से गाता था कि सुनने वाले को रोमांच हो जाता था। उस खण्डहर में रहने वाले परिवारों में से ही कोई-न-कोई उसे रोटी दे जाता था। रिज़वान सुबह-सुबह बाइपास की तरफ़ चला जाता, वहीं गोपाल धनखड़ के ठेले में चाय पीता, मट्ठी या बन्द खाता और बस स्टॉप पर बैठकर शाम तक भीख माँगता। भीख अच्छी मिल जाती थी। रिज़वान के चेहरे पर खिचड़ी दाढ़ी थी और उसका चेहरा देखकर फ़िल्म काबुलीवाला के बलराज साहनी की याद आती थी।

सोलहवीं सदी के उसी खण्डहर में राजवती की बहन फूलो, आज़ादपुर सब्ज़ीमण्डी के निकास फाटक पर मूँगफली बेचने वाले जगराज की पत्नी सोमाली और लालकिले के आसपास चरस बेचने वाले मुश्ताक़ की फुफेरी बहन सलीमन, जो अब उसकी पत्नी भी थी, रहती थीं। वे तीनों धन्धा करती थीं। सोमाली तो खण्डहर में ही रहकर, वहाँ अक्सर आ जाने वाले स्मैकिये—तिलक, भूसन और आज़ाद के लाए हुए ग्राहकों को निपटाती थी, लेकिन सलीमन और फूलो शाम को रिक्शा लेकर सड़क पर ग्राहकों की खोज में भी घूमती थीं। फूलो कभी-कभी 'पार्टी' में भी रात-रात भर के लिए बाहर जाया करती थी।

फूलो कभी-कभी आज़ाद के साथ सोती भी थी, हालाँकि इसके लिए उसकी बहन राजवती और बहनोई गुलशन ने मना कर रखा था। घर के लोगों के साथ न धन्धा, न उधारी—यह गुलशन कहा करता था। गुलशन, राजवती और फूलो इस खण्डहर के निवासियों में सबसे अमीर थे और पिछले साल भर से, जब से फूलो गाँव से यहाँ रहने आ गयी थी और धन्धा करने लगी थी, उनकी कमाई इतनी बढ़ गयी थी कि वे लोनी बॉर्डर की तरफ़ घर बनाने के लिए प्लॉट देखने कई बार जा चुके थे।

''अगर तू वहाँ गयी, तो मैं भी उसी तरफ़ कोई काम पकड़ लूँगा'', यह आज़ाद ने कहा था, लेकिन पिछले कुछ दिनों से उसका शरीर लगातार काँपता रहता था और रात में वह ऐंठने लगता था।

गुलशन ने कहा था, अब यह ज़्यादा दिन नहीं चलेगा। सारे स्मैकियों की यही गत होती है। आज़ाद का चेहरा किसी बच्चे की तरह मासूम था। उसका रंग गोरा था। तिलक कहता था कि आज़ाद फतेहपुर के किसी जमींदार घर का लड़का है। माँ-बाप मर गये तो भाई और भाभी ने सारी ज़मीन-जायदाद पर कब्ज़ा कर लिया। भाई के साले ने ही साज़िश के तहत उसे स्मैक की लत लगा दी, फिर उसकी ऐसी हालत कर दी कि उसे अपने घर से भागना पड़ा। कहते हैं आज़ाद पहले किताबें बहुत पढ़ता था।

मैंने आज़ाद से देर-देर तक बात की थी। वह बहुत साफ़-सुथरी ज़ुबान बोलता था। विदेशी पर्फ़्यूमों और देशी इत्र तथा घोड़ों के बारे में उसकी जानकारी से मैं दंग रह जाता था। किससे कैसी बात की जाये, इसका पूरा इल्म उसे था। स्मैक की लत के अलावा उसके पूरे व्यक्तित्व में दूसरा कोई भी ऐब नहीं था। लेकिन अब पिछले कुछ दिनों से उसका शरीर इस तरह काँपने लगा था, जैसे मलेरिया के तेज़ बुखार में काँपा करता है या जैसा पर्किंसन रोग में। मैं भीतर-भीतर अच्छी तरह जानता था कि एक दिन जब मैं उस खण्डहर की तरफ़ पहुँचूँगा, तो फूलो, तिलक, भूसन या सलीमन में से कोई कहेगा—"पता है विनायक, चार दिन से आज़ाद नहीं दिख रहा। चार रोज़ पहले सवेरे-सवेरे गया था, फिर आज तक लौटा ही नहीं। तुमको तो नहीं दिखा कहीं?"

यही होता है इन सबके साथ। आज़ाद अब कभी नहीं लौटेगा। लेकिन मैं? मैं विनायक दत्तात्रेय! मैं भी यहाँ कितना सुरक्षित हूँ? मेरे हालात ऐसे हो गये हैं कि मैं एक डरावनी बेरोज़गारी में घिरा हुआ घण्टों उसी पनवाड़ी के ठेले के पास बैठा रहता हूँ। निकम्मा, बेचैन और बदहवास।

तो, मैं दरअसल अब उसी जीवन का हिस्सा था। घर लौटने पर बेटे और बीवी की आँखों के ताब का सामना करने की हिम्मत मेरे भीतर नहीं बची थी। रात में जब मेरा बेटा रोटी के कौर मुँह में रखकर धीरे-धीरे चबाता तो मुझे लगता, वह किसी अँधेरे की सीढ़ियाँ उतर रहा है और मैं अब भविष्य में उसका चेहरा कभी नहीं देख पाऊँगा।

मेरे भीतर की आत्मा जैसी चीज़ चुपचाप रोती। मैं इस दुर्भाग्य के लिए जितनी बार अपने भीतर कमियाँ ढूँढ़ने की कोशिश करता, यक़ीन मानिए, मुझे सारी ख़ामियाँ इस समूचे तन्त्र में दिखाई पड़तीं, जिसको बनाने में निश्चित ही किन्हीं शैतानों का हाथ था।

यह तय था कि अचानक किसी दिन मैं भी इस नुक्कड़ पर दिखना बन्द हो जाऊँगा। जिन्नातों और दौलतमन्दों के इस शहर दिल्ली से ऐसे ही गायब होते हैं दरवेश, ग़रीब, बीमार और मामूली लोग। फिर वे कभी नहीं लौटते। वे कहीं नहीं लौटते। इस शहर में उनकी स्मृतियाँ तक नहीं बाक़ी रहतीं।

वे किसी बदक़िस्मत फ़क़ीर के आँसू की तरह होते हैं, जो जब जाता है तो उस जगह की ज़मीन पर, जहाँ उसका वजूद होता था, सिर्फ़ एक छोटी-सी नमी और थोड़ा-सा गीलापन छोड़ जाता है। यह नमी उसके वक़्त के अन्याय के बरक्स उसके ख़ामोश आँसुओं और थूक की होती है।

इतिहास की खण्डित मूर्तियाँ और कोरोनेशन पार्क से निकलता विशाल झुण्ड

लेकिन लगता है, हम भटक गये थे। बात मेरे फ़्लैट से थोड़ी ही दूर नुक्कड़ के संजय चौरसिया के पान ठेले की चल रही थी और हम इधर बाइपास के क़रीब 16वीं सदी के खण्डहर तक आ पहुँचे। लेकिन असलियत यही है कि अगर आप अपने फ़्लैट से बाहर निकलकर किसी भी नुक्कड़ की ज़िन्दगी को ग़ौर से देखें तो आप धीरे-धीरे एक ऐसी सुरंग में दाख़िल हो जायेंगे, जहाँ एक बिल्कुल अलग ही आबादी बसती है। यहाँ एक अलग तरह की नागरिकता का निवास होता है। यहाँ के हादसों और घटनाओं की कोई ख़बर अख़बारों में नहीं छपती। दरअसल अख़बार होते ही इसीलिए हैं कि वे यहाँ की ख़बरों और हादसों को छुपाएँ।

अगर आप दिल्ली में हैं और कोई ऐसा जीवन जी रहे हैं, जिसमें अक्सर रात भर नींद नहीं आती और आप अचानक तीन या चार बजे

उठकर सड़कों पर यों ही भटकने लगते हैं, तो आपने कभी-न-कभी 'किंग्सवे कैंप' से राजघाट की ओर जाने वाली सड़क का दृश्य ज़रूर देखा होगा। किंग्सवे कैम्प का नाम अब बदलकर विजयनगर कर दिया गया है। अगर आप विजयनगर चौराहे से अन्दर की ओर निरंकारी कॉलोनी या मुखर्जी नगर जाने वाली सड़क पर चलें, तो धीरे-धीरे उस उजाड़-सी जगह तक पहुँच जायेंगे, जिसे 'कोरोनेशन पार्क' के नाम से जाना जाता है। हालाँकि अब उसे एक ख़ूबसूरत बड़े से पार्क में बदल दिया गया है, लेकिन यही वह जगह है, जिसके आधार पर यह इलाका 'किंग्सवे कैम्प' के नाम से जाना जाता है।

कहते हैं कि अंग्रेज़ों के ज़माने में जब जॉर्ज पंचम या चार्ल्स, पता नहीं दोनों में से कौन हिन्दुस्तान आये थे, तो यहाँ देशी रियासतों के राजा-रजवाड़ों के कैम्प इसी जगह पर लगे थे। वे विलायत के अपने सम्राट का स्वागत करने यहाँ इकट्ठा हुए थे। कहते हैं कि वह स्वागत कुछ-कुछ वैसा ही था, जैसा अभी कुछ साल पहले अमेरिका के प्रेसिडेंट बिल क्लिंटन का स्वागत था। इसी जगह पर देशी रियासतों के राजा-रजवाड़ों ने अपने अंग्रेज़ सम्राट का राज्याभिषेक किया था, जिसे अंग्रेज़ी में 'कोरोनेशन' कहते हैं और विलायती सम्राट ने यहाँ जो भाषण दिया था, उनके जाने के बाद उसे राष्ट्रीय अभिलेखागार में रख दिया गया था। भाषण की उस प्रति को हिन्दुस्तान के इतिहास का एक अहम दस्तावेज़ माना जाता है। इसके अलावा सम्राट की एक मूर्ति इंडिया गेट के बीचोबीच एक ख़ूबसूरत छतरी के नीचे खड़ी कर दी गयी थी। बाद में जब 1947 में अंग्रेज़ इंगलैंड लौट गये, तो वह मूर्ति, अंग्रेज़ हुक्मरानों की दूसरी तमाम मूर्तियों के साथ इसी किंग्सवे कैम्प के कोरोनेशन पार्क में रख दी गयी।

आज़ादी के बाद के सालों में यह पार्क धीरे-धीरे भिखमंगों, पागलों, कोढ़ियों, लूले-लँगड़ों, नशेड़ियों और लावारिस अनागरिक मनुष्यों की आवारा आबादी का अड्डा बन गया। चूल्हा, चक्की, घन, हथौड़ा, सिल-बट्टा और पता नहीं किन-किन ज़रूरतों को पूरा करने के लिए इन लोगों ने सम्राट समेत सारे अंग्रेज़ हुक्मरानों की मूर्तियों के अंग-भंग

कर डाले। कोई सम्राट का सिर तोड़कर ले गया, कोई हाथ, कोई पैर। बाकी मूर्तियाँ भी अब सिर्फ़ डरावने धड़ों के रूप में यहाँ-वहाँ ज़मीन पर बेतरतीब उगी जंगली घास और झाड़ियों के बीच बिखरी पड़ी थीं। रात घिरते ही समूची दिल्ली के कोने-कोने से ऐसे लोगों की आबादी इस पार्क में सिमट आती और जगह-जगह बिखरी इन्हीं खण्डित मूर्तियों के बीच सोकर रात गुज़ारती।

तो, जैसा मैंने कहा कि अगर आप दिल्ली में हैं और एक ऐसी ज़िन्दगी जीते हैं, जिसमें अक्सर आशंकाओं की कोई अन्तहीन डरावनी फ़िल्म सारी रात आपके दिमाग़ के भीतर चलती रहती है और किसी बेचैनी और बदहवासी में घिरकर आधी रात या बिल्कुल तड़के आप यहाँ की सड़कों पर बेमकसद भटकने लगते हैं तो आपने किंग्सवे कैम्प के कोरोनेशन पार्क से निकलकर धीरे-धीरे मालरोड पर राजघाट की ओर रेंगते मनुष्यों के उस अपार झुण्ड को ज़रूर देखा होगा। रात का अँधेरा अभी पूरी तरह मिटा नहीं होता, सुबह का कोहरा दृश्य में एक धुँधला रहस्य भरता रहता है और आप देखते हैं कि फ़ेलिनी या अन्तोनियोनी की किसी फ़िल्म के किसी सर्रियलिस्ट शॉट की तरह टूटे-फूटे, विकलांग, अपाहिज, क्षत-विक्षत, आधे-अधूरे मनुष्यों का विशाल झुण्ड राजधानी की ओर चुपचाप बढ़ रहा है।

लगता है पिछली सदी के किसी महायुद्ध में किसी शहर पर हुई भयावह बमबारी के बाद जीवित बचे घायल और विकलांग लोगों की आबादी उस संहार के मलबे से निकलकर किसी सुरक्षित जीवन की शरण की ओर बढ़ रही है। किसी अन्तिम शरण्य की ओर।

यहाँ से रेंगते हुए, वे सूरज के निकलते-निकलते समूची राजधानी के कोने-कोने में बिखर जाते हैं। उन्हें आप स्टेशन, बस अड्डे से लेकर दरगाहों, मन्दिरों और शहर के हर चौराहे और पटरियों पर देख सकते हैं। यह आबादी झुग्गियों में रहने वाली आबादी से बिल्कुल अलग है और उसकी जनसंख्या आज़ादी के बाद लगातार बढ़ती गयी है।

संजय चौरसिया के पान वाले ठेले के पास के नुक्कड़ पर कभी-कभार रंगीन काग़ज़ के फूल और हवा में घूमने वाली फिरकियाँ बेचने वाली

कानी और सफेद कोढ़ से भरे चित्तीदार चेहरे वाली रुपना मंडल भी किंग्सवे कैम्प के उसी कोरोनेशन पार्क से आती है। उसके साथ-साथ कभी-कभी आने वाला बिना बाँहों वाला सात-आठ साल का बच्चा सोहना भी उसी अनधिकृत आबादी का हिस्सा है।

तो देखा न आपने कि कैसे संजय चौरसिया के पान के ठेले वाले नुक्कड़ से जो सुरंग शुरू होती है, वह बाइपास के खण्डहर से होती हुई किंग्सवे कैम्प तक और फिर वहाँ से समूची राजधानी के कोने-कोने तक विस्तृत हो जाती है। अगर आप इस सुरंग में दाख़िल हो जायें और चुपचाप चलते चले जायें, तो आप पायेंगे कि यह सुरंग ज़मीन के भीतर-भीतर पूरे मुल्क और समुद्र के भीतर-भीतर से गुज़रती हुई समूची दुनिया तक फैलती जाती है। यह एक अलग प्रकार का भूमण्डलीकरण है, जो इतने अदृश्य और गोपनीय तरीके से हो रहा है कि इसके बारे में कोई भी समाजशास्त्री अभी ज़्यादा नहीं जानता। जो जानते हैं, वे चुप रहते हैं और आने वाले समय का इन्तज़ार कर रहे हैं। लेकिन महत्त्वपूर्ण यह है कि इस सुरंग की शुरुआत संजय चौरसिया की जिस दुकान से होती है, वह दुकान मेरे फ़्लैट से बस कुछ ही क़दमों की दूरी पर है।

बिल्कुल मुमकिन है कि आप अपने फ़्लैट या अलग-थलग बने किसी मकान से बाहर निकलकर किसी ऐसे ही ठेले या रेहड़ी के पास के जमघट को ग़ौर से देखें तो इस सुरंग का कोई मुहाना आपको भी मिल जाये।

रामनिवास से भेंट और रहस्य की शुरुआत

इसी नुक्कड़ पर मेरी मुलाकात रामनिवास पसिया से हुई थी। वह इलाहाबाद के हँडिया तहसील के एक गाँव शाहीपुर से बीस साल पहले अपने पिता बबुल्ला पसिया के साथ दिल्ली आया था। बबुल्ला पहले रोहतक रोड के एक ढाबे में बरतन माँजने का काम करता था, फिर आगे चलकर उसने तन्दूरी रोटी बनाने और दाल, सब्ज़ी में तड़का लगाने का काम सीख लिया। पाँच साल पहले उत्तर-पश्चिम दिल्ली के समयपुर बादली गाँव की झुग्गी बस्ती में उसने भी अपनी एक झुग्गी

डाल ली थी और इस तरह उसका परिवार दिल्ली का निवासी बन गया। हालाँकि वह बस्ती, जहाँ उसकी झुग्गी थी, अनधिकृत बस्ती थी और कभी भी उस पर म्युनिसिपैलिटी का बुलडोज़र चल सकता था, लेकिन पिछले साल चुनावों के बाद राशन कार्ड बन जाने के बाद यह उम्मीद बन गयी थी कि अब उन्हें यहाँ से हटाया नहीं जायेगा।

रामनिवास पसिया की उम्र मुश्किल से सत्ताइस-अट्ठाइस साल की थी। इस इलाक़े के पार्षद रामलाल शर्मा की सिफ़ारिश से उसे नयी दिल्ली नगरपालिका में अस्थायी सफ़ाई कर्मचारी का काम मिल गया था। उसकी ड्यूटी दक्षिणी दिल्ली के साकेत इलाक़े में लगी थी। सुबह आठ बजे एक झोले में वह प्लास्टिक के टिफिन के भीतर रोटियाँ रखकर डी.टी.सी. की बस से धौलाकुआँ के लिए निकल जाता और फिर वहाँ से दूसरी बस लेकर साकेत पहुँचता। दफ़्तर में हाज़िरी लगाने के बाद वह अपनी झाड़ू और सफ़ाई का दूसरा सामान लेकर उस इलाक़े में पहुँच जाता, जहाँ उसकी ड्यूटी होती। दोपहर भूख लगती, तो किसी कुलचे वाले से दो रुपये के छोले लेकर घर से लाई रोटी के साथ भरपेट खा लेता। रोटियाँ उसकी पत्नी बबिया बनाती थी। बबिया से उसकी शादी तब हुई थी, जब उसकी उम्र सत्रह वर्ष की थी। अब वह दो सन्तानों का पिता बन चुका था। एक बेटा और एक बेटी। अगर एक बेटा मर न गया होता, तो यह संख्या तीन होती।

रामनिवास से मेरी मुलाकात संजय के ठेले के पास ही हुई थी। हमारे इलाक़े में उसके अक्सर आने की एक ख़ास वजह थी। दरअसल उसका सुषमा नाम की लड़की से कुछ चक्कर चल रहा था। सुषमा घरों में बरतन-कपड़े का काम करती थी और समयपुर बादली से रोज़ यहाँ आती थी। रामनिवास उसके साथ-साथ कई बार आ जाता और जब तक वह घरों में काम करती, तब तक वह संजय के ठेले से बीड़ी या सिगरेट ख़रीदकर सुट्टे खींचता या रतनलाल के ठेले पर चाय पीता। सुषमा की उम्र मुश्किल से सत्रह-अट्ठारह साल की रही होगी यानी वह रामनिवास से कम-से-कम दस वर्ष छोटी थी। साँवले रंग के रामनिवास का शरीर इकहरा था और अगर फ़िल्मी एक्टर जितेन्द्र थोड़ा काला,

दुबला और ग़रीब हो जाता तो वह बिल्कुल रामनिवास की तरह ही दिखता। सुषमा उसे पसन्द करती थी, यह दोनों को साथ देखने से ही पता चल जाता था।

रामनिवास के साथ जो क़िस्सा जुड़ा हुआ है, उसी में वह रहस्य है, जिसे मैं आपको बताने जा रहा हूँ। आपसे मेरी प्रार्थना यही है कि आप किसी को भी यह न बताएँ कि इस रहस्य की जानकारी आपको किसने दी है। आप तो जानते ही हैं कि पहले से ही तमाम संकटों में घिरा हुआ मैं, इसके बाद कितने बड़े जोखिम में फँस जाऊँगा।

सुषमा को कल भी मैंने देखा था। वह आज भी हमारे इलाक़े के कई घरों में काम करती है। वह अभी भी पहले की तरह ही हर रोज़ यहाँ आती है।

लेकिन रामनिवास?

रामनिवास कई महीने से इस नुक्कड़ पर नहीं दिखा। अब वह कहीं नहीं दिखेगा। सुषमा भी उसका कोई ज़िक्र नहीं करती। मैंने पहले ही बताया था कि यह एक ऐसा जीवन है, जिसमें कभी भी, हर रोज़ दिखाई देने वाला आदमी, एक दिन अचानक अनुपस्थित हो जाता है। फिर वह कभी नहीं दिखता। बाद में उसकी स्मृति भी बाकी नहीं बचती। अगर आप उसे खोजना भी चाहें तो उस ज़मीन पर, जहाँ कभी उसका अस्तित्व हुआ करता था, वहाँ पर थोड़ा-सा गीलापन, ज़रा-सी नमी भर आपको मुश्किल से मिलेगी, जो इस तथ्य का प्रमाण होगी कि इस जगह पर कभी न कभी एक मनुष्य का जीवन ज़रूर हुआ करता था, जो अब नहीं रहा। जो अब कभी नहीं होगा।

मैं आपको उसी रामनिवास के बारे में संक्षेप में बताना चाहता हूँ यानी रामनिवास के न होने का साधारण-सा वृत्तान्त। और इसी में उस रहस्य का पहला छोर मौजूद है, जिसे जानना इस समय हम सबके लिए बहुत ज़रूरी है।

पिछले से पिछले साल की मई की पच्चीस तारीख़ थी। दिन था मंगलवार। उस रोज़ हमेशा की तरह रामनिवास सुबह साढ़े सात बजे अपने घर से तैयार होकर साकेत जाने के लिए निकला। उसके घर

से साकेत की दूरी लगभग 42 किलोमीटर **थी**। उसकी पत्नी बबिया ने उसके झोले में आज रोटियों वाले प्लास्टिक के टिफिन के अलावा स्टील का एक डिब्बा और भी रखा था। उसमें आलू और छोले की मसालेदार सब्ज़ी थी, जो रामनिवास को बहुत पसन्द थी। रामनिवास जब बस स्टॉप पर पहुँचा तो वहाँ सुषमा पहले से ही खड़ी थी। उसने आज अपना लाल चित्तियों वाला सलवार-सूट पहन रखा था और चेहरे पर क्रीम लगा रखी थी। वह सुन्दर लग रही थी।

पिछले हफ़्ते, शनिवार के दिन वह रामनिवास के साथ पहली बार फ़िल्म देखने अल्पना सिनेमा गयी थी और इंटरवल में दोनों ने बाहर चाट-पापड़ी खायी थी। सिनेमा हॉल के भीतर और बाद में घर लौटते हुए बस में, रामनिवास उसके साथ लगातार सटा जा रहा था। वह उसे हामी भरने के लिए ज़िद कर रहा था। सुषमा लगातार टाल रही थी, लेकिन बस से उतरकर जब वह अपने घर जा रही थी, तो मोड़ पर रामनिवास ने कहा था कि अगर वह मंगलवार को सवेरे इस बस स्टॉप पर नहीं मिली तो सब ख़त्म। मतलब कि वह रामनिवास को पसन्द नहीं करती।

आज मंगलवार ही था। हर रोज़ सुबह नहाने के बाद वह बबिया से रात की बची बासी रोटी माँगकर खा जाता था। आज उसके पेट में भूख की जगह एक अजब-सी बेचैनी भरी हुई थी, जिसे वह बबिया से छुपाने की लगातार कोशिश कर रहा था। घर से निकलते हुए उसका दिल डूब-सा रहा था। रामनिवास को अक्सर सन्देह रहता था कि सुषमा उसको लेकर कई तरह की दुविधाओं से गुज़र रही है। इसीलिए आज उसे बस स्टॉप पर पहले से खड़ा देखकर वह इतना ज़्यादा ख़ुश हुआ था कि सुषमा से बस की बजाय ऑटोरिक्शा से चलने की ज़िद करने लगा। बहुत ज़िद करने पर भी सुषमा इसके लिए तैयार नहीं हुई। "फ़ालतू पैसा फेंकने और कमाई में आग लगाने से क्या फ़ायदा? ऐसे ही चलते हैं।" ऐसा सुषमा ने कहा। रामनिवास इससे निराश हुआ, क्योंकि उसका इरादा ऑटोरिक्शा की पिछली सीट पर सुषमा से चिपकने और उससे छेड़-छाड़ करने का था। इसके बावजूद चूँकि

सुषमा ने आज बस स्टॉप पर आकर एक तरह से रामनिवास के लिए हामी भर लेने का सिग्नल दे दिया था, इसलिए उसका दिल बल्लियों उछल रहा था। वह सचमुच बहुत ख़ुश था। उसे अपनी अब तक की ज़िन्दगी बदली हुई लग रही थी।

अपनी पत्नी बबिया से उसकी हर रोज चख़चख़ होती रहती थी। वह बच्चों को सँभालने और घर के काम से ही फ़ुरसत नहीं पाती थी। दोनों बच्चों में से कोई-न-कोई हमेशा बीमार रहता था। बड़े वाले रोहन को तो उसने शायद ही कभी हँसते और खेलते-कूदते देखा हो। बबिया को रामनिवास की तनख़्वाह भी कभी पूरी नहीं पड़ती थी। हालाँकि इसमें दोष बबिया का नहीं, उनके परिवार की ज़रूरतों का था, फिर भी रामनिवास को ग़ुस्सा बबिया पर ही आता। "तुम्हारे हाथ में बरकत नहीं है। गोपाल को देखो। चार बच्चे हैं। माँ-बाप हैं। ऊपर से नाते-रिश्तेदार जमे ही रहते हैं। मुझसे कम तनख़्वाह है, लेकिन तब भी मज़े से गुज़ारा चलता है। और इधर तुम! दिन-रात हाय-हाय। हाय-हाय।" यह वह अक्सर बबिया से कहता। बबिया चुप रहते हुए ऐसी आँख से उसे घूरती, जो सारे दिन रामनिवास के दिमाग़ के भीतर चुपचाप सुलगती रहती। उसी आँख के कारण वह एक-एक पैसा अपने दाँतों में दबाता। भूख लगती तो पेट मसोस लेता। चाय की तलब होती तो किसी के पास तरह-तरह से जुगाड़ जमाता। डी.टी.सी. में अक्सर बिना टिकट सफ़र करता। वह बबिया की, उसके दिमाग़ के भीतर हर पल सुलगती आँख ही थी, जिसके कारण रामनिवास कभी हँस न पाता।

उस मंगलवार को रामनिवास ने सुषमा से कहा कि आज वह ड्यूटी से ज़ल्दी लौट आयेगा, इसलिए वह आज दो बजे तक संजय के ठेले के पास उसका इन्तज़ार कर ले। दोनों साथ-साथ वापस लौटेंगे। सुषमा ने हालाँकि पहले तो कहा कि वहाँ पर इन्तज़ार करना उसे अच्छा नहीं लगता, क्योंकि स्कूटर मैकेनिक सन्तोष उसके साथ ऐसी-वैसी बात करता है और संजय भी मसखरी करता है लेकिन बाद में वह इसके लिए तैयार हो गयी। लेकिन आज पहली बार सुषमा ने रामनिवास से धीरे से यह कहा कि वह साकेत से लौटते हुए, अनुपम सिनेमा के पास

से मिर्ची-पकौड़ा ज़रूर ले आये। रामनिवास कई बार उससे वहाँ के मिर्ची-पकौड़ा का ज़िक्र कर चुका था। सुषमा ने जब आज उससे ऐसा कहा तो रामनिवास को उसकी आवाज़ में उस पर हक़ जमाने जैसा अपनापन लगा, जो उसको अच्छा लगा। उसने, ''हाँ-हाँ। देखूँगा-देखूँगा।'' कहकर बड़ी मुश्किल से उस अच्छा लगने को सुषमा से छिपाया।

झाड़ू की मूठ, कोठी का जिम सेंटर और गुरु को घूरता मंगल

रामनिवास उस दिन काफ़ी ख़ुश था और फ़िल्म 'कुछ कुछ होता है' का गाना गा रहा था। उसने दफ़्तर में अपनी हाज़िरी लगाने के बाद चोपड़ा साहब से कहा कि आज वह जल्दी घर चला जायेगा, क्योंकि बीवी की तबीयत ख़राब है और उसे अस्पताल ले जाना है। चोपड़ा साहब उस दिन आसानी से मान गये थे, जबकि हमेशा वे इसमें चिख़चिख़ करते थे और छुट्टी की एप्लिकेशन देने की ज़िद करते थे। 'आज का दिन बहुत क़िस्मत वाला है।' ऐसा रामनिवास ने मन में सोचा।

वह एक कोठी का बड़ा-सा हॉल था, जिसमें वह झाड़ू लगा रहा था। इसमें झाड़ू लगाना उसकी ड्यूटी में शामिल नहीं था, क्योंकि वह कोठी सरकारी नहीं थी लेकिन चोपड़ा साहब ने कहा था कि चूँकि उस कोठी में साहब लोग और उनके बीवी-बच्चे कसरत के लिए और अपना मोटापा कम करने के लिए रोज़ जाते हैं, इसलिए रामनिवास उसको भी साफ़ कर दिया करे।

दरअसल वह एक जिम सेंटर था। उसमें पेट घटाने, चर्बी छाँटने, कमर पतली करने और मोटापा दूर करने वाली तरह-तरह की मशीनें रखी थीं। साकेत में रहने वाले बड़े लोग और उनके परिवार के सदस्य उसमें सुबह-शाम आ जाते और वहाँ घण्टों चहल-पहल रहती। इसी कोठी की पहली मंज़िल पर एक ब्यूटी पार्लर और एक मसाज सेंटर भी खुल गया था। अधेड़ और अधबूढ़े रईस मसाज सेंटर में आकर अपनी मालिश कराते और कभी-कभी उनमें से कुछ लड़कियों को अपनी कार में बाहर भी ले जाते। उसने कई पुलिस अफ़सरों और नेता लोगों को भी यहाँ आते देखा था।

सुनीला नाम की लड़की बाहर जाने का पाँच हज़ार लेती थी, ऐसा सामने की नुक्कड़ के चाय वाले गोविन्द ने बताया था। "पता नहीं साले, साहब लोग यहाँ क्या-क्या करते हैं। रात भर पार्टी चलती है। आसपास की कोठियों की कई लड़कियाँ और लड़के इसमें रात में आते हैं।" गोविन्द ने बताया था। इस जिम सेंटर से उसकी आमदनी बढ़ गयी थी, क्योंकि रात में अक्सर पेप्सी और सोडा की माँग वहाँ से होती। वे लोग रात में वहाँ मौज-मस्ती करते और शराब पीते। यही वजह थी कि रामनिवास को सफ़ाई के दौरान वहाँ के बाथरूम में कई बार ऐसी ऊटपटाँग चीज़ें मिल जातीं, जिन्हें ठिकाने लगाना भी आसान न होता।

'क्या ज़िन्दगी है साहब लोगों की। खा-खा के फूल गये हैं और चर्बी ही छाँटे नहीं छँटती। और कहाँ अपन! गन्दे नाले की मछली खा लेने से एक बेटे की मौत हो गयी। दूसरा दवाई के भरोसे साँस खींच रहा है।' रामनिवास ने सोचा। तभी उसे सुषमा की याद आयी। वह दो बजे तक संजय के ठेले पर उसका इन्तज़ार करेगी। जल्दी-जल्दी सारा काम निपटाने के फेर में वह लग गया।

रामनिवास जिम सेंटर के बड़े से हॉल की फ़र्श पर झाड़ू लगा रहा था। झाड़ू की मूठ पर बँधी सुतली की कसान ढीली पड़ गयी थी, इसलिए झाड़ू की सींकें बार-बार खिसक जाती थीं। रामनिवास परेशान हो रहा था। उसने हॉल की दीवाल पर, झाड़ू की सींकों को बराबर करने के लिए, उसकी मूठ को ठोंका तो चौंक पड़ा। उसने दीवाल को दुबारा ठोंका तो उसका शक पक्का हो गया। अजब बात थी, ठोंकने पर दीवाल से खट-खट की नहीं, धप-धप की आवाज़ आ रही थी। इसका मतलब था कि दीवाल वहाँ पर खोखली थी। उसके भीतर पोल था, बस ऊपर से पलस्तर चढ़ा दिया गया था। जिस जगह वह दीवाल थी, वहाँ दो कुर्सियाँ, एक मेज़ और जूट के दो बोरे रखे हुए थे। रामनिवास ने उन्हें खिसकाकर जगह बनायी और झाड़ू की मूठ को ज़ोरों से दीवाल की उस जगह पर ठोंकने लगा।

जैसा कि होना ही था। पलस्तर में पहले दरारें पड़ीं, फिर उसके

चिलठे उखड़ने लगे। देखते-देखते एक बड़ा-सा छेद वहाँ खुल गया। फिनाइल या गैमेक्सिन की तेज़ गन्ध वहाँ से छूट रही थी। रामनिवास ने उसके भीतर झाँककर देखा तो उसकी साँसें थम गयीं। वह जड़ रह गया। बाप रे! अन्दर नोट-ही-नोट थे। सौ-सौ और पाँच-पाँच सौ की गड्डियाँ।

उसने अपनी आँखें छेद के और नज़दीक सटाईं। दीवार के भीतर का पोल बहुत बड़ा था। कोई लम्बी सुरंग जैसा खोखला उस दीवाल के भीतर मौजूद था और उसमें दूर-दूर तक नोटों की गड्डियाँ भरी हुई थीं। यहा-से-वहाँ तक। आगे जहाँ अँधेरा गहरा होता जाता था, उसमें वे गड्डियाँ डूब रही थीं। अँधेरे की कालिख उन्हें अपने भीतर छुपा रही थी। रामनिवास का दिल ज़ोरों से धड़कने लगा। उसने डरते हुए इधर-उधर नज़र दौड़ाई। आस-पास कोई नहीं था। सिर्फ़ वह था। अकेला। और साकेत की उस कोठी नम्बर ए-11/डीएक्स 33 के जिम सेंटर के बड़े से हॉल की वह दीवाल उसके सामने थी, जिसमें एक ऐसा खोखल उसकी झाड़ू की मूठ की ठोकर से अचानक खुल गया था, जिसमें अनगिनत नोटों की गड्डियाँ भरी पड़ी थीं।

'काला धन...काला धन...काला, काला, काला' उसके कानों में जैसे कोई फुसफुसा रहा था। उसके शरीर का रोयाँ-रोयाँ सिहर रहा था। जिस चीज़ के बारे में वह सिर्फ़ सुना करता था, इस समय वह उसकी आँख के ठीक सामने, साँस भर की दूरी पर, साक्षात् मौजूद था। यह न कोई सपना था, न कोई क़िस्सा। यह एक सच्चाई थी, जो संयोग से उसकी आँख के सामने इस वक़्त मौजूद थी।

रामनिवास कुछ देर तक चुपचाप खड़ा सोचता रहा फिर उसने उत्तरी कोने की मेज़ पर रखा अपना झोला उठाया और इधर-उधर अच्छी तरह देखकर पाँच-पाँच सौ के नोटों की दो गड्डियों को उसमें डाल लिया। इसके बाद उसने उस खोखल को ढँकने के लिए वहीं पड़े जूट के बोरे को खिसकाकर सटा दिया और उसके सामने मेज़-कुर्सी लगा दी, जिससे किसी को उसके बारे में पता न चले। फिर उसने फ़र्श पर अच्छी तरह से झाड़ू लगाकर, पलस्तर की झाड़न और धूल-गर्द को

साफ़ किया और इत्मीनान से बाहर निकलकर गोविन्द की दुकान पर आ गया। वहाँ उसने एक कप कड़क चाय पी और दो मट्ठियाँ खायीं।

"आज गर्मी कुछ ज़्यादा ही बढ़ गयी लग रही है। कल तो फिर भी ठीक था।" उसने गोविन्द से कहा। गोविन्द ज़्यादा बात करने के मूड में नहीं था क्योंकि तभी वहाँ एक जीप आकर खड़ी हो गयी थी, जिसमें बैठे लोगों ने पाँच चाय और पाँच मट्ठी का ऑर्डर दिया था। जीप सरकारी थी।

"गर्मी तो अभी और बढ़ेगी", गोविन्द ने सिर्फ़ इतना कहा और पतीले में चाय उबालने लग गया। अभी तक सिर्फ़ साढ़े ग्यारह बजे थे और इस इलाक़े की सफ़ाई का आधा काम अभी भी बाक़ी था। लेकिन रामनिवास वहाँ से सीधा अपने दफ़्तर पहुँचा, झाड़ू जमा की और यह कहकर कि बीवी की तबीयत काफ़ी बिगड़ गयी है, घर से फ़ोन आया है, वह निकल गया।

नोटों के एक बण्डल में दस हज़ार रुपये थे यानी रामनिवास के झोले में इस समय बीस हज़ार रुपये मौजूद थे। इतने रुपये इकट्ठा उसने अपने जीवन में कभी नहीं देखे थे। वह डर रहा था, इसलिए साकेत से रोहिणी तक की बस के सफ़र में उसने झोले को कसकर अपने पेट से चिपकाए रखा। अगर किसी भी व्यक्ति के पास थोड़ी फ़ुर्सत होती और वह रामनिवास के चेहरे पर ग़ौर करता तो जान सकता था कि वह कितनी घबराहट और तनाव की हालत में है।

बस स्टॉप से रिक्शा लेकर जब वह संजय के ठेले पर पहुँचा तो सुषमा वहाँ खड़ी थी और स्कूटर मैकेनिक सन्तोष से हँस-हँसकर बात कर रही थी। रामनिवास को थोड़ा-सा गुस्सा आया लेकिन, उसे देखते ही जब सुषमा ने कहा कि "कहाँ की तिजोरी हाथ लग गयी? रिक्शे की ऐश हो रही है आज तो।" तो वह घबरा गया।

सुषमा ने फिर पूछा, "तुमने तो दो बजे आने को कहा था। इतनी जल्दी छुट्टी कैसे मिल गयी? अभी तो एक भी नहीं बजा।" तो रामनिवास हँस पड़ा।

सुषमा को देखकर और सम्भवतः उस जगह तक पहुँचकर उसे कुछ तसल्ली-सी हो रही थी। उसकी घबराहट अचानक कम हो गयी थी।

स्वप्न में ऑटोरिक्शा और मज़ेदारी का अनोखा पेड़

"भाग आया मैं जल्दी।" उसने कहा और सुषमा को देखकर हँसने लगा। सुषमा भी हँसने जा रही थी, लेकिन अचानक उसे लगा कि रामनिवास के ऐसा कहते ही संजय और सन्तोष उसकी ओर देखने लगे हैं, तो वह पहले की तरह ही रही।

"चाय पियोगे तुम लोग?" रामनिवास ने जब सन्तोष और संजय से पूछा तो दोनों को ताज्जुब हुआ। "बात क्या है भाई! आज तो ओ.टी. मिला लगता है!" सन्तोष ने कहा। सुषमा को भी थोड़ा आश्चर्य हुआ, क्योंकि रामनिवास को पैसे के मामले में वह मक्खीचूस मानती थी। चाय या बीड़ी के लिए जब वह लोगों के सामने तरह-तरह की हरकतें करता, तो उसे अच्छा नहीं लगता था। लेकिन रामनिवास ने उस दिन संजय और सन्तोष को ही नहीं, मोची देवीदीन और साइकिल वाले मदन को भी एक-एक स्पेशल चाय पिलाई।

सुषमा ने बहुत मना किया कि पैसे में क्यों आग लगाते हो, लेकिन रामनिवास नहीं माना। उसने एक ऑटोरिक्शा किराये पर लिया और सुषमा के साथ करोलबाग, कमला नगर, दीप मार्केट घूमता रहा। सुषमा को उसने पेप्सी पिलाई, चाट पापड़ी खिलाई, करोलबाग से उसके लिए एक लेडीज़ पर्स ख़रीदा और कमला नगर के कोल्हापुर रोड से उसके लिए पाँच सौ का सलवार-सूट और एक जोड़ी चुन्नी ख़रीदकर दी। सुषमा को यह सब कुछ स्वप्न जैसा लग रहा था। जब-जब रामनिवास की ओर वह देखती या वह उसे छूता, ख़ुशी का एक तेज़ झरना अचानक फूटकर उसको भीतर-बाहर से नहला डालता। कल तक का उदास और परेशान रामनिवास, जिसके बारे में कई बार वह सोचने लगती थी कि वह उससे मिलना-जुलना बन्द कर देगी, आज किसी अविश्वसनीय सुख और कई-कई रंगों से भरे सपने के नायक में बदल गया था। हालाँकि उसकी दाढ़ी अभी भी बेतरतीब बढ़ी हुई थी, ठूँठ उग रहे थे और मुँह से बीड़ी की तेज़ बास आ रही थी, लेकिन स्कूटर की पिछली सीट पर जब-जब वह उसे चूमता, सुषमा को लगता जैसे फूलों के किसी बगीचे ने उसे अपने भीतर समेट लिया है।

सुषमा नहीं जान पायी कि रामनिवास में ऐसा आश्चर्यजनक परिवर्तन हुआ कैसे। उसे लगता आज मंगलवार को समयपुर बादली के बस स्टैंड पर आकर उसने एक अच्छा काम किया, जबकि आने न आने के बारे में वह रात भर सोचती रही थी। उसका फ़ैसला आख़िर ठीक ही निकला, क्योंकि अब वह यही सोचकर ख़ुशी से सिहर उठती थी कि दुनिया में कोई उसे इतना प्यार करने वाला मौजूद भी है। और इस समय वह उसी के साथ है। रामनिवास उसे बहुत भोला और उसके लिए किसी छोटे-से बच्चे की तरह व्यग्र लग रहा था। सुषमा जब कुछ दिनों के बाद रामनिवास के साथ सोने लगी और बाद में उसके बच्चा भी ठहरा, जिसे उन्होंने नाहरपुर के मित्तल क्लिनिक में गिरवाया, तब भी उस दिन की ऑटोरिक्शा की यात्रा उसकी स्मृति में हमेशा रही आयी। यह एक स्वप्न था, जिसमें सुषमा और रामनिवास दो साल पहले, मई महीने की 23 तारीख़ के उस मंगलवार को अचानक प्रवेश कर गये थे, जिस मंगलवार को रामनिवास को साकेत की कोठी नम्बर ए-11/डीएक्स 33 की दीवाल की खोखल में छुपे हुए रुपये मिले थे।

हर ख़ुशी की जड़ नोटों में ही छुपी होती है, वहीं से मज़ेदारी का पेड़ पनपता है, जिसमें सुख और मस्ती के फल लगते हैं। नोटों की गड्डियों में ही शायद आदमी की सारी अच्छाइयाँ भी बन्द होती हैं। रामनिवास अक्सर सोचने लगता। वह अब बिल्कुल नया आदमी बन चुका था। उसके रहने-सहने का ढंग बदल गया था। पहले के ग़रीब, फटीचर और उदास जितेन्द्र की जगह अब वह चमकदार, रंगीन और बातूनी गोविन्दा नज़र आने लगा था, जिसके दाँत हमेशा निकले रहते थे। उसके घर की भी हालत सुधर गयी थी। उसकी पत्नी बबिया अब हमेशा ख़ुश रहती। घर में अच्छा खाना बनता। हफ़्ते में कम-से-कम दो बार वे मीट खाते। अण्डा तो रोज़ ही, जब मन पड़ता, वह ले आता। बच्चे आइसक्रीम माँगते और पाते। कोई मेहमान आता, तो हल्दीराम की नमकीन, ब्रिटानिया के बिस्कुट बबिया तश्तरी में रखती और कहती, "भाई साहब, थोड़ा-सा तो लीजिए।" सोफ़ा, टी.वी, वी.सी.आर., डबल बेड, फ्रिज वग़ैरह ख़रीद लिया गया था। रामनिवास पालिका बाज़ार से

एक विदेशी सी.डी. प्लेयर भी ले आया था और कहता था कि जल्द ही बच्चों के लिए कम्प्यूटर ख़रीद लायेगा। वह बताता था कि लोग कहते हैं कि आज के ज़माने में कम्प्यूटर सीखे बिना कोई तरक्की नहीं कर सकता। अपने बच्चों रोहन और उर्मिला के लिए वह कम्प्यूटर कोर्स के बारे में पता लगाता रहता। वह प्लान बनाता कि दोनों को वह अमेरिका भेजेगा, जहाँ वे किसी कम्पनी में काम करेंगे और हर महीने कई लाख की तनख्वाह पायेंगे।

रामनिवास के नाते-रिश्तेदार, जो कभी उसके पास फटकते नहीं थे, वे अब अक्सर सपरिवार उसके यहाँ आ जाते। उनको पहले के घुन्ने और फटीचर रामनिवास में अब संसार के सारे सद्गुण दिखाई देते, जिनका बखान वे बबिया और ख़ुद उसी के सामने अक्सर करते। जात-बिरादरी में रामनिवास की पूछ बढ़ गयी थी। शादी-ब्याह के मामलों में उसकी सलाह ली जाती। उसके पास चिट्ठियाँ और शादी-ब्याह के निमन्त्रण आते। वह कहीं जाता, कहीं न जाता। जहाँ जाता, उसका ख़ूब सत्कार होता।

"सब अपने हैं भाई, मैंने सबको माफ़ किया।" वह अक्सर कहता और लोगों की मदद करता। मुहावरे में, संक्षिप्त करके कहें तो यह कि अब रामनिवास के दिन फिर गये थे।

लेकिन रामनिवास इधर रोज़ पीने लग गया था। सुषमा के साथ उसका मिलना-जुलना रोज़ का काम हो गया था। बबिया उनके सम्बन्धों के बारे में जान गयी थी, लेकिन चुप थी। वह रामनिवास के स्वभाव को अच्छी तरह से जानती थी। उसे पता था कि चाहे कुछ भी हो, वह उसको और अपने बच्चों को छोड़कर कहीं नहीं जायेगा, इसलिए वह निश्चिंत थी।

कई बार रामनिवास आधी रात के बाद घर लौटता। कई बार दो-तीन दिनों तक गायब रहता। उन्हीं दिनों सुषमा भी अपने घर से बाहर होती, लेकिन बबिया को इससे कोई फ़र्क़ न पड़ता। मोहल्ले में रामनिवास का सम्मान और रुतबा बढ़ गया था। वह अब सीधे सुषमा के घर पहुँचता और उसकी अम्माँ बिलाड़ी बाई, जो घरों में झाड़ू-पोंछा

और बरतन माँजने का काम करती थी, के सामने ही उससे फ़िल्म देखने के लिए चलने की बात करने लगता था।

सुषमा के पास कई जोड़े सलवार-सूट, सैंडिल और गहने हो गये थे। पहले वह रामनिवास से बराबरी के झगड़े कर लेती थी, लेकिन अब वह उसकी कई बातें चुपचाप बर्दाश्त कर लेती। उसे डर लगता कि कहीं रामनिवास उससे नाराज़ न हो जाये। सुषमा की अम्माँ कई बार उससे कहती, "ऐसा कब तक चलेगा? तू उस पर अपना हक़ बना ले। लोग बात करने लगे हैं।" लेकिन सुषमा कहती, "अम्माँ किसी दूसरी औरत का बना-बनाया खोंता मुझसे उजाड़ा न जाता। वो भी बाल-बच्चों वाला। ऐसे ही चलने दे, जब तक चले।" लेकिन भीतर-भीतर उसे कहीं विश्वास था कि ऐसा हमेशा चलता रहेगा। जब तक वह और रामनिवास दोनों जीवित रहेंगे।

लोग अगर रामनिवास से पूछते कि इतना पैसा अचानक उसके पास कहाँ से आया तो वह कहता कि वह साकेत में पाँच लाख की कमेटी चला रहा है या कि वह आजकल सट्टे बाज़ारी की कमाई कर रहा है। किसी से वह कहता कि उसकी लाटरी निकल आयी है। किसी-किसी से उसने यह भी कह रखा था कि मस्जिद मोठ के पास उसे ऐसे एक साधु महाराज मिले थे, जिन्होंने एक ऐसा मन्त्र उसके कान में फूँका था कि सट्टे का खुलने वाला नम्बर आँख मूँदने पर उसे साफ़-साफ़ दिख जाता है। रामनिवास से कई लोगों ने वह मन्त्र अपने-अपने कान में फुँकवाया लेकिन किसी को वह नम्बर आँख मूँदने पर नहीं दिखा। रामनिवास कहता कि तुम लोगों का दिल साफ़ नहीं है, इसलिए तुम्हें नम्बर नहीं दिखता। किसी से डाह न करो, न किसी की चुगली खाओ, किसी का नुक़सान न करो तो फिर देखो, सट्टे और लाटरी का नम्बर अपने आप तुम्हारे दिमाग़ के परदे पर नाचेगा!

जब भी उसका मन होता, वह उस कोठी की दीवाल से नोटों की गड्डियाँ अपने झोले में भर लाता। ताज्जुब था कि इतने दिन हो गये थे, अभी तक न तो उसको किसी ने टोका या पकड़ा था, न उस खोखल से उन गड्डियों को इधर-उधर किया था। इतने दिन बेरोक-टोक उन

रुपयों का इस्तेमाल करते रहने से रामनिवास अब बेफ़िक्र हो गया था। उसकी हिम्मत बढ़ गयी थी। फिर भी कभी-कभी उसे आशंका सताती कि कहीं ऐसा न हो कि किसी दिन उन रुपयों का असली मालिक आ जाये और वहाँ से अपनी छिपी हुई दौलत लेकर चल दे, इसलिए उसने समझदारी और दूरदर्शिता के साथ दो काम किये। एक तो उसने लोनी बॉर्डर में पाँच सौ गज का एक प्लॉट अपनी पत्नी बबिया पसिया के नाम ख़रीदा और दूसरे, उसने तीन लाख रुपये की फिक्स्ड डिपॉज़िट तीन-चार बैंकों में अलग-अलग नाम से जमा कर दी। इनमें से पचास हज़ार की एक डिपॉज़िट सुषमा के नाम से भी थी, जिसने अब रामनिवास के साथ इसी तरह हमेशा रहने का मन बना लिया था।

ताजमहल में प्यार, ए.सी. रूम, बाज़ की आँखें और पुलिस

यह घटना सात-आठ महीने पहले की है।

रामनिवास ने सुषमा के साथ आगरा और जयपुर घूमने और ताजमहल के सामने फ़ोटो खिंचवाने का प्रोग्राम बनाया। दो-तीन दिन वह मौज-मस्ती करना चाहता था। सुषमा इसके लिए तुरन्त तैयार हो गयी। दोनों ट्रेन से आगरा पहुँचे।

स्टेशन से बाहर निकलते ही उन्हें एक टैक्सी वाला मिल गया। उससे रामनिवास ने किसी होटल ले चलने के लिए कहा। ''कैसा होटल चलेगा?'' ऐसा पूछते हुए उस टैक्सी वाले ने जिस निगाह से रामनिवास को घूरा, उससे रामनिवास को लगा कि वह उसे कोई भिखमंगा या मामूली आदमी समझ रहा है। ''कोई भी अच्छा, टॉप का होटल। किसी सड़े-गले, सड़कछाप में मत ले चलना।'' रामनिवास ने क़ड़ी और रोबीली आवाज़ में कहा। टैक्सी वाले ने, जो देखने में चालीस-पैंतालीस साल का कोई ख़ुर्राट लग रहा था, जिसकी आँखें भूरी थीं और उनमें किसी शिकारी बाज़ की आँखों की चमक थी, उसकी ओर मुस्कुराते हुए व्यंग्य से देखा और कहा, ''थ्री स्टार चलेगा? पास में ही है।'' उसने सोचा होगा कि थ्री स्टार का नाम सुनते ही रामनिवास की गर्मी उतर जायेगी, लेकिन जब रामनिवास ने उससे

ठण्डी आवाज़ में कहा, "ले चल मेरे भाई, जिधर भी तेरा दिल करे। थ्री-स्टार, फाइव-स्टार...सिक्स-स्टार। लेकिन जल्दी कर। मेरे को अभी तुरन्त गरम पानी में नहाना है। और फिर उसके बाद बटर चिकन ठूँसना है डबल प्लेट।" तो टैक्सी वाले ख़ुर्राट ने उसे गहरी आँखों से देखा। इसके बाद उतनी ही चीरती हुई, चील जैसी नज़र उसने सुषमा पर डाली और इत्मीनान में थोड़ा-सा व्यंग्य मिलाकर बोला, "चलता हूँ मालिक! आप गीज़र में नहीं, गरम पानी के टब में नहाना। हम आपको ऐसे होटल में पहुँचायेंगे कि बटर चिकन ही नहीं, जो-जो आप मँगाओगे, सब मिलेगा।" उसकी इस बात पर हँसकर रामनिवास ने कहा, "अब आ गये न लाइन में। अब चल। जल्दी गड्डी हाँक।"

रास्ते में टैक्सी वाले ने फिर पूछा, "आना कहाँ से हुआ साहब जी?"

"दिल्लीवासी हैं अपन। तुम हमें यू.पी. का समझ रहे थे क्या या एमपी-सेमपी का?" रामनिवास ने तड़ी मारी और विजेता की तरह सुषमा की ओर देखकर मुस्कुराया। "और आगरा तो हम आते ही रहते हैं। ऑफ़िस की गाड़ी से। महीने-पन्द्रह दिन में।" रामनिवास डरा कि अगर अब कहीं ख़ुर्राट ने उसकी पोस्ट के बारे में पूछा तो वह क्या बतायेगा? चतुर्थ श्रेणी, स्वच्छताकर्मी? झाड़ू लगाने वाला मेहतर? सफ़ाई कर्मचारी? लेकिन ख़ुर्राट ने आगे कुछ नहीं पूछा।

होटल जब आ गया और रामनिवास टैक्सी की डिक्की से सामान निकलवा रहा था तो टैक्सी वाले ने कहा, "आप पहले जाकर पता तो कर लो कि रूम खाली है कि नहीं। नहीं तो फिर अगला होटल देखेंगे।"

रामनिवास सुषमा को टैक्सी में ही छोड़कर अन्दर गया और काउंटर पर जब कमरे का रेट पूछा तो उसका मन एक बार तो हुआ कि कोई दूसरा सस्ता-सा होटल देख ले, लेकिन फिर उसने इरादा बदल दिया और पन्द्रह सौ रोज़ के किराये वाला ए.सी. डबल बेड उसने बुक करा लिया। काउंटर पर बैठे आदमी ने उसे रूम देखने के लिए ऊपर भेज दिया और होटल के एक लड़के को टैक्सी से सामान लाने रवाना कर दिया।

सामान के साथ सुषमा जब आयी तो वह थोड़ी घबराई हुई लग रही थी। "कैसी जगह तुम ले आये? हर चीज़ काँच जैसी चक्क-चक्क

चमकती है। लगता है किसी चीज़ को छुआ तो वो गन्दी हो जायेगी। ये सामान लेकर आने वाला लड़का भी मेरे को सही नहीं लग रहा था।'' सुषमा ने धीरे से उससे कहा।

होटल का लड़का जब सामान रखकर और पानी का जग उठाकर चला गया तो रामनिवास ने सुषमा से कहा, ''मस्त रह और फिकर न कर। जब तक टेंट में माल है, तब तक डरने की क्या बात है!'' इसके बाद उसने प्यार से कहा, ''आजा, एक पुच्ची दे दे और झोले से बोतल निकाल।''

रात को साढ़े दस बजे होंगे, जब किसी ने घण्टी बजाई। इसके पहले दिन में रामनिवास सुषमा के साथ ताजमहल देख आया था, वहाँ अलग-अलग पोज़ में उसके साथ फ़ोटो खिंचाई थी और रास्ते में अंट-शंट ख़रीदारी भी की थी। सुषमा के लिए और चीज़ों के अलावा उसने फ़िरोजाबादी चूड़ियों के सेट भी लिए थे, जिससे वह बहुत ख़ुश थी।

इतनी रात में कौन आ मरा। रामनिवास सोच रहा था। उसने रूम का दरवाज़ा खोला तो, दो पुलिस वाले वहाँ खड़े थे। उनमें से एक इंस्पेक्टर था, दूसरा सिपाही।

''लड़की है साथ में?'' इंस्पेक्टर ने डाँटती हुई आवाज़ में रामनिवास से पूछा।

''हाँ'', रामनिवास ने कहा। इंस्पेक्टर और सिपाही रूम के अन्दर आ गये। इंस्पेक्टर की वर्दी पर छाती की पॉकिट के ठीक ऊपर वी.एन. भारद्वाज की पट्टी लगी थी। वह जिस बेशर्मी से सुषमा को घूर रहा था, उससे रामनिवास को गुस्सा तो बहुत आ रहा था, लेकिन उसके भीतर डर भी था। सुषमा ने गुलाबी रंग की नाइटी पहन रखी थी, जो नाइलोन की थी, जिसके अन्दर से कमला नगर से ख़रीदी गयी काले रंग की ब्रेसरी साफ़ झलक रही थी। सुषमा का रंग भी गोरा ही कहा जा सकता था।

''तुम्हारी बीवी तो नहीं लगती। कहाँ से उठा लाये?'' इंस्पेक्टर ने पूछा। लगभग चौकोर चेहरे, मिचमिची काइयाँ आँख और ख़िज़ाब से बेतहाशा रंगे काले बालों और मोटी खाल वाला वह आदमी पहली ही नज़र में कोई घाघ चालबाज़ और लम्पट लगता था।

"हमारे पड़ोस में ही रहती है। साली लगती है साब!" रामनिवास ने कहा। उससे झूठ नहीं बोला जा रहा था। उसकी आवाज़ में घबराहट और शराफ़त के बीच से पैदा होने वाली कमज़ोरी थी।

"बोतल भी है!" इंस्पेक्टर ने मेज़ पर रखे डिप्लोमैट के अद्धे को घूरा, फिर भेदती हुई निगाह से सुषमा को देखते हुए कहा, "भगा के ला रहे हो इसे। देखने में तो नाबालिग लगती है।"

"क्या उमर है तेरी?" उसने सुषमा से पूछा।

"सत्रह साल।" सुषमा डर गयी थी। जाने क्यों उसे लग रहा था कि आज कोई अनहोनी होने जा रही है, जिसमें वह और रामनिवास, दोनों बरबाद हो जायेंगे।

"चलो थाने। तुम दोनों। मेडिकल से सब पता चल जायेगा कि कितनी मौज-मस्ती की है। तीन सौ पचहत्तर-छिहत्तर बनेगा।" इंस्पेक्टर ने कहा। इसके बाद कुर्सी खींचकर बैठते हुए उसने रामनिवास की ओर देखा, "पैसा कहाँ से उड़ाया? थ्री-स्टार के ए.सी. कमरे में रुकने की औक़ात तो नहीं लगती तुम्हारी। कहीं सेंध मारी क्या? या किसी को चूना लगाया?"

रामनिवास ने पी रखी थी। ऐसे में उसकी हिम्मत बढ़नी चाहिए थी, लेकिन सुषमा ने अपनी उम्र सही बताकर उसे अनजाने में फँसा डाला था। अब वह ख़ुद को पुलिस के जाल में उलझा हुआ महसूस कर रहा था। आख़िर सोच-समझकर वह मुस्कुराया, "क्या चलेगा साहब? अद्धा तो खाली हो गया?"

"वो तो होटल से आ जायेगा। पर अभी तो दोनों थाने चलो। चलो तैयार हो जाओ। और क्या ये ऐसे ही चलेगी? अपनी बॉडिस झलकाती हुई!" इंस्पेक्टर ने सपाट आवाज़ में कहा।

"थाने का क्या है साब! वो तो जहाँ आप हो, वहीं थाना हुआ। यहीं निपटा लेते हैं।" हँसते हुए रामनिवास ने कहा।

उसको अपने ऊपर ताज्जुब हुआ। अब तक कहाँ छिपा था, उसके भीतर का यह हुनर? उसने पलंग के पास खड़े सिपाही की ओर समर्थन जुटाने के लिए देखा। उसे पटाने के अन्दाज़ में। सिपाही सुषमा को

घूरने में लगा हुआ था। रामनिवास से आँख मिलने पर उसने थोड़ा-सा सिर हिलाया और मुस्कुराया, "छोकरे हैं बेचारे भारद्वाज साब! ताजमहल देखने आये हैं। खाने-पीने दो। अपन भी ज़रा टाइम पास कर लेते हैं इनके साथ। बोल भाई, कोई एतराज़ तो नहीं तेरे को?"

रामनिवास को सिपाही के इरादे ठीक नहीं लगे। उसे इस बेवजह की मुसीबत के बावजूद ग़ुस्सा आ गया, "देखो, खाने-पीने की जहाँ तक बात है, भारद्वाज साब हुक्म करें, जो जो चाहोगे आप लोग, सब ऑर्डर हो जायेगा। लेकिन ये मेरी सच में साली लगती है साब! मेरा यक़ीन करो आप लोग। क़सम से।"

इंस्पेक्टर पहली बार हँसा, "क्यों भाई, ए.सी. कमरे में अपनी नाबालिग साली के साथ दारू का अद्धा सूँटकर भजन कर रहा था तू? अच्छा चल, आर.सी. की एक फुल बोतल और खाने के लिए चिकन-सिकन का ऑर्डर बोल के आ जा...अच्छा तू ठहर, मैं यहीं से बोलता हूँ।" ऐसा कहकर इंस्पेक्टर ने पलंग पर चढ़कर सिरहाने के इंटरकॉम से होटल के काउंटर को फ़ोन किया और वहीं पसरकर बैठ गया। उसने अपनी बेल्ट ढीली कर ली। और फिर उसने पलंग के पायताने पर सिमटी बैठी सुषमा की ओर देखकर कहा, "और तू तो जाकर उस कोने की कुर्सी पर इधर पीठ फेरकर बैठ जा। दिमाग़ मत ख़राब कर। दारू चढ़ गयी तो कंट्रोल हट जायेगा, फिर दोनों हमारे नाम को रोओगे। वैसे ही आगरा में फिरंगी टूरिस्टों को देख-देख कर दिल डोलता रहता है साला।" सिपाही इस बात पर हँसा। ज़ोरों से।

डेढ़ घण्टे में पूरी बोतल खाली हो गयी। रामनिवास अद्धा तो पहले ही चढ़ा चुका था, तीन पैग पुलिस वालों के साथ और पी गया। उसे होश नहीं था कि वह नशे में क्या-क्या बोलता रहा। इंस्पेक्टर भारद्वाज और वह सिपाही लगभग बारह बजे रात उसके कमरे से गये। पाँच सौ रुपये पर बात टूटी। बाद में सिपाही ने भी सौ रुपये अलग से झटके। पुलिस वालों के जाते-जाते रामनिवास थक चुका था और नशा उसके दिमाग़ को भीतर से किसी चकरी की तरह घुमा रहा था। उसे चक्कर आने लगा। सुषमा उसे सँभालकर बाथरूम तक ले गयी कि उसके सिर

पर ठण्डा पानी डाल दे, लेकिन रामनिवास वहीं फ़र्श पर बैठ गया और बेतहाशा उल्टियाँ करने लगा। उसके गले से सारा बटर चिकन, नान और पुलाव निकल रहा था। उल्टी करने के बाद जब उसने सुषमा को अपने पास खींचा तो उसकी आँखों को कुछ दिखाई नहीं दे रहा था। वह सीधा बिस्तर पर औंधे मुँह गिरा और उसकी नाक और गले से तुरन्त ऐसी आवाज़ें निकलने लगीं, जैसे किसी मीलों के सफ़र में थके हुए घोड़े को दमे की सींक आ रही हो।

सवेरे सुषमा ने जब उसे बताया कि वह रात में, नशे में पुलिस वालों को साकेत की किसी कोठी की दीवार की खोखल में छुपे नोटों की गड्डियों के बारे में बता रहा था, तो रामनिवास के होश उड़ गये। कितनी होशियारी और समझदारी से उसने यह रहस्य अब तक छुपाये रखा था। यहाँ तक कि सुषमा और अपनी बीवी तक को उसने इसकी भनक नहीं लगने दी थी। आख़िर कर दिया न दारू ने सारा गुड़ गोबर।

उसने सुषमा से तबीयत बिगड़ने और दिल्ली में एक ज़रूरी काम का बहाना बनाया और जयपुर घूमने का प्रोग्राम कैंसिल कर अगली ही गाड़ी से दिल्ली लौटने का फ़ैसला ले लिया।

बुद्ध जयन्ती पार्क, बिना नम्बर की एस्टीम और आख़िरी बीड़ी

जैसा उसे सन्देह था, अगले ही दिन सवेरे-सवेरे, जब वह ड्यूटी पर जाने के लिए घर से निकल रहा था, पुलिस की जिप्सी उसके घर आ गयी। "ए.सी.पी. साहब ने बुलाया है।" उस इंस्पेक्टर ने कहा, जिसकी छाती की जेब के ऊपर डी.के. त्यागी लिखा हुआ था। रामनिवास ने जिप्सी के भीतर बैठे हुए ही समयपुर बादली के उस बस स्टॉप को देखा, जहाँ से हर रोज़ वह धौलाकुआँ के लिए बस लेता था। सुषमा वहाँ उसके इन्तज़ार में खड़ी थी।

सात-आठ महीने पहले, वह शायद मंगलवार का ही दिन था, उस दिन हल्के-हल्के बादल आसमान में छाये हुए थे और कभी भी बूँदा-बाँदी हो सकती थी, संजय चौरसिया के उसी पान के ठेले के पास रामनिवास से मेरी मुलाकात हुई थी। वह सुषमा से मिलने आया था।

ऐसे मौसम में, जब बादल घिरे हों, बूँदा-बाँदी के आसार हों और हवा भारी हो गयी हो—रामनिवास कहा करता था—"आज तो लगता है मौसम सीटी बजा रहा है।" ऐसे में वह सुषमा के साथ ऑटोरिक्शा में घूमा करता था और दुनिया भर की ऊल-जलूल चीज़ें उसे खिलाता रहता था, लेकिन आज वह बहुत परेशान दिखाई दे रहा था। आधा घण्टे के भीतर-भीतर उसने तीन-चार सिगरेटें फूँक डालीं। बार-बार किसी बेचैनी में वह अपनी उँगलियाँ चटखाने लगता था। ऐसा लगता था, जैसे उसके भीतर कोई तेज़ उथल-पुथल मची हुई है।

मैंने रतनलाल से दो स्पेशल चाय मँगवाई। रामनिवास कितना परेशान था, इसका अन्दाज़ा मुझे तब हुआ, जब उसने लगभग खौलती हुई चाय सीधे अपने हलक में उँड़ेल ली, जिससे उसका गला और मुँह जल गया।

उस समय दो-ढाई का वक़्त रहा होगा, जब रामनिवास ने बहुत याचना भरी आँखों से मेरी ओर देखा और कहा, "विनायक जी, मैं एक बहुत बड़े जंजाल में फँस गया हूँ। मुझे तुम किसी तरह इससे बाहर निकालो। जब तक ज़िन्दगी रहेगी, तुम्हारा अहसान मानूँगा।"

मैंने उससे पूछा कि आख़िर बात क्या है तो उसने मुझे उस दिन जो कुछ बताया था, वही मैंने अब तक आपको ऊपर बताया है। उसकी बात ख़त्म हुई ही थी और मैं उसको वह उपाय बताने ही वाला था, जिससे वह इस जंजाल से बाहर निकलता कि ठीक उसी वक़्त सुषमा वहाँ आ गयी।

"अभी मैं चलता हूँ। कल सवेरे तुमसे इसी जगह मिलूँगा।" रामनिवास ने मुझसे कहा और वे दोनों एक रिक्शे पर बैठकर चले गये। दोनों की जाती हुई पीठ रिक्शे पर जब तक दिखाई देती रही, मैं देखता रहा।

रामनिवास से मेरी वह आख़िरी मुलाकात थी।

वह फिर उस नुक्कड़ पर कभी नहीं लौटा। अब वह कभी नहीं लौटेगा। उसके बारे में आप यहाँ किसी से भी पूछेंगे, तो कोई कुछ नहीं बताएगा। न पान के ठेले वाला संजय चौरसिया, न चाय वाला

रतनलाल, न मोची देवीदीन, न स्कूटर मैकेनिक सन्तोष और न साइकिल में पंक्चर लगाने वाला मदन।

आप अगर इस नुक्कड़ से चलकर बाइपास के उस सोलहवीं सदी के खण्डहर तक भी पहुँचें और वहाँ सलीमन, सोमाली, भूसन, तिलक या रिज़वान से रामनिवास के बारे में पूछें, तो कोई कुछ नहीं बताएगा। रंगीन काग़ज़ की फिरकियाँ बेचने वाली कानी और सफेद चित्तीदार चेहरे वाली रुपन मण्डल या अपने पति गुलशन के साथ रोज़ शाम को उबले अण्डे बेचने वाली राजवती भी आपके सवाल को टाल जायेगी।

यहाँ तक कि हर सुबह समयपुर बादली से यहाँ आने वाली और इधर के फ़्लैटों में बरतन-कपड़ा करने वाली गोरी, छरहरी सुषमा भी बिना कुछ बोले चुपचाप तेज़ चाल से आगे बढ़ जायेगी। आजकल वह स्कूटर मैकेनिक सन्तोष के साथ कई बार ऑटोरिक्शा में घूमती हुई दिखती है। दोनों को पिछले हफ़्ते मैंने शीला सिनेमा के पास चाट-पापड़ी खाते हुए देखा था।

यह जीवन ऐसे ही चलता है।

अगर आप समयपुर बादली के गन्दे नाले के पास बसी उस झुग्गी बस्ती तक पहुँचें और वहाँ किसी तरह उस टपरे का पता लगा लें, जिसे रामनिवास ने पक्के मकान में बदल दिया था और जहाँ उसकी पत्नी बबिया अपने बीमार बेटे रोहन और बेटी उर्मिला के साथ रहती है और उससे आप रामनिवास के बारे में पूछें, तो वह पत्थर जैसे भावहीन चेहरे के साथ कहेगी, ''घर में नहीं हैं। बाहर गये हैं।'' अगर आपने पूछा कि वे कब तक लौटेंगे, तो बबिया, ''हमें पता नहीं है'' कहकर घर के अन्दर चली जायेगी।

साकेत में, नयी दिल्ली म्युनिसिपैलिटी के दफ़्तर में, जहाँ रामनिवास काम करता था, अगर आप चोपड़ा साहब या किसी कर्मचारी से इस नाम के आदमी के बारे में पूछें तो उनका जवाब होगा, ''यहाँ डेली वेजेज़ पर काम करने वाले सैकड़ों लोग आते-जाते रहते हैं। हम किस-किस का नाम याद रखें।''

यह सच है कि दिल्ली में अब रामनिवास के बारे में कोई कुछ नहीं

जानता। अब वह कहीं नहीं है। उसका कोई चिह्न कहीं शेष नहीं है। लेकिन रुकिए, मैं आपको रामनिवास के बारे में वह आख़िरी सूचना देता हूँ, जिसके भीतर वह रहस्य मौजूद है, जिसे आप तक पहुँचाने के लिए ही मैंने इस कहानी की ओट ली थी।

अभी इसी साल यानी सन् 2001 के 27 जून का दिल्ली से निकलने वाला कोई भी हिन्दी-अंग्रेज़ी का अख़बार, 'इंडियन न्यूज़ एक्सप्रेस', 'टाइम्स ऑफ़ मेट्रो इंडिया' या 'शताब्दी संचार टाइम्स' उठा लीजिए और तीसरे पेज को खोलिए, वहीं जहाँ इस महानगर की स्थानीय खबरें छपती हैं। उस रोज़ इस पेज पर दाहिनी ओर दो कॉलम की चौड़ाई घेरता, एक छोटा-सा फ़ोटाग्राफ छपा है और उसके नीचे एक संक्षिप्त-सी ख़बर।

20 प्वायंट बोल्ड में इस समाचार की हैडिंग है : **'रॉबर्स किल्ड इन एनकाउंटर'** और इसके नीचे 16 प्वायंट में उपशीर्षक है **'पोलिस रिकवर्स बिग मनी फ्रॉम कार।'**

इस खबर को अख़बार के स्थानीय क्राइम रिपोर्टर के हवाले से छापा गया है, जिसके अनुसार पुलिस ने कल रात राजधानी दिल्ली में, धौलाकुआँ से राजेन्द्रनगर और करोलबाग जाने वाली रिज रोड पर बुद्ध जयन्ती पार्क के निकट, एक बिना नम्बर प्लेट वाली एस्टीम कार को रोका। कार में सवार लोगों ने रुकने की बजाय पुलिस पर गोलियाँ चलानी शुरू कर दीं। पुलिस की जवाबी कार्रवाई में दो अपराधी मौक़े पर मारे गये, जबकि तीन अन्य अँधेरे का फ़ायदा उठाकर भागने में कामयाब रहे। मरने वालों में एक जालन्धर का कुख्यात अपराधी कुलदीप उर्फ़ कुल्ला है। दूसरे की पहचान नहीं हो पायी है। पुलिस उप-अधीक्षक सबरवाल ने बताया कि पुलिस ने कार की डिक्की से तेईस लाख रुपये बरामद किये हैं। इसमें बड़ी मात्रा में पाँच सौ के जाली नोट भी शामिल हैं। यह पिछले कुछ सालों में मिलने वाली पुलिस की सबसे बड़ी सफलता है। पुलिस उप-अधीक्षक ने इस सिलसिले में आगरा पुलिस से मिली सूचनाओं को इस सफलता के लिए महत्त्वपूर्ण माना है।

अगर आप इस ख़बर के ऊपर छपे फ़ोटोग्राफ को ग़ौर से देखें तो पायेंगे कि बुद्ध जयन्ती पार्क के ठीक सामने वह कार खड़ी हुई है।

उसके अगले और पिछले दरवाज़े खुले हुए हैं। कार के अगले पहिये के पास एक आदमी औंधा पड़ा हुआ है। उसके सिर पर पगड़ी है। और कार के पिछले दरवाज़े के ठीक सामने जो आदमी मरा पड़ा है, उसका सिर आसमान की ओर है। आप इस आदमी के चेहरे को ग़ौर से देखें। अगर लेंस की मदद ले सकें या फ़ोटो एनलार्ज करा सकें तो और बेहतर होगा।

कार के पिछले दरवाज़े के सामने, सड़क पर मरा हुआ आदमी, जिसका सिर आसमान की ओर है और जिसका मुँह खुला हुआ है, पैंट खिसक गयी है और शर्ट के बटन खुले हुए हैं और जिसकी छाती पुलिस की गोलियों से लहूलुहान है, वह कोई और नहीं रामनिवास ही है। यही वह अपराधी था, जिसकी शिनाख़्त आज तक नहीं हो पायी है।

उसकी शिनाख़्त अब कभी नहीं हो पाएगी, क्योंकि उसे अब कोई नहीं पहचानेगा।

रहस्योद्घाटन, सब्बल, कुदाल और औलिया की दरगाह

अब आप यह जानें कि उस दिन, जिस दिन यह मुठभेड़ हुई, उसके लगभग दो घण्टे पहले क्या हुआ?

साकेत की कोठी नम्बर ए-11/डीएक्स 33 के पास के नुक्कड़ पर चाय की दुकान चलाने वाले गोविन्द ने बताया था कि उस रात लगभग दस बजे पुलिस की एक जिप्सी यहाँ आयी थी। उसमें दो पुलिस वालों के अलावा तीन सादे कपड़ों वाले लोग भी थे। उन्होंने जिम सेंटर से लड़के-लड़कियों को निकाल दिया था और लौट गये थे। इसके एक घण्टे बाद, जब वह अपनी दुकान बन्द कर रहा था, तभी वहाँ एक एस्टीम आकर रुकी थी। उसमें कोई नम्बर प्लेट नहीं था। उस गाड़ी में से मंझले कद के एक सरदार जी उतरे थे।

...और पिछली सीट से उनके पीछे-पीछे उतरा था रामनिवास। वे लोग उस कोठी के अन्दर चले गये थे और लगभग डेढ़ घण्टे तक वहाँ थे। वे दोनों अन्दर से कोई चीज़ बार-बार ढोकर कार की डिक्की और पिछली सीट की जगह में भर रहे थे। सामने के मोड़ पर, जहाँ 'खन्ना

इंटरनेशनल ट्रेवल्स एंड कूरियर्स' की दुकान है, उसके सामने एक लाल बत्ती वाली एम्बेसेडर उसी वक़्त आकर खड़ी हो गयी थी और एस्टीम के जाते ही उसके पीछे-पीछे चली गयी थी।

गोविन्द ने बताया था कि बिना नम्बर प्लेट की, काही रंग की एस्टीम, जब इस कोठी से लौट रही थी तो उस समय वह दुकान बन्द करके घर जाने की तैयारी कर रहा था। एस्टीम ठीक उसके बग़ल में आकर रुकी और पिछली सीट पर बैठे रामनिवास ने उससे बीड़ी माँगी। गोविन्द ने गणेशछाप बीड़ी का आधा, खुला हुआ बण्डल, जो उसकी जेब में उस वक़्त पड़ा हुआ था, उसे दिया।

गोविन्द ने बताया कि रामनिवास बहुत घबराया हुआ और परेशान लग रहा था। उसकी आँखें ऐसी लग रही थीं, जैसी मुर्दों की आँखें होती हैं। वह उससे कुछ कहने की कोशिश कर रहा था कि एक झटके में एस्टीम आगे बढ़ गयी। उसे वह सरदार चला रहा था।

धौलाकुआँ के चौराहे से अगर आप रिंग रोड यानी महात्मा गाँधी मार्ग की ओर न मुड़ें और उसकी अगली सड़क पर बायें घूम जायें, तो वही रिज रोड है। इसी सड़क पर बुद्ध जयन्ती पार्क के सामने वह घटना घटी, जिसका फ़ोटोग्राफ और समाचार अख़बार में छपा है।

रामनिवास ने साकेत की कोठी नम्बर ए-11/डीएक्स 33 के जिम सेंटर वाले हॉल की दीवाल के खोखल के बारे में जो जानकारी दी थी, उसके मुताबिक उस खोखल का आकार काफ़ी बड़ा होना चाहिए। मेरा अनुमान है कि गिरी से गिरी हालत में उसकी लम्बाई लगभग बारह फ़ुट और ऊँचाई चार-साढ़े चार फ़ुट होनी चाहिए। रामनिवास ने बताया था कि वह जगह पाँच सौ और सौ-सौ की गड्डियों से ठसाठस भरी हुई थी, इस लिहाज़ से मेरा अनुमान है कि उसमें कम-से-कम दस-पन्द्रह करोड़ रुपये रहे होंगे।

यह उन्हीं दिनों की बात है, जब पिछली सरकार के एक केन्द्रीय मन्त्री के घर और दूसरे ठिकानों पर नयी सरकार ने सी.बी.आई. के छापे डलवाये थे। उस मन्त्री पर उच्च तकनीकी उपकरणों की ख़रीद और ठेके के सन्दर्भ में किसी विदेशी कम्पनी से कई सौ करोड़ रुपये

का कमीशन लेने का आरोप लगा था। उसे कुछ दिनों के लिए जेल भी जाना पड़ा था। बाद में वह मन्त्री उसी नयी सरकार में शामिल हो गया था, जो उसके ख़िलाफ़ जाँच कर रही थी। ज़ाहिर है, वह सारा रुपया, जिसे किसी ग्रह-नक्षत्र की विशेष स्थिति अथवा अपने भाग्य या फ़क़त संयोग के चलते रामनिवास ने अपनी झाड़ू की मूठ की सींक ढीली हो जाने के कारण, वहाँ की दीवाल को ठोंकते हुए, उस खोखल को खोज निकालने पर अचानक ही उस दिन देख डाला था, वह सारा रुपया सी.बी.आई. के छापों और इनकम टैक्स से बचने के लिए वहाँ छुपाया गया था यानी वह सारी दौलत ऐसी थी, जिसका कोई आलेख कहीं नहीं होता। अन-अकाउंटेड मनी। इसी को काला धन कहते हैं।

संजय चौरसिया के पान वाले ठेले के दाहिनी ओर, साइकिल का पंक्चर जोड़ने वाले मदन के नज़दीक ही, पिछले कुछ दिनों से पटरी पर दरी बिछाकर बैठने वाले ज्योतिषी पण्डित दीनदयाल उपाध्याय से मैंने अप्रत्यक्ष तरीके से इस बाबत बातचीत की। उनका कहना था कि अगर गुरु तीसरे घर में हों और मंगल को निहार रहे हों और छठे घर से मंगल शुक्र और गुरु को बारी-बारी से निहार रहा हो और अगर महीने का कृष्णपक्ष चल रहा हो तथा संयोग से तिथि चतुर्थी अथवा नवमी हो, ऊपर से धनिष्ठा नक्षत्र लगा हो और विष्टिकरण से बनी हुई सिद्धि अकारण उपस्थित हो तो कुबेर की विशेष कृपा होती है और अपार धन अथवा गड़ी हुई तिजोरी मिलने की प्रबल सम्भावना होती है।

पण्डित दीनदयाल उपाध्याय, जो बलिया से आये हुए हैं और नाहरपुर के नाले के पास एक टपरे में किराये पर रहते हैं, ने मेरे बारे में बता रखा है कि अभी मारकेस और साढ़े साती की शनि दशा चल रही है और राजकीय कोप का भाजन मुझे बनना पड़ेगा।

मुझे लगता है पिछले साल 23 मई के मंगलवार को सम्भवतः रामनिवास के ऊपर ऐसी ही किसी दशा में कुबेर ने दृष्टि डाली होगी, जिसने उसके भाग्य को बिल्कुल बदल डाला, वरना आप ख़ुद ही सोचिए कि कूड़ा-कचरा और गन्दगी साफ़ करने वाली एक मामूली झाड़ू की मूठ की सुतली की कसान ढीली पड़ जाने के कारण, घास के तिनकों की

सींकों को बराबर करने के लिए एक निहायत साधारण-सी दीवाल को ठोंकते ही उसे नोटों की गड्डियाँ इस तरह अचानक कैसे मिल जातीं? वरना वह कैसे कुछ महीनों के लिए अपने स्वप्नों और आकांक्षाओं के संसार में प्रवेश कर पाता? अपनी पत्नी बबिया, बेटे रोहन और बेटी उर्मिला को भरपेट खाने और मनपसन्द पहनने का सुख दे पाता?...और अपनी नाबालिग प्रेमिका सुषमा को तरह-तरह के रंगों से जगमगाते इन्द्रधनुषों के उस लोक में कैसे ले जाता, जहाँ एक ताजमहल भी था और जहाँ दोनों ने एक-दूसरे के साथ कई मुद्राओं में फ़ोटो खिंचाए थे?

लेकिन ज्योतिषी जी का यह भी कहना है कि अगर ऐसे संयोग से मिलने वाला धन पाप का काला, अपवित्र धन हो तो उसका परिणाम घातक होता है। मेरा मानना है कि 26 जून, 2001 की रात लगभग 12 बजकर 10 मिनट पर उसी पाप के घात से रामनिवास और उसके स्वप्नों का हिंसक अन्त हुआ।

लेकिन आप पूछेंगे कि आख़िर वह रहस्य कौन-सा है, जो मैं इस कहानी की ओट के पीछे छुपकर आप तक पहुँचाना चाहता था?

आप तो जानते ही हैं कि उस रात रामनिवास जब कुलदीप उर्फ़ कुल्ला के साथ रिज रोड पर मारा गया, तो बिना नम्बर वाली एस्टीम से सिर्फ़ कुछ लाख रुपये ही बरामद हुए। उसमें भी पाँच सौ के बहुतेरे नोट जाली थे। जबकि असलियत यह है कि उस दीवाल की खोखल से लगभग तेरह करोड़ रुपये निकले थे।

जहाँ तक उस पुलिस अफ़सर की बात है, जिसकी निगरानी में 'ऑपरेशन रामनिवास' हुआ, वह बहुत सम्मानित और ताक़तवर पुलिस अफ़सर है। उसकी कई कोठियाँ और फार्म हाउस हैं, जहाँ वह अक्सर पार्टियाँ देता रहता है। इन पार्टियों में नेता, अफ़सर, पत्रकार, दिग्गज बुद्धिजीवी और कई वरिष्ठ साहित्यकार आते हैं और शराब पीकर उसके कालीन में लोट जाते हैं। राजधानी से निकलने वाले अख़बारों में उनका फ़ोटो आप अक्सर देखते होंगे। ये लोग अब हमारी-आपकी तरह आदमी नहीं रह गये हैं। वे मिल-जुलकर एक-दूसरे को ब्राण्ड में बदल चुके हैं। अगर आप कविता-कहानी पढ़ते हों, तो आपने महसूस किया होगा

कि आजकल उनके भीतर से शराब की बेतहाशा गन्ध आ रही है और उनके वाक्यों के नीचे मुर्गों, बकरों और निर्दोष मनुष्यों की हड्डियों का ढेर दिखाई दे रहा है। अगर आप अपनी झाड़ू की मूठ से समकालीन साहित्य को ठोकें, तो वही खोखल आपको यहाँ भी दिखाई देगा, जिसके भीतर नोटों की गड्डियाँ भरी हैं। पाप का अपवित्र काला धन।

मैं लगभग चौथाई सदी से अपने देश की राजधानी दिल्ली में हूँ और डरा हुआ हूँ। मुझे सन्देह है कि रामनिवास ने उस पुलिस अफ़सर को यह बता दिया है कि दिल्ली की दीवार के खोखल का रहस्य उसके द्वारा मुझे पता चल चुका है। आप समझ सकते हैं कि फ़िलहाल मेरा जीवन कितने ख़तरे में है।

इसके बावजूद जितना भी थोड़े बहुत दिन या महीने या साल इस बदहाल ज़िन्दगी के बाकी हैं, मेरी आकांक्षा है कि मैं भी रामनिवास की तरह अपने स्वप्नों के संसार में किसी तरह एक बार प्रवेश कर जाऊँ।

तो इसीलिए आजकल हर रोज़ आधी रात, जब सारी दिल्ली नींद में डूबी हुई होती है, मैं काले कपड़े पहनकर, एक हाथ में कुदाल और दूसरे हाथ में एक सब्बल लेकर निकल पड़ता हूँ और दिल्ली की दीवारों को अँधेरे में ठोकता रहता हूँ। मुझे यक़ीन है कि दिल्ली की अधिकांश दीवालों में असंख्य खोखल हैं और वहाँ अकूत धन मौजूद है। ऐसा धन जो पूरी तरह अन-अकाउंटेड है। मुझे गहरा पछतावा इस बात का है कि मैंने अपने जीवन के पच्चीस साल फ़ालतू बरबाद किये। पच्चीस दिन भी अगर मैंने यहाँ की दीवारों को ठोकने में लगाये होते, तो अब तक मैं करोड़पति हो गया होता और एक सम्मानित जीवन जी रहा होता।

अगर आप यह कहानी पढ़ लें तो सब्बल और कुदाल लेकर फौरन दिल्ली की ओर रवाना हो लें। करोड़पति बनने और छप्पर फाड़कर आने वाली दौलत पाने का यही एक रास्ता अब बचा है। मेहनत, ईमानदारी, प्रतिभा, निष्ठा, लगन वग़ैरह के रास्ते पर चलकर आप जीना चाहेंगे, तो भूखों मर जायेंगे और पुलिस वाले आपके पीछे पड़ जायेंगे। आपको पता ही होगा कि महाराष्ट्र के एक न्यायमूर्ति ने कहा था, भारतीय पुलिस गुण्डों और अपराधियों का एक सुसंगठित कानूनी गिरोह है।

मैं फ़िलहाल किंग्सवे कैम्प के कोरोनेशन पार्क में, अंग्रेज़ सम्राट और दूसरे हुक्मरानों की टूटी-फूटी मूर्तियों के बीच, कोढ़ियों, भिखमंगों, स्मैकियों और लावारिस अनागरिकों के बीच सोता हूँ। मैं ख़ुद भी उन्हीं मूर्तियों की तरह खण्डित हूँ। रीढ़ की हड्डी गल चुकी है और अस्थि यक्ष्मा का रोग मुझे लग चुका है। कभी-कभी मौका लगता है तो दिल्ली के चिड़ियाघर के आगे, हज़रत निज़ामुद्दीन की दरगाह के संगमरमर के फ़र्श पर घण्टों बैठा रहता हूँ और वही वाक्य दोहराता रहता हूँ, जो औलिया ने दिल्ली के बादशाह गयासुद्दीन तुग़लक से कहा था। और जिसके बाद बादशाह शराब और जश्न में डूबा, फ़क़त एक शामियाने के ढह जाने से दिल्ली की सरहद पर ही मर गया था। वह जगह अब तुग़लकाबाद के नाम से जानी जाती है।

जहाँ पर औलिया की दरगाह है, वहीं पर अमीर खुसरो की मज़ार भी है। वही अमीर खुसरो, जो हिन्दी खड़ी बोली के पहले कवि थे और जिन्होंने अपनी ज़िन्दगी में दिल्ली में ग्यारह बादशाहों, उनके दरबारियों और चाटुकारों का उठना और गिरना देखा था। आप अगर वहाँ जाकर सैयद निज़ामी का रजिस्टर देखें, तो मेरा नाम उसमें लिखा हुआ मिलेगा।

यक़ीन मानिए, वहाँ मैं सिर्फ़ अपनी ही नहीं, आप सबकी और अपने प्यारे वतन की ख़ैरियत की दुआ माँगता रहता हूँ। भरोसा रखें, औलिया तक मेरी प्रार्थना ज़रूर पहुँच रही होगी।

और जल्द ही, अगर पुलिस और दिल्ली के ताक़तवरों ने मुझे किसी झूठे जुर्म में फँसा नहीं दिया, तो अपनी कुदाल और सब्बल के बल पर मैं दिल्ली की अनगिनत दीवालों की खोखलों में छुपी दौलत को एक दिन ज़रूर खोज लूँगा।

आप भी अगर अपनी क़िस्मत सुधारना चाहते हों तो जहाँ कहीं भी हों, दिल्ली के लिए फौरन रवाना हो जायें। दिल्ली दूर नहीं है। विश्वास कीजिए, करोड़पति बनने का ही नहीं, दाल-रोटी चलाने का भी यही एक रास्ता अब शेष है।

दूसरे रास्ते अख़बारों और मीडिया द्वारा फैलाई गयी अफ़वाहें हैं। और कुच्छ भी नहीं।

मैंगोसिल

(यह कहानी लघवे, पॉल और शैलेन्द्र को समर्पित है।)

प्रलय का प्राक्कथन...
(कहानी के पहले इसे पढ़ना अनिवार्य है)

यह क़िस्सा चन्द्रकान्त थोराट का है और मेरा भी है।

और यह क़िस्सा अभी का है। इसी समय का। अभी हाल-फ़िलहाल की तारीख़ों का। इसमें कुछ ऐसे पात्र हैं, जो अपने दिक् और काल के बाहर फेंक दिये गये हैं और अब वे किसी प्रलय की प्रतीक्षा में हैं। मैं भी उन्हीं कुछ ऐसे पात्रों में से एक हूँ, जो अपने दिक् और काल के बाहर, किसी मलिन बस्ती में, नगर-सभ्यता से दूर रहते हैं। अलग-अलग सत्ताओं द्वारा अधिग्रहीत कर ली गयी धरती पर, किसी उपनगर में जीवन बिताने की चेष्टाएँ भी, किसी एक अभागे दिन, किसी टाउनप्लानर, दलाल या किसी कोलोनाइज़र के नक़्शे में दिखायी दे जाती है। पूँजी और सत्ता के हर रोज़ फैलते साम्राज्य की अभियान्त्रिकी के बुल्डोज़र्स किसी दिन किसी मेट्रो रेल, फ़्लाईओवर, किसी शॉपिंग मॉल, बाँध, खदान, उद्योग या किसी पाँच-सात सितारा होटल के रूप में, उस मलिन बिस्त में भी पहुँचते हैं और वहाँ चन्द्रकान्त थोराट जैसा जीवन समाप्त हो जाता है।

चन्द्रकान्त थोराट मेरा दोस्त है। इस क़िस्से का वह एक पात्र है। मेरा जीवन उसके जीवन के साथ किसी नियति की तरह जुड़ा हुआ है। मैं अगर नहीं भी चाहूँ, तब भी।

आप यह सत्य जान लें कि हमारे जैसा जीवन सिर्फ़ दो कारणों से मिटाया जाता है। पहला यह कि यह जीवन किसी नस्ल, वर्ग, जाति या सभ्यता के अतीत और वर्तमान के अन्यायों और पाप के ऐसे सुबूत के रूप में मौजूद रहता है, जिसे वे हमेशा सबसे छुपाये रखना चाहते हैं। और दूसरा यह कि हमारे जैसा जीवन किसी भी व्यावसायिक नगर, राजनीतिक देश या सरकार के 'मास्टरप्लान' के सामने हमेशा अड़चन पैदा करता है। यह सम्पन्नता और समृद्धि की अनैतिक संस्कृति के सौन्दर्य को फ़क़त अपनी मानवीय उपस्थिति से ही असुन्दर और सन्दिग्ध बनाता रहता है। इसीलिए समृद्ध विकासशील सभ्याताएँ जब-जब अपना 'सौन्दर्यकरण' करती हैं, तब-तब ऐसे जीवन को मिटा डालना चाहती हैं। उसी तरह जैसे झाड़ू से कचरा ड्रॉइंगरूम के बाहर फेंका जाता है।

हम अगर इन महानगरों से भागकर किसी जंगल, उपनगर, पहाड़ या गाँव में जाकर बसते हैं, तो वहाँ भी किसी दिन हमारा जीवन वैसे ही किसी जलप्लावन में डूब जाता है, जैसा आपने हड़प्पा या बेबीलोन सभ्यताओं के विनाश के पुरातात्विक वृत्तान्तों में पड़ा होगा।

हर समुदाय के मानस में एक प्रलय की स्मृति अवश्य होती है। हमारी स्मृति में भी है।

लेकिन एक सत्य और आप जान लें। वह यह कि जब हमारा जीवन किसी समृद्ध नगर या देश की संस्कृति को सुन्दर और विकसित बनाने के लिए उजाड़ा जाता है या ऊर्जा और ईंधन के लिए डुबा दिया जाता है तो सिर्फ़ हम नहीं—इस धरती से हिरण, तितलियाँ, पक्षी, हाथी, पीपल, पलाश, सागौन, शाल और तमाम वनस्पतियों समेत—बहुत से ऐसे देवी-देवता भी डूब जाते हैं, जो हज़ारों वर्ष पहले, किसी त्रेता या द्वापर युग में, स्वर्ग में उतरकर, पत्थरों और पाण्डुलिपियों में इसलिए बस गये थे कि वे हमारी पीड़ाओं को कम करें। और वे हमारे उत्पीड़न और विनाश को सह्य बनायें। वे हमारे अँधेरों में क़न्दीलों, बल्बों या जुगनुओं की तरह जलें। जब चारों ओर यथार्थ भवावह हो और सर्वव्यापी हिंसाओं से भरा हुआ हो, तो वे हमें किसी स्वप्न की ओर ले जायें। क्योंकि आप यह सच जानते हैं कि समृद्ध और विकसित संस्कृतियों

की वे औषधियाँ, जो पीड़ाओं से राहत देती हैं या वह ऊर्जा, जो रोशनी या हवा या शब्दों और छवियों की माया पैदा करती है, वह हमारे लिए नहीं होती। बड़े-बड़े अस्पताल, बैंक, संस्थान, संसद, न्यायालय, हवाई अड्डे और चौड़ी सड़कें हमारे लिए नहीं हैं। वहाँ से तो हम भगा दिये जाते हैं या कुचल दिये जाते हैं।

समृद्धों की सभ्यताओं ने जो इमारतें और संस्थान बनाये हैं, उनमें सिर्फ़ वही रहते हैं। उनका संविधान सिर्फ़ उनके हितों की रक्षा करता है। उनके काव्यों और आख्यानों की भाषा हमारे ख़ून, पसीने, शोक-क्षोभ और आँसुओं में लिथड़ी हुई है।

उनकी कविताएँ और गाथाएँ हमारी नहीं होतीं। वे हमें कविता, कहानी, संगीत, शहर, नौकरी, व्यवसाय, बाज़ार सब कुछ से बाहर निकाल देना चाहते हैं। हम मेहनतकश, दलित, ग़रीब, बेरोज़गार, असन्तुष्ट, बेचैन और भूखे लोग उनके लिए अजनबी होते हैं। वे हर पल हमसे सिर्फ़ घृणा करते हैं और हर पल वे हमें मिटा देना चाहते हैं।

आप क्या सोचते हैं? सन् 2003 में अफ़गानिस्तान, इराक़, बोस्निया में जो हुआ या बीसवीं सदी के मध्य में हिरोशिमा-नागासाकी, कोरिया-वियतनाम में जो हुआ या ईसा से दो-ढाई हज़ार साल पहले मोहनजोदारो, हड़प्पा या मेसोपोटामिया में जो हुआ या अभी इन पंक्तियों के लिखे जाने के पल कर्बला, बग़दाद, फ़ज़ुल्ला, नजफ़, सीरिया या गाज़ा पट्टी में जो हो रहा है, क्या वह दिल्ली के गुड़गाँव, नोएडा, सीलमपुर, भिलसवा, रोहिणी, जियासराय, महरौली में जो हो रहा है, उससे भिन्न है? या नर्मदा, सोन, बेतवा, कृष्णा-कावेरी, दजला, यांग्त्शी, अमेज़ॉन, वोल्गा, मिसीसिपी, जांबेजी, थेम्स, नील, सिन्धु, गंगा, तुंगभद्रा, कोसी, गंडक आदि तमाम नदियों की घाटी और तटों पर जो हो रहा है, उससे भिन्न है?

आप प्रलय के इस प्राक्कथन को ठीक से पढ़ें। इसके प्रत्येक शब्द और वाक्य और उनके बीच की खाली जगहों और सन्नाटे को बाँचे। और फिर अपनी आँखें बन्द करके अपने दिक् और काल पर अपना सारा ध्यान केन्द्रित करें, गहरी साँस लेकर आकाशस्थित सूर्य

को अपने फेफड़ों के भीतर स्थिर करें, क्योंकि सूर्य ही दिक् और काल का समन्वित पिण्ड है। अब अपने चित्त को प्रशान्त हो जाने दें। निवतमान् अद्यतन का विस्मरण करें और शाश्वत महाकाल का चिन्तन करें। अद्यतन तो क्षणभंगुर है और लीला है। अब अपने दाहिने हाथ के अँगूठे को दोनों भौंहों के बीच रखें और तर्जनी को मस्तक पर लगा दें। ऐसे करते ही एक स्फोट के साथ धीरे-धीरे जीवन और जगत् का सारा रहस्य आपके सामने, आपकी चेतना के अपने ही मद्धिम आलोक में प्रगट होने लगेगा।

और फिर काल के साक्षात्कार के उन गहन-चरम क्षणों से मुक्त होने के पश्चात् आप भी मेरे और चन्द्रकान्त थोराट की तरह उस महा-जलप्लावन या सर्वव्यापी-सर्वभक्षी महा-दावाग्नि की प्रतीक्षा करने लगेंगे।

प्रलय की प्रतीक्षा।

क़यामत का इन्तज़ार।

किसी नयी ऐतिहासिक महा-क्रान्ति की प्रतीक्षा।

वह महा-विध्वंस जो किसी नये निर्माण के लिए सदा अनिवार्य हुआ करता है।

काल का वह विक्षेप, जहाँ से एक नया युग जन्म लेता है। एक नयी सभ्यता अस्तित्व में आती है। जब अतीत की सम्पूर्ण विस्मृति के साथ सब कुछ बिल्कुल नये सिरे से शुरू होता है। अतीत की इति और भविष्य के आदि का युगान्तरकारी पल!

आह! उस दिन, जब समूची पृथ्वी और समस्त दिशाओं को अपने गर्भ में समेट लेने वाली उत्ताल, प्रचंड, विकराल, जलराशि की उद्धत लहरों के ऊपर आँवला, पीपल, वट् या किसी कल्पवृक्ष की छोटी-सी हरी पत्ती पर एक नन्हा सा बच्चा किलकारियाँ भरता हुआ तैर रहा होगा। उसके रुदन या अनहद किलकारी की ध्वनि समूचे ब्रह्माण्ड में गूँज रही होगी—

...ऊँ...ऽ...ऊँ...ऽ.............ऊँ........ऽ...ऽ...ऽ...ऽ...ऊँ...

या एक आदिम-सी काठ की नाव, बिना किसी पाल और पतवार के...उन्मत्त ज्वारभाटों के ऊपर चुपचाप तिर रही होगी। ...दूर झिलमिलाती हुई।

आह! वह काठ की बहुत पुरानी नाव...धीरे-धीरे तूर की ओर बढ़ती हुई...।

हाँ, एक बात तो मैं अपने और चन्द्रकान्त के बारे में बताना भूल ही गया...कि...हमारा सिर, जी हाँ वही सिर, जो हर ज़िन्दा आदमी के कन्धों के ऊपर होता है, वह बड़ा हो गया है और लगातार बड़ा होता जा रहा है। डॉक्टर कहते हैं कि यह एक लाइलाज रोग है...

और इसका नाम है—'मैंगोसिल'।

...और चिकित्सा विज्ञान के पास इसका कोई इलाज नहीं। न एलोपैथी में, न होम्योपैथी या आयुर्वेद में। बाबा रामदेव के योग और प्राणायाम में भी नहीं। हाँ, एक बूढ़े फ़क़ीर ने, जिससे हम 'छोटे सरकार' यानी अमरी खुसरो की दरगाह के पास मिले थे, कहा था कि इसका इलाज एक किताब में मौजूद है। लेकिन उसने गहरी साँस लेकर यह भी धीरे से जोड़ा कि बस, दिक़्क़त यह है कि वह किताब अभी लिखी जानी बाक़ी है।

पिछले कई सालों से मैं और चन्द्रकान्त थोराट दोनों अपना बड़ा-सा सिर अपने-अपने कन्धों पर ढोते हुए लगातार उस किताब की खोज में हैं। उस फ़क़ीर ने, जिसकी आँखें उन चींटियों की तरह लाल थीं, जिन्हें ईश्वर ने नींद की नेमत नहीं दी है, जो जीवन भर कभी सोती नहीं हैं और जो अपनी देह के भार से तीस गुना ज़्यादा भर ढोती रहती हैं, उन्हीं आँखों से उसने आसमान की ओर देखते हुए कहा था—'तबाही और विनाश है उन लोगों के लिए, जो अपने हाथों से नापाक किताबें लिखते हैं और कहते हैं, यह अल्लाह की तरफ़ से है। जो कहते हैं कि इस किताब से इन्सान के दुखों और उसकी बेसब्रियों का अन्त होगा। तबाही है उनके लिए, जिनके हाथों ने ऐसा लिखा और तबाही है उनके लिए, जिन्होंने उस लिखे से कमाया।'

फिर फ़क़ीर ने जाते-जाते कहा—तुम अपनी ज़िन्दगी को देखो और चारों ओर जो ज़िन्दगी फैली हुई है, उसे देखो। तुम अपने आप एक दिन उस किताब तक पहुँच जाओगे। लेकिन इतना याद रखना, उस किताब में आग होगी और पानी होगा। और एक पत्ती या एक नाव वहाँ लपटों या लहरों के ऊपर किसी तरह बची हुई तैरेगी।

और एक कोई आवाज़ होगी। एक कोई ऐसी आवाज़, जिससे बाद की दुनिया की सारी ज़ुबानें पैदा होंगी।

मैं और चन्द्रकान्त थोराट अपने भारी और बेइंतहा दुखने वाले सिर को अपने-अपने कन्धों पर ढोते हुए लगातार उसी किताब की खोज में हैं।

आप स्वयं देखें—हमारी आँखें चींटियों की तरह लाल हैं। हमारे पास नींद की नेमत नहीं है और हम अपने से तीस गुना भार अपनी ज़िन्दगी में ढो रहे हैं। ...देख रहे हैं न आप? वह ख़ून, जो कभी-कभी हमारी ज़ुबान, जिसकी सज़ाएँ हमें लगातार मिलती रहती हैं। हमें बार-बार शहर-बदर होना पड़ता है। हर जगह से हम निकाले जाते हैं!

ऐसी ज़ुबान जिससे एक दिन संसार की सभी भाषाएँ पैदा होंगी। क्योंकि हज़रत निज़ामुद्दीन के छोटे दरबार यानी हिन्दी खड़ी बोली के पहले कवि अमीर ख़ुसरो की दरगाह के सामने उस दिन चींटियों की तरह लाल आँखों वाले उस बूढ़े फ़क़ीर ने यही कहा था।

जहाँगीरपुरी की गली नम्बर सात

उत्तर-पश्चिमी दिल्ली में, एशिया में सबसे बड़ी कही जाने वाली फलों और सब्ज़ियों की मण्डी आज़ादपुर के पास ही है, जहाँगीरपुरी। अगर आप भारत और पाकिस्तान के बीच चलायी जा रही 'सद्भावना बस' से जा रहे हों, तो बाइपास से ठीक पहले, बायें हाथ की तरफ़ जो रिहाइशी इलाक़ा दिखायी देता है, वही है जहाँगीरपुरी। पानी और दलदल के बीच में से उभरता हुआ। राजमार्ग और इस इलाक़े के बीच के फ़ासले पर फैला हुआ गहरे स्याह रंग का कीचड़, मिट्टी-पानी से बना नहीं लगता। मोबिल, ग्रीस, तेल और प्लास्टिक के घोल के काले-गाढ़े द्रव से बना कोई रासायनिक मिश्रण लगता है। इसमें सड़े हुए फलों-सब्ज़ियों का कार्बन भी होगा।

जहाँगीरपुरी बिना किसी नक़्शे के बसा होगा। वर्षों के दौरान लोग यहाँ आते गये होंगे और जहाँ कहीं भी जगह मिलती गयी होगी, मकान बनाकर बसते गये होंगे। इस इलाक़े के आसपास कुछ पुराने

स्मारक भी हैं, जिससे लगता है कि यह बस्ती शताब्दियों से धीरे-धीरे बसती रही होगी। अगर आप आसमान में उड़ते हुए नीचे निगाह डालें तो यह बस्ती छोटे-छोटे बेमेल और आधे-अधूरे मकानों का ढेर दिखायी देती है। जैसे किसी ने दिल्ली जैसे समृद्ध और चमकदार महानगर के बेशक़ीमती स्थापत्य का कचरा, झाड़ू से बुहारकर यहाँ इकट्ठा कर दिया हो। दलदल, काले रासायनिक घोल, सब्ज़ियों और फलों के कार्बन और सड़ाँध के बीच फेंका गया बेतरतीब इंटहे मकानों का कूड़ा। वैसे अपवाद की तरह यहाँ कुछ ऊँचे आधुनिक मकान भी हैं, लेकिन वे उसी तरह दिखते हैं, जैसे आसमान पर उड़ते हुए, नीचे पृथ्वी पर निगाह डालने पर, हिन्दुस्तान के नक़्शे में दिल्ली, बंगलौर, हैदराबाद, मुम्बई जैसे शहर। समूचे उपमहाद्वीप की भयावह ग़रीबी के दलदल और कीचड़ के बीच चमकते हुए संगमरमर के कुछ बेशक़ीमती अनमोल टुकड़े।

जहाँगीरपुरी में एक-दूसरे के साथ सटकर खड़े बेसंध मकानों की पांत के बीच से संकरी सड़कें या गलियाँ निकली हुई हैं। मुश्किल से ग्यारह-बारह फ़ुट चौड़ी। कहीं-कहीं तो यह चौड़ाई छह-आठ फ़ुट से अधिक नहीं है। वहाँ आप सिर्फ़ पैदल या फिर साइकिल से इधर-उधर टकराने से बचते हुए घुस सकते हैं। गर्मियों में यहाँ रहने वाले इन्हीं संकरी गलियों में बाहर खाट डालकर सोते हैं, क्योंकि राजधानी की नगरपालिका बिजली और पानी की सबसे ज़्यादा कटौती ऐसी ही बस्तियों में किया करती है। अफ़वाहें, यौन रोग, दंगे, जादू-टोना, अपराध और बीमारियाँ सबसे ज़्यादा ऐसी ही बस्तियों में फैलती हैं। इन गलियों में पानी की निकासी के लिए जो नालियाँ बनायी गयीं हैं, वे ऊपर से खुली हैं। सुबह-सुबह बच्चे और बीमार या बूढ़े लोग इन्हीं नालियों के ऊपर बैठकर निपटते हैं। पानी रुक जाने पर इन नालियों से उठने वाली गन्ध इस बस्ती को ख़ास पहचान देती है।

इस समय रात के दस बजे हैं और गली नम्बर सात में लगभग पैन्तालीस-पचास साल का, दोहरे बदन का साँवला-सा आदमी, दाहिने हाथ में एक झोला लटकाये हुए दबे पाँव घुसता है। गली में अँधेरा है। बिजली के जो पाँच खम्भे उस गली में लगे हुए हैं, उनमें बल्ब

नहीं हैं। रात में खाट निकालकर गली में सोने वालों की आँखों में बल्बों की रोशनी चुभती थी, इसलिए उन्होंने उन्हें फोड़ दिया है। गली के आख़िरी छोर पर एक बल्ब अभी कुछ महीने पहले तक बचा हुआ था, लेकिन उसे गली नम्बर तीन में रहने वाले सोमू और गुरप्रीत ने फोड़ दिया, क्योंकि इस गली के मकान नम्बर ई-7/2 में रहने वाली दिप्ति और शालिनी के साथ उनका चक्कर है और वे उन्हें अपनी हीरो होंडा मोटर साइकिल पर लेकर अक्सर देर रात लौटते हैं। दीप्ति और शालिनी 'सी' ग्रेड मॉडल हैं और सस्ते साबुन, हेयर रिमूवर और अण्डर गारमेन्ट्स के सस्ते विज्ञापनों के अलावा वे रात में होटलों या प्राइवेट पार्टियों में भी चलती हैं। मकान न. ई-6/3 में भी छाया मैडम हैं, जिनके पति को तीन साल पहले लिबर्टी सिनेमा के पास बस ने कुचल दिया था। तब से अपने तीन बच्चों और बूढ़ी सास को पालने का ख़र्च वे देर रात आने वाले कुछ रहमदिल पुरुषों की मदद से चलाती हैं। गली नम्बर सात में रहने वाले लोगों की उनसे पूरी सहानुभूति है और अगर गली के छोर वाला बल्ब न भी फोड़ा जाता, तब भी इधर कोई आँख उठाकर न देखता।

अभी-अभी जो आदमी हाथ में झोला लटकाये गली नम्बर सात में दाख़िल हुआ और दस कदम चलने के बाद नाली के पास अँधेरे में खड़े होकर जिसने अपने झोले से बोनी स्कॉट का एक क्वार्टर निकाला और एक साँस में गटककर शीशी को नाली में फेंककर वहीं खड़े-खड़े पेशाब करने लगा, वही है चन्द्रकान्त थोराट।

चन्द्रकान्त को पैंतालीस-पचास की उम्र में भी नये इंडी पॉप गाने पसन्द हैं, जैसे 'झाँझर वाली होके मतवाली' या 'चन्नावे घर आ जावे।' मज़े की बात यह है कि खिचड़ी मराठी और चलताऊ हिन्दी बोलने वाला चन्द्रकान्त सबसे ज़्यादा पंजाबी पॉप पसन्द करता है और जब उसके दिल में अपनी पत्नी शोभा के लिए प्यार उमड़ता है तो वह पंजाबी ही बोलने की कोशिश करता है : 'की करां मैं सोणिए साडा दिल तेरे को देखते ही धकाधक हारन बजाणे लगता है! सुण कृकृइत्थे पे काण लगाके मेरे दिल का हारन सुण!' ऐसे में शोभा उसे डाँटती है :

'चढ़ा के आ गया फिर से? कई बार मैं बोली, घर में बैठकर जितनी मर्जी पी! किसी दिन कुछ हो हुआ गया तो मेरा हाल भी उस छाया मैडम जैसा होएगा! फिर न कहना मेरे को कुछ!'

चन्द्रकान्त का नशा यह वाक्य सुनते की काफ़ूर हो जाता है। वह बिल्कुल नहीं चाहता कि शोभा उसकी मौत के बाद रहमदिल मर्दों की मदद से अपना ख़र्चा चलाए।

"तूने तो मेरे बोनी स्कॉट पर करेले का काढ़ा डाल दिया। चल खाना लगा दे। सवेरे जल्दी काम पर निकलना है।" चन्द्रकान्त इसके बाद बिल्कुल चुप हो जाता है। सिर झुकाकर खाना खाता है और पीठ घुमाकर फ़र्श पर बिछी दरी पर सो जाता है। शोभा बाद में खाती है और देर रात तक खटर-पटर करती रहती है। बरतन माँजती है, सुबह के लिए सब्ज़ी काटती है, चन्द्रकान्त की पैंट और शर्ट पर इस्त्री करती है। इसके बाद रात बारह बजे बाहर, नल के पास बैठकर नहाती है। जब तक वह सब काम से निपटकर चन्द्रकान्त के बग़ल में दरी पर लेटती है और सन्दूक के ऊपर रखे टेबिल फ़ैन का मुँह घुमाते हुए कोई पुराना गाना गुनगुनाती है, तब तक चन्द्रकान्त की नाक बज रही होती है।

शोभा भगाकर लायी गयी थी

शोभा और चन्द्रकान्त को साथ रहते हुए लगभग तीस साल हो चुके हैं। चन्द्रकान्त उसे सारणी से भगाकर लाया था, जहाँ वह अपने पति रमाकान्त के साथ रहती थी। रमाकान्त कोई काम-धन्धा नहीं करता था, दिन भर यहाँ-वहाँ घूमता हुआ दलाली के चक्कर में रहता था। उसे सट्टा खेलने की लत लग गयी थी और वह पुलिस के लिए फ़र्ज़ी गवाही देने का काम भी करने लगा था। उन्हीं दिनों पुलिस के एक दरोग़ा की नज़र शोभा पर पड़ गयी और वह हर रात उसी के घर में आकर खाने-पीने लगा। तीन महीने तक हर रात शोभा को उस अधेड़ दरोगा की हवस का शिकार होना पड़ा। वे तीन महीने शोभा के जीवन में नरक से भी भयावह और यन्त्रणादायक थे। दरोग़ा उसके घर रात नौ बजे के लगभग आ जाता था और आते ही वर्दी उतारकर दीवार

की खूँटी पर टाँग देता था। पसीने में गन्धाती मैली बनियान और भूरे रंग के चीकट जाँघिये में दरी पर बैठा हुआ दारू पीता दरोग़ा घर का दरवाज़ा बन्द नहीं होने देता था, क्योंकि इससे उसे गर्मी लगती थी। रमाकान्त किसी नौकर की तरह उसकी सेवा करता हुआ दौड़-दौड़कर नमकीन, अण्डा और अगर ज़रूरत पड़ जाये तो बोतल लाकर उसे देता था। उसका गिलास भी वहीं रखा रहता था और सेवा-टहल से फ़ुर्सत मिलने पर वह भी दरोग़ा के सामने बैठकर पीने लगता था। ऐसा मौका रमाकान्त के लिए गर्व और सम्मान का होता। वह हँस-हँसकर दरोग़ा से चुहलबाजी करता और अपनी पत्नी शोभा को डाँटता रहता, 'अरे, नींबू निचोड़ के नमकीन तश्तरी में ले आ। साहब को हरी मिर्ची पसन्द है। बारीक-बारीक काटना। या 'ऐसे दरी पर तश्तरी पटककर क्यों जाती है? हँस-बोलकर साहब के हाथ में थमाया कर! ...धनिया-पत्ती क्यों नहीं डाली? मैं ख़ास साब के लिए दो मूठी लेके आया था?'

"रमाकान्त, एक गिलास और मँगा ले। तेरी 'उसे' भी तो पिलाना है। कल हमारे एक दोस्त और आयेंगे। पार्टी है।" दरोग़ा कहता। पार्टी के नाम पर रमाकान्त की बाँछे खिल जाती थीं, क्योंकि इसका मतलब होता था मटन या चिकेन, बढ़िया अंग्रेज़ी शराब और बहुत सारा नमकीन। साथ में सामान-ख़रीदी के नाम पर उसे मिलने वाले रुपये, जिसमें से वह हमेशा कुछ-न-कुछ बचा लेता था।

"फिकर की बात नहीं साब! मटन रहेगा कि चिकेन? पीने के साथ-साथ मच्छी का पकौड़ा बनवा दूँ? शोभा गजब का बनाती है। दो-ढाई किलो मीट में तो हो जायेगा? बोतल कितनी रहेगी?" इसके बाद बेशर्मी से दाँत चियारकर रमाकान्त कहता था, 'वो क्या है साब कि बचेगा तो अगले दिन दोपहर को हमारे काम आ जायेगा। पार्टी के बाद शोभा अगले दिन दो-तीन बजे तक उठ भी तो नहीं पाती।"

नशा चढ़ते ही दरोग़ा कभी गाना गाने लगता तो कभी गालियाँ देने लगता था। उसे पूरा यक़ीन था कि रमाकान्त जैसे मरघिल्ले और आवारा, बेरोज़गार पति के साथ रहती हुई शोभा उसके जैसे तन्दुरुस्त और पर्स-वर्दी वाले मर्द का साथ पाकर खुश हो जाती है और भीतर-भीतर

उसे पसन्द करती है। ऐसा ख़याल आते ही वह बात-बात पर रमाकान्त को डाँटता और शोभा को बीच-बीच में आँख मारते हुए, उससे मीठी ज़ुबान में बोलना शुरू कर देता। उसे पता चल गया था कि शोभा को बचपन से ही काला गुलाबजामुन और रबड़ी-इलाइची की क़ुल्फ़ी पसन्द है। यह फटीचर कहाँ से खिलायेगा इसे काला गुलाबजामुन। वह रमाकान्त को दोनों चीज़ें लेने बाहर भेज देता और उसके जाते ही शोभा को अपने पास खींच लेता।

मैली-गन्धाती बनियान से मटके की तरह बाहर निकली दरोग़ा की रोयेंदार रीछ जैसी तोंद और पसीने तथा मैल से चीकट हो चुके उसके जाँघिये के बीच धँसा हुआ शोभा का सिर। शोभा की हर साँस के साथ मोहल्ले की नालियों से भी विकट बदबू अन्दर जाती और वह बहुत मुश्किल से वहीं दरोग़ा की जाँघ पर उल्टी करने से ख़ुद को रोकती। दरोग़ा दारू पीता हुआ उसके बालों को सहलाता जाता और मुँह से ऐसी आवाज़ निकालता, जैसे उसे नीबू की खटास और हरी मिर्च के तितास का स्वाद एक साथ मिल रहा हो। घर का दरवाज़ा खुला रहता था और देर रात बाहर गली में निकलने वाले अक्सर यह दृश्य देखते। बल्कि घर के सामने खाली पड़ी जगह जहाँ लोग दिशा-फ़राग़त के लिए जाया करते थे, वहाँ अँधेरे में पुलिस के दलाल रमाकान्त के घर पर, आधी रात चलने वाली इस ज़िन्दा ब्लू फ़िल्म को देखने वाले कम उम्र शोहदों की भीड़ लग जाती।

जिस दिन पार्टी होती और दरोग़ा के साथ उसके दोस्त भी आ जाते, वह रात शोभा के लिए अमानवीय यन्त्रणा और पीड़ा की रात होती। नशे के बाद उन लोगों के भीतर बैठा जानवर जाग जाता और उस कमरे में उस जानवर के उत्पात और उसकी बनैली-वहशी हिंसा की शिकार बनती शोभा। वे लोग नशे में गाना गाते, शराब पीते, मछली के पकौड़ों की तारीफ़ करते, हँसते और शोभा को नोचते-खसोटते। रमाकान्त इस सबमें उनका उत्साह बढ़ाता। एक बार ऐसी ही पार्टी में दरोग़ा के साथ कोई गोरा-चिट्टा बिल्डर आया था। लगभग पचपन-साठ साल का मोटा और थुल-थुल। उस रात उन लोगों ने वी.सी.आर. और ब्लू-कैसेट

का भी इन्तज़ाम किया था। तब वी.सी.आर. का चलन नया-नया ही था और वह बाज़ार में किराये पर मिला करता था। बिल्डर ने शोभा की ख़ूबसूरती देखकर कहा था कि वह उसे इस साल नगरपालिका का पार्षद बनायेगा। इस मोहल्ले समेत आसपास के इलाक़े के वोट उसकी मुट्ठी में हैं।

वह रात शोभा की ज़िन्दगी में नरक की यातना लेकर उतरी। बिल्डर और दरोग़ा ने शोभा के साथ अप्राकृतिक काम किया और बिल्डर ने उसके रेक्टम में बियर की बोतल घुसेड़ दी। दरोग़ा ने हँसते हुए पूछा, 'ये क्या कर रहे हो?' तो बिल्डर ने कहा था, 'अरे यार, पीछे ड्रिल करके ज़रा बोर बड़ा कर लेने दे, तभी तो नीचे मोटर फ़िट होगा! साला मेरा बीस हॉर्सपॉवर का जेनुइन क्राम्पटन का मोटर है।' और ठहाके मारकर हँसने लगा था। शोभा की साँसें रुक चुकीं थीं, वह लहूलुहान थी। कमरे के फ़र्श पर उसका ख़ून फैल गया था, दरी भीग गयी थी और मॉनिटर पर ब्लू-फ़िल्म चल रही थी। बेहोशी ने शोभा को उन पीड़ाओं के अनुभव से बचाया, जिनसे होश में रहने पर उसे गुज़रना पड़ता। उस रात दरोग़ा और जब बिल्डर गये, तब सुबह के चार बजने वाले थे। असहनीय दर्द के बीच, बेहोशी टूटने पर शोभा ने जब अपने कपड़े पहनने और अपनी देह में लिपटा ख़ून और वीर्य धोने के लिए उठना चाहा, तो उसने पाया कि रमाकान्त उसके ऊपर चढ़ा हुआ है। उसने रमाकान्त को लात मारी और कराहती हुई दरवाज़े के बाहर रखी बाल्टी में से पानी ले लेकर अपनी देह धोने लगी। उसकी देह पर कपड़े का एक भी टुकड़ा नहीं था।

शोभा जब कराहती हुई अपनी देह से अपना ख़ून और दरोग़ा, बिल्डर और अपने पति रमाकान्त का थूक, लार और वीर्य धो रही थी, तब उसे अहसास हुआ कि चार बजे के उस धुँधलके में, गली के उस पार से कई मर्द आँखें उसे घूर रही हैं। तो क्या ये लोग इस घर में चलने वाले वीभत्स, ख़ूनी और वहशी हिंसा को देखने के लिए रात भर जागते रहे? रात भर बिना सोये नाली और टट्टी की बदबू सूँघते रहे? इसमें इनको मज़ा आया होगा?

इस पार्टी के चार-पाँच दिनों के बाद वह बिल्डर अपनी कार में दोपहर फिर आया। साथ में दरोग़ा भी था। वे लोग शोभा के लिए साड़ी, ब्लाउज़, ब्रेसरी, नाइटी, नाइलोन की छींटदार-जालीदार चड्डी, सलवार-कुर्ता, चूड़ियाँ, गहने वग़ैरह लेकर आये थे। बिल्डर बहुत ख़ुश लग रहा था और उसने चाय पीते हुए बताया कि उसने शोभा को 'सारिणी नारी कल्याण समिति' का अध्यक्ष बना दिया है और अब वह उसे अपने साथ घुमाने-फिराने के लिए मुम्बई, नागपुर, पुणे, कोल्हापुर वग़ैरह भी ले जाया करेगा।

चन्द्रकान्त उसी बिल्डर के यहाँ नौकर था और उसी दिन शोभा से उसकी पहचान हुई थी।

डेढ़ महीने के बाद, जब बिल्डर उसे लेकर जलगाँव गया हुआ था और वहाँ सरकारी रेस्टहाउस के वी.आई.पी. कमरे में पार्टी चल रही थी, तभी शोभा कपड़े बदलने का बहाना करके, एक झोले में अपना सारा सामान लेकर चन्द्रकान्त के साथ भागकर दिल्ली आ गयी थी। दोनों ने यहाँ जहाँगीरपुरी की गली नम्बर सात में, पाँच सौ रुपये महीने में, मकान नम्बर ई-3/1 की मियानी किराये पर ले ली थी। चन्द्रकान्त को विजयनगर के एक डिपार्टमेंटल स्टोर में हेल्पर का काम मिल गया था और शोभा आसपास के घरों में बड़ियाँ, अचार, मुरब्बा और खाना बनाने का काम करने लगी थी।

जलगाँव से उस रात चन्द्रकान्त के साथ भाग आने पर शोभा उस जुर्म से बच गयी थी, जिसकी पूरी तैयारी उसने कर रखी थी। जिस दिन बिल्डर ने उसे जलगाँव चलने के लिए कहा था, उसके पहले पन्द्रह दिन तक कोई पार्टी नहीं हुई थी। बिल्डर किसी ठेके के काम में व्यस्त था। इस बीच सिर्फ़ दरोग़ा ही तीन-चार बार आया था। शोभा अगली पार्टी के इन्तज़ार में थी। उसने तेरह रुपये की चूहेमार दवा ख़रीदकर अपनी पेटी में छुपाकर रख ली थी। अगली पार्टी में वह उसे मटन में मिलाकर बिल्डर, दरोग़ा और रमाकान्त को खिलाने वाली थी। ऐसा करने के बाद मटन खाकर वह ख़ुद मरती या बिना खाये चन्द्रकान्त के साथ भागती, इसके बारे में उसके मन में दुविधा थी। चन्द्रकान्त से

उसने अपनी यह योजना छुपाकर रखी थी, क्योंकि वह उसे इतना सीधा लगता था कि उसे कभी ऐसा न करने देता। चन्द्रकान्त तो उसके साथ जलगाँव से भी भागने में डरता-डरता ही राज़ी हुआ था।

मियानी में शोभा

मकान नम्बर ई-3/1 चार मंज़िला था। ऊपर की ओर जो सीढ़ी जाती थी, ठीक उसके नीचे की जगह का आकार, थोड़ी कल्पना की मदद से, कमरे जैसा लगने लगा था। दस फ़ुट बाइ सात फ़ुट। वह मियानी थी, कमरा नहीं, इसलिए सामने दरवाज़ा नहीं था। चन्द्रकान्त और शोभा ने वहाँ लकड़ी के दो फट्टे लगा दिये थे। उनमें से एक फट्टा तो ऊपर से गिट्टी-कील से फ़िक्स कर दिया गया था, ऊपर से प्लास्टिक की नीले रंग की शीट डाल दी गयी थी और दूसरा फट्टा स्लाइडिंग किवाड़ का काम करता था। जब जाड़े के दिन होते या जब शोभा और चन्द्रकान्त दोनों घर से बाहर होते, तो उसे वहाँ भिड़ा दिया जाता। इस फट्टे या दीवार या दरवाज़ा, जो भी आप समझें, के बाद सामने लगभग साढ़े चार फ़ुट की जगह और थी, जिसमें बायीं ओर एक नलका लगा हुआ था। शोभा और चन्द्रकान्त वहीं पर नहाते, कपड़े धोते और बरतन वहीं माँजे जाते। इस जगह को वे 'बालकनी' कहते थे। इस 'बालकनी' के ठीक सामने, दो फ़ुट नीचे नाली थी, जो ऊपर से खुली थी। उसमें से हमेशा तेज़ गन्ध उठती रहती थी और मक्खियाँ भिनकती रहती थीं। चन्द्रकान्त ने कुछ रोज़ पहले उसके ऊपर लकड़ी का एक फट्टा लाकर डाल दिया था।

मियानी, जिसे वे 'रूम' कहते थे, के फ़र्श पर दरी बिछाकर वे सोते थे। एक टिन का बड़ा-सा सन्दूक था, जिसके भीतर शोभा और चन्द्रकान्त की वे चीज़ें थीं, जिनका इस्तेमाल वे कभी-कभार ही करते थे। बिल्डर और दरोग़ा द्वारा दी गयी साड़ियाँ, शलवार, चूड़ी-गहने और रमाकान्त के साथ शादी में मायके द्वारा दिये गये कुछ काँच और स्टील के बरतन, चाँदी की एक जोड़ी पायल, एक मंगलसूत्र, पाँव की बिछिया, एक बाजूबन्द और गोटे की दो साड़ियाँ इसी बक्से के भीतर

थीं। सन्दूक के ऊपर छह सूत की प्लाई का एक टुकड़ा रखकर उसके ऊपर टेबल फ़ैन रख दिया गया था, जो इस घर का क़ीमती और ज़रूरी सामान था। इस पंखे की वजह से शोभा और चन्द्रकान्त को गर्मी नहीं लगती थी और मक्खी-मच्छर भी तंग नहीं करते थे। जब पंखा बिगड़ जाता, तो दोनों परेशान होकर साथ-साथ घर से निकल जाते और तभी घर लौटते, जब इलेक्ट्रीशियन उसे बना देता। हालाँकि वह पंखा कम ही बिगड़ता और स्विच दबाते ही पूरे ज़ोर से 'फर्रर्रर' की आवाज़ के साथ चलने लगता। तेज़ ठण्डी हवा आती और शोभा तथा चन्द्रकान्त दोनों ख़ुश हो जाते।

'रूम' के कोने में बुरादे वाली सिगड़ी थी, जिसमें शोभा खाना बनाती। शोभा के हाथ का खाना वैसे भी लाजवाब होता था। चन्द्रकान्त को उसके हाथ का बनाया खाने की लत तभी से लग गयी थी, जब वह सारणी में था। अपने मालिक बिल्डर के साथ वह लम्बी कार में रमाकान्त के घर पार्टी में जाया करता था। बिल्डर गाड़ी ठीक दरवाज़े के पास खड़ी करता था, जिससे गली में निकलने वालों को घर के अन्दर झाँकने में कुछ असुविधा हो। बिल्डर गाड़ी में लगे म्यूज़िक डेक को ज़ोर से चला देता था, जिससे उसकी आवाज़ में 'पार्टी' की आवाज़ या शोभा की चीख़-पुकार दब जाये। चन्द्रकान्त वहीं पिछली सीट पर लेटा हुआ, गाड़ी के भीतर बजने वाला गाना सुनता रहता। उसे कभी पता नहीं चला, न उसने कभी झाँककर देखा कि उस पार्टी में क्या-क्या होता है।

शोभा आकर कार के शीशे को खटखटाती थी, तब वह आँख खोलकर उठता था। शोभा उसे खाना देने आती थी। थाली में रोटी, मीट, प्याज़ वग़ैरह होता। कभी-कभी चावल भी। शोभा का बनाया मीट उसे इतना पसन्द आता कि हमेशा कम पड़ जाता था। संकोच के मारे वह कभी दुबारा माँग नहीं पाता था। दो या तीन बार ऐसा हुआ, लेकिन पता नहीं कैसे शोभा को उसके संकोच का पता चल गया। शायद ऐसा इसलिए हुआ होगा कि शोभा और चन्द्रकान्त की उम्र उस समय लगभग बराबर थी। यह बात तीस साल पहले की है। तब शोभा

उन्नीस-बीस साल की रही होगी। गाँवों की शादी में लड़के-लड़की की उम्र में अन्तर नहीं देखा जाता था। उसका पति रमाकान्त तीस-पैंतीस के बीच का था। उन दिनों शोभा जिस दरोग़ा के बलात्कार का हर रोज़ शिकार बनती थी, वह किसी भी तरह पैन्तालीस से नीचे नहीं था और वह बिल्डर, चन्द्रकान्त जिसका नौकर था, पचपन से कुछ ऊपर का ही रहा होगा।

इन अधेड़, बूढ़े, वहशी और गन्धाते मर्दों से बिल्कुल अलग था वह उन्नीस साल का लड़का, जिसका नाम चन्द्रकान्त था। जो कार की पिछली सीट पर चुपचाप आँखें मूँदे गाने सुनता रहता था, कभी दुबारा खाना नहीं माँगता था और जिसने कभी झाँककर भी नहीं देखा था कि पार्टी के नाम पर उस घर में क्या-क्या होता है। शोभा ने उस रोज़ चुपके से आकर शीशे से झाँका तो उसने देखा कि चन्द्रकान्त कटोरी में चिपके हुए शोरबे को रोटी से पोंछ-पोंछकर काम चला रहा था, जबकि अभी दो रोटियाँ थाली पर और भी पड़ी थीं।

''थोड़ी-सी बोटी और रसा लाकर दूँ?'' शोभा ने पूछा तो चन्द्रकान्त घबरा गया। ''नहीं-नहीं, हो जायेगा...!'' जब उसने कहा तो शोभा को हँसी आ गयी।

''बाक़ी रोटी कैसे खाओगे?'' चन्द्रकान्त के पास इसका जवाब नहीं था।

शोभा ने उसे एक पूरी कटोरी भर मटन लाकर फिर से दिया और साथ में में दो रोटियाँ। उसे बहुत अच्छा लगा, जब चन्द्रकान्त ने उसे चुपचाप से ले लिया और सिर झुकाकर खाने लगा। शोभा उस लड़के को चुपचाप खाते हुए देख रही थी, तभी अचानक उसने अपना सिर ऊपर उठाया। उसके बाल बिखरे हुए थे और उसके मुँह में कौर भरा हुआ था। उसने शोभा को देखा और झेंपता हुआ हँसा।

यही वह हँसी थी, जो शोभा की नरक जैसी ज़िन्दगी के अँधकूप में किसी जीवनदायी रस्सी का छोर बनकर उतरी, जिसे पकड़कर शोभा ने वहाँ से भाग निकलने का फ़ैसला किया। वह प्यार था या मुक्ति की दुर्निवार आकांक्षा, शोभा इसके बारे में दुविधा में थी।

अगली पार्टी में जब दरोग़ा, बिल्डर और रमाकान्त मच्छी का पकौड़ा खाने और शराब पीने में व्यस्त थे, शोभा चन्द्रकान्त को खाना देने के बहाने कार के अन्दर घुस गयी और उसने चन्द्रकान्त को सब कुछ बता दिया। उसने अपनी जाँघें, पीठ, छाती, गला चन्द्रकान्त को दिखाते हुए कहा, ''बाकी तो मैं अभी इधर नहीं दिखा सकती। कोई आ जायेगा। लेकिन जान लो, मैं मर जाऊँगी किसी रोज़। ये लोग किधर को भी मेरी बॉडी फेंक देंगे। तुम मेरे को कैसे भी बचा लो। किधर को भी लेकर चलो। मैं तुम्हारे कपड़े धो दिया करूँगी। झाड़ू-पोंछा कर दूँगी। रोज़ खाना बनाऊँगी और भाँडे-बरतन माँजूँगी। मेरा बनाया मटन तुम्हें पसन्द है ना? मैं इससे भी अच्छा बनाऊँगी। ऐसा मसाला डालूँगी कि तुम्हारा पूरा घर महकेगा। तुम अगर अपने रूम के बाहर, ड्योढ़ी के पास भी मुझे सुलाओगे तो सो जाऊँगी। ओढ़ने-बिछाने के लिए भी कुछ मत देना। मैं ऐसे ही रह लूँगी। तुम्हारी कमाई जब नहीं होगी, तो मैं तुम्हारे लिए कमाऊँगी।''

कार में म्यूज़िक डेक में गाना बज रहा था और बीस साल की शोभा हिचकियों में रोते-रोते उन्नीस साल के चन्द्रकान्त से कह रही थी, 'जैसा ये दरोग़ा और बिल्डर मेरे साथ करता है, तुम भी करोगे तो भी मैं कुछ नहीं बोलूँगी। मेरे को दर्द होगा, तो न रोऊँगी, न चिल्लाऊँगी। मैं अपना ख़ून रोक लूँगी, बाहर नहीं बहने दूँगी। चुपचाप धो डालूँगी और किसी को पता भी नहीं चलेगा। मैं हमेशा हँसूँगी। तुम्हारी बाई बनकर रहूँगी। दिक़-बीमार पड़ोगे तो दवा-दारू करूँगी। हाथ-पैर दबाऊँगी। तुम जो जी आये, करना मेरे साथ। मैं कभी न रोकूँगी। तुम कोई और लेकर आओगे तो उसकी भी सेवा-टहल करूँगी। बस, मेरे को इस गड्ढे से निकाल लो,' शोभा ने मुट्ठियों में उसकी क़मीज़ की आस्तीन इस तरह से भींचकर पकड़ रखी थी, जैसे वह अब उसे कभी छोड़ेगी नहीं। जैसे कोई नदी की गहरी धार में डूब रहा हो और अचानक हाथ में आयी किसी जड़ या रस्सी को अपने प्राण की तरह कसकर पकड़ता है।

उन्नीस साल के चन्द्रकान्त को बीस साल की शोभा की बात सुनते हुए पहली बार ऐसा लग रहा था, जैसे वह सिर्फ़ बिल्डर का

नौकर भर नहीं है। वह कुछ और भी हो सकता है। उसके भीतर एक नया आत्मविश्वास पैदा हो रहा था। ठीक इसी समय रमाकान्त वहाँ आ गया। उसने शोभा को चन्द्रकान्त की क़मीज़ पकड़े हुए, कार की पिछली सीट पर, उससे सटकर बात करते और रोते देखा। उसने झटके से कार का पिछला दरवाज़ा खोला और शोभा को खींचता हुआ अपने साथ ले गया, "तू यहाँ खाना देने आयी थी रण्डी कि अपनी गरमी जुड़ाने? इतनों का खाकर भी भूख नहीं पटाती तेरी उसकी?"

यही वह हिंसक रात थी, जिस रात बिल्डर ने बियर की बोतल से शोभा के रेक्टम को चीरा था और अपने ख़ून में नहाती हुई शोभा बेहोश हो गयी थी। उस रात पहली बार चन्द्रकान्त ने उसकी चीख़ सुनी। ऐसी दर्दनाक, कान के परदे और बन्द कार का शीशा चीरती हुई चीख़ कि वह भीतर से दहल गया और उसने उठकर म्यूज़िक डेक बन्द कर दिया। उसने पहली बार कार का काँच नीचे किया और बाहर सिर निकाला।

उन लोगों ने कमरे का बल्ब बुझा रखा था। अँधेरे में कुछ परछाइयाँ हिलती-डुलती दिख रही थीं। उसने सुना, रमाकान्त के घर से कई जुंगली जानवरों के गुर्राने की डरावनी आवाज़ें आ रही थीं। लग रहा था, जैसे वे जानवर अपने किसी शिकार को चींथ-फाड़कर खा रहे हों। उस बीस साल की लड़की शोभा, जो अभी कुछ देर पहले उसकी कमीज़ को अपनी मुट्ठियों में भींचकर रो रही थी, जिसके आँसुओं से अभी तक उसकी दाहिनी आस्तीन गीली थी, जिसकी बनायी हुई रोटियाँ और मटन उसने अभी-अभी खाया था, उसको लेकर पहली बार चन्द्रकान्त को गहरी चिन्ता हुई। उसका रोता हुआ चेहरा बार-बार उसकी आँखों के सामने घूमने लगता था। लगता था, जैसे उस लड़की ने अभी भी उसकी आस्तीन को कसकर अपनी मुट्ठियों में भींच रखा है। चन्द्रकान्त ने सोचा कि वह उसे उस गड्ढे से बाहर निकालने में ज़रूर मदद करेगा, जिस गड्ढे की वह बात कर रही थी।

लेकिन उन्नीस साल के चन्द्रकान्त के भीतर एक तरह के भय ने भी सिर उठाया। दरोग़ा और बिल्डर बहुत ताक़तवर थे। उसने अपनी

आँख से दोनों की बर्बरताएँ देखी थीं। आपस में बात करते हुए वे लखनऊ, भोपाल, मुम्बई, दिल्ली, कलकत्ता जैसे शहरों का नाम जिस तरह लेते रहते थे, उससे पता चलता था कि उनका जाल दूर-दूर तक फैला हुआ था। वे कहीं भी पहुँच सकते थे। जहाँ भी वह इस लड़की को ले जायेगा, बिल्डर और दरोग़ा या उनके गुर्गे वहाँ पहुँच जायेंगे। वे कहीं छुप नहीं सकते।

चन्द्रकान्त बहुत गहरी चिन्ता, आशंका और उलझन में था। इसीलिए जलगाँव के रेस्टहाउस से जिस दिन वह शोभा के साथ भागा, उसने अपने चेहरे पर तौलिया लपेट रखा था और पीठ की ओर चादर ओढ़ रखी थी। जबकि शोभा के चेहरे पर बार-बार आह्लाद और उमंग की रेखाएँ खिंच आती थीं। जब ट्रेन सारणी के स्टेशन से छूटी और वे दोनों ट्रेन के डिब्बे में बैठे, तो शोभा अपना सन्दूक, गठरी और चन्द्रकान्त का झोला बर्थ के नीचे ऐसे सँभाल-सँभालकर रख रही थी, जैसे वह चलती गाड़ी में ही उसके साथ अपनी गृहस्थी बसायेगी। जैसे बीस साल की वह लड़की अभी वहीं रेलगाड़ी के डिब्बे के फ़र्श पर चूल्हा जलायेगी और खाना पकाने लगेगी। रेलगाड़ी का वह डिब्बा, जिसमें वे दोनों सवार थे, वह लोहे की पटरियों पर धड़धड़ाता हुआ दौड़ता काठ, काँच और लोहे का ढाँचा नहीं, सोंधी मिट्टी का आँगन बन गया था, जहाँ चूल्हे से धुआँ उठ रहा था, छौंक-बघार की गन्ध आ रही थी और वहाँ पूरी तल्लीनता में धीरे-धीरे कुछ गुनगुनाती हुई एक बीस साल की लड़की रोटियाँ बेल रही थी।

वहाँ 'कुछ' ऐसा ज़रूर था, जो चन्द्रकान्त को बहुत अच्छा लग रहा था और उसका मन बार-बार गाना गाने का कर रहा था। लेकिन वह 'कुछ' क्या था, इसे ठीक-ठीक वह समझ नहीं पा रहा था।

पखेरुओं का घोंसला और अण्डे

ओह! तो यह थी वह चीज़, जो उस रोज़ चलती ट्रेन में चन्द्रकान्त को अच्छी लग रही थी और जिसे वह ठीक-ठाक समझ नहीं पा रहा था।

उन्हें दिल्ली की जहाँगीरपुरी की गली नम्बर सात के मकान नम्बर

ई-3/1 की मियानी में आये हुए लगभग दस दिन हो गये थे। इस बीच का समय दोनों को गृहस्थी का सामान ख़रीदने और मियानी को सजाने-सँवारने में बीत गया था। चन्द्रकान्त को विजयनगर, जिसे किंग्सवे कैम्प भी कहते थे, के एक डिपार्टमेंटल स्टोर में हेल्पर का काम मिल गया था। जहाँगीरपुरी से विजयनगर की दूरी मुश्किल से छह किलोमीटर थी और आज़ादपुर बस अड्डे से ख़ूब सारी बसें वहाँ के लिए मिलती थीं। चन्द्रकान्त सुबह दस बजे निकलता, दोपहर दो बजे लौटकर दिन का खाना खाता और साढ़े तीन बजे फिर चल देता। रात नौ बजते-बजते वह फिर आ जाता। शोभा अपने साथ सारणी से पता नहीं कितने रुपये लेकर चम्पत हुई थी, क्योंकि सिगड़ी, पंखा, परदा, प्लास्टिक की शीट, टिन का बड़ा-सा बक्सा, दरी-चादर, कप-प्लेट, कुकर, थाली-गिलास, राशन, चाय-चीनी वग़ैरह तमाम चीज़ें ख़रीदने में उसे कभी कोई दिक़्क़त नहीं हुई। उसका रंगीन फूलों वाला छोटा-सा रेग्ज़ीन का बटुआ जैसे कोई तूतनख़ामन का ख़ज़ाना था, जिसके भीतर वह हाथ डालकर फटाक से जब चाहे, मुस्कुराते हुए, जितने चाहे रुपये निकाल लेती थी।

शोभा दिल्ली आने के तीसरे दिन से ही चन्द्रकान्त को 'चन्दू' कहने लगी थी, जबकि चन्द्रकान्त उसे शोभा ही कहता था। जब शोभा बहुत सारा सामान ख़रीदती और चन्द्रकान्त परेशान होने लगता, तो वह अपनी फुलकारियों वाले रेग्ज़ीन के बटुए में हाथ डालती और मुस्कुराते हुए कहती, "निसफिकिर रहो चन्दू! एकदम निसफिकिर! बड़ा माल मारा है मैंने रमाकान्त और बिल्डर-दरोग़ा का।"

वह दिन सोमवार का था। सोमवार को विजयनगर का बाज़ार बन्द रहता था और चन्द्रकान्त की छुट्टी रहती थी।

उस दिन चन्द्रकान्त मियानी के भीतर फ़र्श पर लेटा हुआ रेडियो में गाने सुन रहा था। 'मेरी बेरी के बेर मत तोड़ो, कोई काँटा चुभ जायेगा। ऐसे झटके से डोर मत तोड़ो, कोई काँटा चुभ जायेगा!!' गाने के साथ बीच-बीच में वह भी अपनी आवाज़ मिलाने लगता। तभी शोभा की खिलखिलाती हुई आवाज़ बाहर से आयी, "अरे वाह रे चन्दू!

लता मंगेशकर के साथ किशोर कुमार बन रहा है...! बड़ी मस्ती छँट रही है आज तो!"

चन्द्रकान्त ने बाहर की ओर देखा तो देखता ही रह गया। शोभा बाहर की 'बालकनी' में नलके के पास बैठी हुई नहा रही थी। पत्थर के छोटे से घिस्से से वह अपनी एड़ियाँ घिस रही थी। उसकी साड़ी घुटनों के ऊपर जाँघ तक सिमटी हुई थी। प्लास्टिक के लाल रंग के मग्घे से जब वह अपने ऊपर पानी डालती तो लगता, जैसे उसकी साड़ी पानी में घुलकर ख़ुद पानी बन गयी है और उसकी देह के ऊपर तरल रंगों की तरह बह रही है। उसके शरीर के साथ चिपककर, उसके हर अंग को कई-कई रंगों में और अधिक दर्शाते हुए।

चन्द्रकान्त के गले में कुछ फँसने लगा और आवाज़ बेसुरी होने लगी, इसलिए उसने रेडियो के साथ-साथ गाना बन्द कर दिया और अपलक शोभा को घूरने लगा। लगता है उसकी आँखें शोभा की पीठ पर कहीं गड़ी, क्योंकि अचानक शोभा ने पलटकर उसकी ओर देखा और खिलखिलाई, "क्यों, क्या हो गया रे मुहम्मद रफी? सुर टूट गया, चन्दू? ...शरम लग रही है गाने में?"

चन्द्रकान्त ने चुपचाप शोभा को देखा। उसके पूरे चेहरे पर साबुन का झाग लगा हुआ था। सफ़ेद झाग और बुलबुलों ने उसकी आँखों को ढँक लिया था, उसकी आँखें मुँदी हुई थीं, वह कुछ देख नहीं पा रही थी। इसीलिए चन्द्रकान्त पहली बार उसे पूरी आज़ादी और बेफ़िक्री के साथ देखे जा रहा था। दाहिने हाथ में साबुन की बट्टी लेकर, साड़ी के भीतर छुपाकर उसे वह अपनी छाती पर मल रही थी।

शोभा की आँखें बहुत बड़ी हैं, यह आज चन्द्रकान्त को पहली बार पता चला। हेमा मालिनी की जैसी। उससे भी अच्छी और बड़ी। बिल्कुल।

उन्हें इस मियानी में रहते हुए दस दिन हो चुके थे, इसके बहुत पहले सारणी से वह शोभा का जानता था, लेकिन उसकी आँख और देह उसे इस तरह कभी नहीं दिखी थी। चन्द्रकान्त को सचमुच शर्म लगी, क्योंकि शोभा के साथ इतने दिनों तक रहने और अपनी इतनी

उम्र बिता देने के बावजूद उसने कभी किसी लड़की को इस जैसी आँख और शरीर के साथ इतने क़रीब से नहीं देखा था।

साबुन के झाग में पानी की तरह बहते पारदर्शी रंगों के पार यह लड़की जिस तरह दिख रही थी और जिसकी वजह से चन्द्रकान्त को अपनी साँसें रुँधती हुई लग रही थीं, यह अनुभव ही अब तक उसके लिए अनजाना था।

शोभा भीगी हुई साड़ी में ही उठी और पानी टपकाती हुई अँगोछे से अपने बाल पोंछने लगी।

ऐसा कभी नहीं हुआ था चन्द्रकान्त के साथ। एक कोई चुम्बक था, उधर नलके के पास, जो उसे खींच रहा था। एक कोई बिजली थी, जो उसके शरीर के भीतर अचानक पैदा हो गयी थी और पूरी ताक़त के साथ उसे उधर धकेल रही थी। उसका मस्तिष्क अवसन्न था। आँखों के सामने सिर्फ़ रंग थे, जो साबुन के बुलबुलों की तरह चारों ओर उड़ रहे थे।

चन्द्रकान्त ने पीछे से जाकर कमर पकड़कर भीगी हुई उस लड़की को उठा लिया और खींचता हुआ उसे मियानी यानी दस बाइ सात फ़ुट के उस 'रूम' में ले आया, जो फ़िलहाल इन दोनों परिन्दों का दिल्ली में 'घर' हुआ करता था।

शोभा बिल्कुल चुप हो गयी थी। पानी में उसके बाल और उसकी देह अभी भी भीगी हुई थी। उसकी आँखें मुँद रही थीं और चेहरा जैसे किसी आँच में जल रहा था। यह आँच धीरे-धीरे उसके पूरे शरीर में फैल गयी और उसकी शिराओं में बहने लगी। चन्द्रकान्त उसकी देह के हर रोयें से उठने वाली भाप और ओस को अपने होंठों से सोख रहा था। शोभा की समूची देह की त्वचा पर, हर जगह उसकी हथेलियाँ उस नमी को पोंछ रही थीं।

उस छोटी-सी, संकरी मियानी में, टिन के सन्दूक की बग़ल में, फ़र्श पर बिछी हुई दरी पानी से भीग गयी थी। भीगी हुई दरी के ऊपर चन्दू और शोभा पहली बार जैसे किसी आग में जलते हुए छटपटा रहे थे। कमरे में साबुन के रंगीन बुलबुले तैर रहे थे और बाहर 'बालकनी'

के नलके से पानी नहीं, रंग निकल रहा था, जो बाल्टी में शोर मचाता धीरे-धीरे भर रहा था।

शोभा को लग रहा था कि वह दरी पर नहीं, बल्कि किसी जादू के ग़लीचे पर लेटी हुई है और किसी गहरे सपने के भीतर डूबती जा रही है। उसकी भीगी हुई साड़ी बग़ल में पड़ी थी और उसकी देह के ऊपर वहशी, अधेड़, बूढ़े-बिल्डर, दरोग़ा और उसका ब्याहता पति रमाकान्त नहीं, उन्नीस साल का वह लड़का झुका हुआ था, जिसके चेहरे पर इस वक़्त भी झेंप और शर्म से भरी हुई हँसी थी, जो उस रात सारणी में शोभा की बनायी मीट और रोटी खाते हुए पैदा हुई थी और जिस हँसी की रस्सी का छोर पकड़कर वह नरक के उस गड्ढे से बाहर निकल आयी थी।

उन्नीस साल का चन्द्रकान्त, जिसे अब वह चन्दू कहने लगी थी, के मुँह में अभी भी जैसे कौर भरा हुआ था, वह भूखा था और झेंपता हुआ हँस रहा था। शोभा को उस पर बहुत प्यार उमड़ा और उसने बिखरे हुए बालों को मुट्ठी में पकड़कर अपनी ओर ज़ोरों से खींचा और उसे चूम लिया।

उस दिन के बाद जो 30 साल पहले का कोई सोमवार का दिन था और जब उन दोनों को दिल्ली की जहाँगीरपुरी की गली नम्बर सात के मकान नम्बर ई-3/1 की मियानी में आये सिर्फ़ दस दिन हुए थे, शोभा ने फ़र्श पर बिछी हुई 'दरी' नहीं ग़लीचा' कहना शुरू कर दिया। काम करते हुए वह अक्सर गुनगुनाने लगी और जब चन्द्रकान्त काम पर विजयनगर चला जाता था और वह अकेली रह जाती, तब वह भी रेडियो में लता मंगेशकर और आशा भोंसले के गानों के साथ-साथ गाने लगती थी।

शोभा खाना बना रही होती, सब्ज़ी काट रही होती, कपड़े धो रही होती या सो रही होती, चन्द्रकान्त उसे उठा लेता और दोनों जादू के उस ग़लीचे में छटपटाते हुए जलने लगते। साल-पर-साल गुज़रते रहे, शोभा की देह पर माँस और चरबी चढ़ती गयी, चन्द्रकान्त के बाल सफ़ेद होने लगे, दोनों कई-कई बार बीमार पड़े फिर ठीक भी हुए,

लेकिन उस 'ग़लीचे' पर लगने वाली आग को बुझाने के लिए खेल तीस सालों तक दोनों लगातार खेलते रहे।

इस बीच सात बार शोभा गर्भवती हुई। आदर्श नगर के सरकारी अस्पताल में उसने अपना पंजीयन कराया। आने वाले बच्चे के लिए वह मोज़ा, कपड़े, गद्दे सिलती-बुनती रही, खाने-पीने में हर तरह का परहेज़ करती रही, लेकिन हर बार बच्चा या तो सही समय के पहले गिर जाता या जन्म के दो-चार महीने के बाद किसी बीमारी में मर जाता। चन्द्रकान्त और शोभा दोनों दुखी और चिन्तित रहते। उन्हें लगता कि मियानी के ठीक सामने जो नाली है, उसके कीटाणु और मच्छर ही उनके बच्चों को बीमार कर देते हैं। मियानी में अक्सर नमी और कभी-कभी तेज़ बदबू रहा करती थी। बरसात में केंचुए, कनखजूरे, गोजर, घोंघे और मेढक उनके कमरे के भीतर आ जाते। एक बार तो शोभा और चन्द्रकान्त जब 'जादू के उस ग़लीचे' में जलते हुए छटपटाने का खेल रहे थे, तभी शोभा चीख़ी। उसकी दायीं बाँह पर साँप का एक बच्चा रेंग रहा था। एक बार एक गेहुअन साँप टिन के बक्से के पीछे से निकला। बरसात के दिनों में हालत और भी ख़राब होती। मकड़ियाँ तो हर जगह थीं।

दोनों चाहते थे कि वे इस मियानी को छोड़कर किसी दूसरी जगह कोई साफ़-सुथरा कमरा ले लें। लेकिन जैसे-जैसे समय गुज़रता जाता था, मकानों के किराये बढ़ते जाते थे। चन्द्रकान्त भी इन सालों में लगातार कोई दूसरा काम तलाशने और पैसा बनाने की जुगत में लगा रहता था, लेकिन कभी बात नहीं बनी। जिस दुकान में वह इतने दिनों से काम करता था, उसका मालिक एक अच्छा आदमी था। उससे अधिक तनख़्वाह देने वाला कोई दूसरा दुकानदार मिला ही नहीं। मालिक का नाम गुलशन अरोड़ा था। इन तीस सालों में वह सत्तर साल का हो चुका था। उसकी दो बेटियाँ थीं, जिनकी शादियाँ हो चुकी थीं। एक बेटा था, जो पहाड़गंज में 'टूर्स एण्ड ट्रेवल्स एजेंसी' चलाता था। बेटे की अपने बाप से बनती नहीं थी, इसलिए वह दुकान से कोई मतलब नहीं रखता था। उसकी भी शादी हो चुकी थी और पिछले कई साल से वह अपने बाप की मृत्यु की

प्रतीक्षा कर रहा था, जिससे वह 'क्वालिटी डिपार्टमेंटल स्टोर्स' को बेच सके। लगता है गुलशन अरोड़ा अपने बेटे की इस इच्छा को जानता था, इसलिए वह कई बार बहुत अधिक बीमार पड़ने के बावजूद मरता नहीं था और मौत के मुँह से बार-बार लौटकर अपने बेटे की उम्मीदों पर पानी फेर देता था। गुलशन अरोड़ा चन्द्रकान्त पर बहुत भरोसा करता था, क्योंकि इसके अलावा उसके पास कोई दूसरा चारा भी नहीं था। दुकान बहुत चलती नहीं थी, फिर भी अपना ख़र्च निकाल लेती थी।

गुलशन अरोड़ा अकेला रह गया था। दस-बारह साल पहले पत्नी की मृत्यु हो चुकी थी। वह कई बार रात में चन्द्रकान्त को अपने घर देर तक रोक लेता और उसके साथ बैठकर रम पीता और चीकेन खाता। वह चन्द्रकान्त को दिलासा देता कि उसके मरने से उसे घबराने की ज़रूरत नहीं है। दुकान तो वह अपनी छोटी बेटी को वसीयत कर चुका है और चन्द्रकान्त के लिए भी दो लाख रुपये छोड़कर जायेगा। तीसरे-चौथे पैग के बाद गुलशन अरोड़ा कभी रंगीन और कभी दार्शनिक बन जाता। चन्द्रकान्त जानता था कि उसका मालिक इस उम्र में भी किराये की लड़कियाँ लाता था और 'केसरी जीवन', 'शॉट गन', 'शिलाजीतयुक्त च्यवनप्राश' जैसी तमाम दवाइयाँ खाता रहता था। उस समय तक 'व्याग्रा' और 'फ़ोर्टी-सिक्सटी प्लस' का नाम नहीं सुना गया था।

चन्द्रकान्त अपने सत्तर साल के मालिक की रंगीन बातें सुनते हुए अक्सर उसकी मौत की कामना करने लगता। लेकिन ठीक उसी वक़्त, पता नहीं कैसे, गुलशन अरोड़ा इसे जान जाता और ठहाके लगाकर हँसता, "चन्दू...! मेरे मरने का ख़्वाब मत देख। मेरा बाप जब सैन्तालिस में लाहौर से इधर आया, तो बयासी साल का था और सन् चौहत्तर में मरा, तो उसकी उम्र सौ से नौ साल ऊपर थी। अर्थी के बखत बड़ा जश्न मनाया था मोहल्ले ने। दौलतराम बैंड पार्टी बुलाई थी हमने। बड़े मेवे-बताशे बाँटे थे।"

इसके बाद वह चन्द्रकान्त के सामने अपनी हथेली फैला देता, "ज्योतिष ने मेरे को बताया है कि मैं अभी पैंतीस साल तक नहीं मरने वाला। एक सौ पाँच साल तक की उमर में सबेरे वाली गाड़ी में बैठकर

ठस्से से अपन ऊपर जायेंगे! ...तू फिकर मत कर चन्दू, तेरी नौकरी सरकारी नौकरी से भी ज़्यादा परमानेंट है।''

इसके बाद वह फुसफुसाकर चन्द्रकान्त से कहता, ''तू अपनी बीवी के लिए चिकेन बाँधकर फौरन इधर से फूट ले। ...अभी वो काम करने वाली को बुलाया है। आने ही वाली है। तू उधर जहाँगीरपुरी में 'काम' कर, हम इधर मॉडल टाउन में 'काम' करते हैं।''

लेकिन चन्द्रकान्त और शोभा के बच्चों को गुलशन अरोड़ा वाली उम्र नहीं मिली थी। जहाँगीरपुरी की गली नम्बर सात की उस मियानी में उनके बच्चे एक के बाद एक लगातार मरते रहे। कोई भी तीन-चार महीने से ज़्यादा जी नहीं पाया।

एक दो नहीं लगातार सात बच्चे।

अभंग, खुसरो, दरगाह और पहला जीवित बच्चा

यह कोई दस साल पहले की बात है। शायद सन् 1995 की सर्दियों की एक शाम। उस दिन मैं विजयनगर के उसी क्वालिटी डिपार्टमेंटल स्टोर में पहुँचा। पाँच साल पहले मैं नौकरी छोड़ चुका था और उन दिनों भी आज की ही तरह हिन्दी में फ्रीलांसिंग कर रहा था।

मकान की क़िस्त और दूसरे ख़र्चे सामने थे। सर्दियाँ सिर पर थीं और बच्चों के लिए गर्म कपड़े नहीं ख़रीदे गये थे। मैं बीस साल से हर जाड़े में वही स्वेटर पहन रहा था। पत्नी ने विवाह के बाद से न कोई ज़ेवर, न कोई मँहगी साड़ी ख़रीदी थी। हम शादियों में जाने से बचते, क्योंकि वहाँ के लायक़ न हमारे पास कपड़े होते थे, न कोई उपहार ख़रीद पाने की हैसियत। हम आम के एक आचार को चार टुकड़ों में बाँटकर खाते, थाली में प्याज बच जाती तो उसे धोकर अगली बार के लिए जमा करते रहते। कई बार मैं आत्महत्या या घर से कहीं भाग जाने की बात सोचता, लेकिन फिर बच्चों का चेहरा आँखों के सामने घूमने लगता। वे अभी तक पढ़ ही रहे थे। किताबें मेरे जीवन में अभिशाप की तरह आयी थीं। उन्होंने मुझसे सब कुछ छीन लिया था। कभी आइज़क बसाविस सिंगर की कहानियाँ पढ़ता या ऑरवल

का 'डाउन एण्ड आउट इन लंदन एण्ड पेरिस' या गोर्की की आत्मकथा तो कुछ सांत्वना मिलती। शायद हर लेखक ऐसा ही गटर का जीवन जीता है। लेकिन मैं शायद ज़्यादा घबरा जाता था, क्योंकि मैं बड़ा और महान् लेखक नहीं था।

उन दिनों मैं जब कोई किताब खोलता या कुछ लिखने बैठता, तो पूरे घर को एक कोई डरावनी-सी परछाईं घेर लेती। बच्चों और पत्नी के चेहरों पर किसी अज्ञात आशंका और डर का रंग छा जाता। अफ़वाहें, मृत्यु, बीमारियाँ, दारिद्रय और शोक पूरे घर में दबे पाँव टहलते। कमरों और गलियारे के अँधेरों में कोई सिसकी सुनायी देती। छत पर बिल्ली रोती। दीवारों के प्लास्टर उखड़ते, दरवाज़े अजीब-सी कराह के साथ खुलते और बन्द होते।

उन दिनों हम बीमार भी बहुत पड़ते थे। कभी डेंगू, कभी फ़्लू, कभी फूड़ प्वॉयज़निंग। पत्नी को थायरॉइड था और छोटा बेटा इतना दुबला-पतला और अन्तर्मुखी कि चिन्ता सताती कि आगे बड़ा होने पर वह कैसे अपना जीवन जीयेगा। मेरे दिमाग़ में बार-बार कभी गिंसबर्ग की कविता 'हाउल' और कभी मुक्तिबोध की 'अँधेरे में' गूँजती। मैं नींद में भी डरकर जाग जाता। शायद मैं धोखे से उस यथार्थ में चला आया था या धकेल दिया गया था, जहाँ एक वास्तविक जीवन नहीं, कविता का डरावना, दुःस्वप्न जैसा अतियथार्थवादी दृश्य था। ऐसा अतियथार्थ, जिसमें किसी भी ईमानदार लेखक की हर रचना उसे और उसके परिवार को और अधिक असुरक्षित, और अधिक विपन्न बनाती है।

यह बीसवीं सदी के अन्त और इक्कीसवीं सदी के प्रारम्भिक साल थे और मेरा जीवन मेरी हर रचना के साथ किसी गहरे अन्धकार में डूबता जा रहा था। दुनिया बहुत तेज़ी से बदल रही थी। दिल्ली और दूसरी राजधानियाँ उससे भी तेज़ी से। यहाँ हर जगह अब बस एक ही ध्रुव बचा था—निर्मम, बर्बर, लोलुप, अनैतिक सत्ता और समृद्धि का ध्रुव। कहीं कोई विकल्प नहीं था। मैं अपनी परेशानियाँ दिल्ली के ताक़तवर लेखकों-विद्वानों को बताने की कोशिश करता, तो ऐसा लगता जैसे समुद्र की अतल गहराई में रहने वाला कोई घोंघा ऊपर पृथ्वी पर

रहने वाले अघाए दिव्य दोपायों को अपने समुद्री अनुभवों की कोई विचित्र, अबूझ विजातीय बात बता रहा हो। मेरी भाषा उनकी समझ में नहीं आती थी। असुरक्षा, दुखों और तनावों में से निकलते वाक्यों को वे कौतूहल, निस्संगता और आश्चर्य से देखते थे। उनका वर्ग बिल्कुल एक दूसरा वर्ग था। उनके लिए जो विष था, वही अब मेरा अन्न था। ऐसा एक कवि ने कई साल पहले, शायद ऐसे ही किसी जीवन से गुज़रते हुए लिखा भी था।

इन्हीं दिनों एक ढलती दोपहर मैं विजयनगर के उस डिपार्टमेंटल स्टोर में पहुँचा, जहाँ चन्द्रकान्त काम करता था। दुकान में उस समय कोई ग्राहक नहीं था। वह काउण्टर के पीछे रखी कुर्सी पर अधलेटा होकर ज़ोर-ज़ोर से अभंग गाने में लगा था। उसके गाने में एक अजीब तरह का अकेलापन और सन्नाटा था। जैसे वह किसी और के लिए नहीं, ख़ुद अपने आपको सँभालने के लिए गा रहा हो। मैं पिछली जुलाई में, उन्हीं दिनों, जब अलन्दी से ज्ञानेश्वर और नामदेव के कीर्तनों के साथ पालकियाँ चलती हैं, एक शूटिंग के सिलसिले में पंढरपुर गया हुआ था। वहाँ बिठोबा के मन्दिर की सीढ़ियों पर बैठकर मैंने अभंग सुना था। उस दिन बारिश थोड़ी देर पहले रुकी थी और घने काले बादल आकाश में छाये हुए थे। आषाढ़ की नमी में लथपथ, गाढ़ी छाँह में अभंग गायकों की आवाज़ कहीं बाहर नहीं, मेरे अकेलेपन और मेरी असहायता के भीतर कोई तेज़ दवा बनकर उतरती जा रही थी। ऐसी औषधि, जो शरीर की निष्पंद होती शिराओं में एक नये जीवन का रक्त भरती है। उस दिन विजयनगर की उस दुकान के दरवाज़े पर भी मुझे लगा, जैसे मैं दिल्ली में नहीं, अभी भी बिट्ठल के मन्दिर की दहलीज़ पर खड़ा हूँ। वह मुझे देख नहीं रहा था। कुर्सी के सामने उसने एक स्टूल खींच लिया था और दोनों पैर उस पर पसारकार आँखें मूँदे गाने में लगा हुआ था।

''तुम बहुत अच्छा गाते हो! मराठी हो क्या?'' यह मेरा पहला वाक्य था, जो मैंने चन्द्रकान्त थोराट से कहा था। वह झेंप गया। ''क्या चाहिए आपको?'' यह उसका पहला वाक्य था, जो उसने मुझसे

कहा था। इसके बाद मेरी उससे पहचान और फिर दोस्ती हो गयी। हम दोनों अपने-अपने अँधेरों में घिरे थे। उसी दिन मुझे पता चला कि इतने वर्षों के विवाहित जीवन के बाद भी अभी तक वह पिता नहीं बन पाया है और उसके बच्चे एक के बाद एक, जैसे किसी अभिशाप में, किसी रहस्यपूर्ण बीमारी में मर जाते हैं। उनमें से कोई भी चार महीने से अधिक की आयु लेकर जन्म नहीं लेता। उसकी पत्नी शोभा टूट गयी है।

अगले हफ़्ते मैं उसके घर गया यानी जहाँगीरपुरी की गली नम्बर सात की उस मियानी में, जिसे वे अपना 'घर' कहते थे। शोभा अभी भी सुन्दर थी। उसके सामने के बाल सफ़ेद हो रहे थे। चेहरे में सख़्ती थी। कोमलता कभी-कभार उसकी हँसी में से झाँकती थी, लेकिन ऐसा कम ही होता था। उस रात मैंने चन्द्रकान्त और शोभा से उनके जीवन का पूरा क़िस्सा सुना। "तुम बिट्ठल हो! ठीक उसी वक़्त तुम आये, जब मैं अभंग गा रहा था...!" चन्द्रकान्त भावुकता में काँप रहा था। मेरे कपड़ों और हुलिये से उसने मुझे कोई आदमी समझ लिया था, जो उसके अन्धकार में से उसे बाहर खींचकर निकाल सकता था। एक ताक़तवर, अमीर, सुखी और दुनियादार आदमी। चन्द्रकान्त, शोभा और जहाँगीरपुरी की गली नम्बर सात में रहने वाले अधिकांश लोग एक दूसरे समाज के लोग थे। मैं जिस समाज से आया था, वह एक दूसरा समाज था, जिसमें मेरी स्थिति चन्द्रकान्त और उन जैसे तमाम लोगों से भिन्न नहीं थी। मैं वहाँ सिर्फ़ एक लेखक था, जिसकी जगह वहाँ अब कहीं नहीं बची थी। वहाँ लेखक की शक्ल में बहुत से दूसरे लोग आ गये थे और मुझे वहाँ से बाहर कर दिया गया था।

हम लगातार मिलते रहे। चन्द्रकान्त मेरे साथ हज़रत निज़ामुद्दीन औलिया की दरगाह भी जाता था, जहाँ संगमरमर के फ़र्श पर बैठे हुए हम चुपचाप ग़रीब क़व्वालों को गाते हुए सुनते थे। "आज रंग है, ओ माँ, रंग है री!' या 'बहुत कठिन है डगर पनघट की, कैसे मैं भर लाऊँ मधुआ से मटकी!' या फिर 'छाप तिलक सब छीनी रे, मोसे नैना मिलाय के!"

क़माल था कि एक रात, थोड़ी-सी पी लेने के बाद जहाँगीरपुरी की उस मियानी में, जब शोभा 'मटन दोप्याज़ा' पकाने में लगी थी और उसकी ख़ुशबू आसपास की हवा में तैर रही थी, मैंने चन्द्रकान्त को यही कव्वालियाँ गाते हुए सुना। वह एक-एक रुपये के दो सिक्कों से पानी वाले जग को बजा रहा था। कहीं कोई भूल-ग़लती नही। वहीं तल्लीनता। मैंने अपने नाख़ूनों से उस स्टील के ख़ाली गिलास को बजाना शुरू किया, जिसमें डालकर मैं व्हिस्की पी रहा था। दोप्याज़े के मसालों की भीनी-भीनी ख़ुशबू, क़व्वाली, महबूब-ए-इलाही का तसव्वुर, ख़ुसरो के शब्द, अपने-अपने दुखों के अन्धकार और व्हिस्की के नशे की सम्मोहक झील में धीरे-धीरे हम डूबने-उतराने लगे। चन्द्रकान्त की आँखों से आँसू बहने लगे थे। उसे पता नहीं था कि इन्हें लिखने वाले उसी छोटे दरबार के मालिक हैं, जिनकी दरगाह में हम दोनों कई बार जाते थे। वहाँ चादर के नीचे अपना सिर डालकर चन्द्रकान्त अपनी ज़िन्दगी की ख़ुशहाली की कोई दुआ माँगता था। वह उन्हें कवि नहीं, कोई पीर समझता था। पीर तो थे ही वे। हिन्दवी के छोटे औलिया। जिस वक़्त में हम थे, उस वक़्त फिर एक बार दुनिया में चारों ओर रात थी। अँधेरा घिर आया था। भविष्य के आने वाले दिन बुझी हुई क़न्दीलों की तरह अँधेरे में डूब गये थे। अमीर ख़ुसरो की छड़ी से पगडडिण्याँ तलाशते हम दोनों अपने-अपने घरों की ओर अपना जीवन खोजते लौट रहे थे। हाँ, हमारे साथ शोभा भी चल रही थी। चुपचाप...। शायद अपना जीवन खोजती हुई। मैं लगातार सोचता, ख़ुसरो की उस भाषा में, जिसमें उन्होंने पहली बार कविता को पैदा किया था, उस भाषा में ये कौन लोग हैं? और क्यों इतनी तादाद में अचानक दाख़िल हो गये हैं?

उस रात के बाद मैं लगभग एक साल तक उन दोनों से नहीं मिल पाया। इस बीच मेरी एक किताब और आयी, जिसने मेरे जीवन से कुछ खुशहाली और छीन ली। मुझे दिल्ली, भोपाल, लखनऊ जैसी राजधानियों के ऊँचे सम्पर्क और ऊँची जाति वाले लेखकों द्वारा, 'नक़लची', 'चोर', 'पागल कुत्ता', 'अमीर', 'फ़ासिस्ट', 'साम्प्रदायिक', 'सामन्त', 'नक्सलवादी', 'दलित', 'ठाकुर' आदि कहा जाने लगा। अख़बारों से

मेरे कॉलम और पारिश्रमिक रुकवा दिये गये और अफ़वाहें ऐसी फैला दी गयीं कि मैं विक्षिप्त हो चुका हूँ। बहुत कठिन दिन थे। मैं सोता तो डरावने सपने मुझे घेर लेते। लगता किसी लेबरकैम्प में, एक छोटे से संकरे-बन्द कमरे के एक कोने में, मैं एक कंकाल की तरह दीवार से पीठ टिकाये अपनी मृत्यु की प्रतीक्षा में हूँ। मेरी श्वासनली में चावल का एक दाना फँस गया है, एक साँस की बेचैनी से मेरी आँखें फैल गयी हैं और मृत्यु मेरे क़रीब आती जा रही है। शैलेश मटियानी की तरह। फ़ासीवाद एक नये चेहरे के साथ सामने मौजूद था। अवैध पूँजी और अपराधी हिंसा की अपनी ताक़त को उन्नीसवीं-बीसवीं सदी की महान् विचारधाराओं के परदे के पीछे ढाँकता-छुपाता हुआ। उसने पिछली शताब्दियों के महान् आदर्शों को अपनी अनैतिक महत्त्वाकांक्षाओं और वासनाओं की अदम्य आग में जलाकर राख कर डाला था।

उन दिनों छह महीने के लिए एक फ़िल्म लिखने के सिलसिले में मैं बम्बई और पुणे चला गया था। लौटने के बाद भी लगभग सात-आठ महीने मेरी मुलाक़ात चन्द्रकान्त से नहीं हो पायी। एक दो छोटी-मोटी डॉक्युमेंट्रीज़ थी, जिनकी एडिटिंग में लगना पड़ा। अपने जीवनयापन के संघर्ष में उलझा हुआ एक तरह से मैं चन्द्रकान्त को भूलने ही लगा था। और तभी, जब मैं औलिया की दरगाह में एक दिन अकेला बैठा हुआ, दिल्ली छोड़कर अपने उस गाँव जाने की बात सोच रहा था, जिस गाँव को छोड़कर लोग किसी बड़े शहर की ओर भाग रहे थे, जहाँ भूख, बेरोज़गारी और ग़रीबी के डरावने जबड़े हर लौटने वाले आदमी का इन्तज़ार कर रहे थे, मेरे दोस्त नईम निज़ामी मुस्कुराते हुए मेरी बग़ल में बैठ गये।

"बहुत अर्सा बाद आप दरबार में आये।" उन्होंने कहा। "आपके साथ जो बन्दा आता था—चन्द्रकान्त, उसने अभी दो महीने पहले बाबा के दरबार में बारह सौ रुपये का भण्डारा करवाया था। उस दिन हम लोग आपको बहुत याद कर रहे थे। बहुत लज़ीज़ बिरयानी बनी थी।"

"अच्छा?" मैं चौंका। कहीं 'क्वालिटी डिपार्टमेंटल स्टोर्स' का सत्तर साल का बूढ़ा मालिक गुलशन अरोड़ा दो लाख रुपये चन्द्रकान्त को

देकर मर तो नहीं गया? लेकिन नईम निज़ामी ने बताया कि लगता है उसकी दुआ क़बूल हो गयी। औलाद वाला हो गया, इस उमर में। सब महबूब-ए-इलाही का करम है।

मैं उस रोज़ कहीं और नहीं, सीधा जहाँगीरपुरी, चन्द्रकान्त की मियानी में पहुँचा। शाम ढलने वाली थी। पाँच से ऊपर का समय था। उसकी मियानी के बाहर दोनों लकड़ी के फट्टे लगे हुए थे। लोहे की सांकल पर मोटा-सा ताला था। 'बालकनी' के सामने भी एक तख़्ता खड़ा किया हुआ था। बग़ल में रहने वाली महिला ने बताया, "सहारनपुर गये हैं। शनिवार तक लौटेंगे। उनका बच्चा बीमार है।"

इतवार की सुबह मैं फिर वहाँ गया। वे लोग मिल गये। चन्द्रकान्त के चेहरे पर चिन्ता की रेखाएँ थीं। मैंने जो सोचा था, नहीं हुआ। शोभा रो रही थी। पता चला कि पास के ही प्राइवेट 'कल्पना हेल्थ सेंटर' में चार महीने पहले शोभा ने बच्चे को जन्म दिया था। डॉक्टर भी हैरान थी, क्योंकि इतनी अधेड़, बुढ़ापे की ओर झुकती उम्र में, कई वर्षों के अन्तराल के बाद प्रसव होने के बावजूद सब कुछ 'नॉर्मल' था। बस एक हल्के ऑपरेशन की ज़रूरत पड़ी। बच्चा साढ़े छह पौंड का ख़ूब मोटा लाल गुलाबी रंग का था। दसवें महीने में पाँच दिन ऊपर चढ़कर पैदा हुआ था। चन्द्रकान्त और शोभा की ख़ुशी का ओर-छोर नहीं था। अस्पताल से वे लोग घर आ गये। हालाँकि शोभा के मन में आशंका थी, क्योंकि इससे पहले सात बार बच्चे मर चुके थे। इस बार वह कोई कोर-कसर नहीं छोड़ना चाहती थी। उसने अस्पताल के डॉक्टर से बार-बार पूछा था, लेकिन डॉक्टर ने कहा था कि बच्चा स्वस्थ से भी ज़्यादा स्वस्थ है। फ़िक्र की ज़रा भी कोई बात नहीं है। वैसे भी दो महीने तक हर हफ़्ते जच्चा-बच्चा दोनों के मुफ़्त चेकअप का कार्ड उन्हें दिया गया था। वे दोनों इस बार पूरी एहतियात बरत रहे थे।

दो-ढाई महीने इसी तरह गुज़र गये। चन्द्रकान्त ने औलिया की दरगाह में बारह सौ का लंगर कराया। शोभा ने तिरुपति के बाला जी की मान्यता मानी। अगर एक साल तक सब कुछ ठीक-ठाक गुज़र गया तो वह तिरुपति में मुण्डन करवाकर बालाजी को अपने केश चढ़ायेगी।

लेकिन एक रात शोभा को ऐसा लगा, जैसे बच्चा किसी अज्ञात दर्द में धीरे-धीरे कराह रहा है। जितनी बार भी वह साँस लेता, एक हल्की-सी सीटी जैसी—'शीं...शीं...शीं...' की आवाज़ उसके गले से निकलती।

शोभा ने बच्चे का चेहरा देखा तो वह चौंक गयी। ऐसा लग रहा था, जैसे बच्चा अपनी पीड़ा को छुपा रहा है। वह बिल्कुल भी नहीं रो रहा था। वह अपने दर्द से ख़ुद चुपचाप लड़ रहा था। अकेला। उसके माथे पर ऐसी लकीरें बन रही थीं, जैसे साँस लेने में उसे कठिन, दमतोड़ मेहनत करनी पड़ रही हो।

उस समय रात के ढाई-तीन बजे थे। शोभा घबरा गयी। उसने चन्द्रकान्त को जगाया। चन्द्रकान्त ने भी बच्चे को देखा। लगभग एक-डेढ़ घण्टे के बाद बच्चा गहरी नींद में सो गया। उसकी साँसें सामान्य हो गयी थीं।

अगली सुबह बच्चा बिल्कुल ठीक था। शोभा के स्तन को उसने झिंझोड़कर भरपेट दूध पिया। होंठों के नीचे उँगली लगाने पर ज़ोरों से खिलखिलाकर हँसा। उसके दन्तहीन मसूढ़े दिखे। वह अपने पिता चन्द्रकान्त और माँ शोभा को अच्छी तरह से पहचानने लगा था। चन्द्रकान्त कुछ निश्चिन्त हुआ। उसने शोभा से कहा, "रात में कहीं गले में कफ़ फँस गया होगा। इसीलिए साँस लेने में गले से सीटी जैसी आवाज़ निकल रही थी। सर्दी भी बहुत बढ़ गयी है। चिन्ता की कोई बात नहीं। इसे हल्का ज़ुकाम होगा। थोड़ी-सी ब्राण्डी दूध में मिलाकर दे देते हैं।" ब्राण्डी अस्पताल वालों ने शीशी में भरकर दी थी।

शोभा ने सिगड़ी का इन्तज़ाम किया, जिसकी आँच में बाहर की ठण्ड और नमी से बच्चा सुरक्षित रहे। मियानी के दरवाज़े के फट्टे के ऊपर उन्होंने पुरानी चादर और दरी डाल दी, जिससे हवा अन्दर न आ सके। चन्द्रकान्त ने बाहर की नाली में मिट्टी का तेल और डी.डी.टी. का पाउडर डाला, जिससे मच्छर और कीटाणु पनप न सकें। वे अपनी तरफ़ से एक-एक चीज़ का पूरा ख़याल रख रहे थे।

उन्होंने बच्चे का नाम रखा था सूर्यकान्त। प्यार से वे उसे 'सूरी' कहते थे।

एक दो सप्ताह इसी तरह गुज़र गये।

एक रात लगभग दो बजे शोभा की आँख अचानक खुल गयी। उसने देखा कि सूरी धीरे-धीरे कराह रहा है। उसके माथे पर फिर बहुत सारी पीड़ा की लकीरें थीं। बार-बार बनती और मिटती हुई लकीरें। बच्चा गहरी बेचैनी से अकेला, चुपचाप जूझ रहा था। दर्द को सहता हुआ। दूसरा बच्चा होता तो ज़ोरों से रोता।

शोभा ने देखा कि सूरी दोनों हाथों से बार-बार अपने सिर को पकड़ने की कोशिश कर रहा था।

इसका मतलब उसका माथा दुख रहा है? शोभा ने अपनी हथेली वहाँ रखी तो लगा उसने अँगारे पर हाथ रख दिया। माथा जल रहा था। लगता है कि इसे तेज़ बुख़ार है। वह भीतर से डर गयी। आह! फिर से? ये आठवाँ भी?

उसने उठकर कमरे की बत्ती जलाई। बल्ब सामने वाली दीवार पर था और उसकी रोशनी सीधी आँख पर पड़ती थी। चन्द्रकान्त भी जाग गया। उस रात वह अपने मालिक गुलशन अरोड़ा के घर से पीकर आया था।

तीन महीने का सूरी बिल्कुल चुप था। रोने का नाम नहीं। कुम्हलाया हुआ चेहरा धीरे-धीरे कत्थई और मटैला होता हुआ। भावहीन। अपने दर्द में खोया। उसकी साँसों के साथ 'शीं...शीं...शीं...' की आवाज़ आ रही थी और वह अपने नन्हें-नन्हें हाथों से बार-बार अपना सिर पकड़ने की कोशिश कर रहा था।

बल्ब की रोशनी में शोभा और चन्द्रकान्त, दोनों ने देखा कि इतनी ठण्ड होते हुए भी सूरी अपने पैरों से कम्बल को झटक रहा था और उसके माथे पर पसीने की बूँदें झिलमिला रही थीं।

तभी अचानक सूरी ने अपने पिता चन्द्रकान्त को देखा। उस देखने में कुछ ऐसा था कि चन्द्रकान्त भीतर से हिल उठा था। अपनी पीड़ा से चुपचाप, अपने आप जूझते एक तीन महीने के बच्चे की मर्मांतक, लेकिन ख़ुद्दार आँखें। उस आँख में अकथ पीड़ा थी, लेकिन कहीं कोई याचना नहीं। किसी मदद की भीख नहीं। अपनी पीड़ा से ख़ुद जूझता

उसके अपने बेटे का निस्संग-तटस्थ चेहरा। किसी थकान में, लगभग हारती हुई लड़ाई में चुपचाप मुब्तला उनके बेटे का नन्हा सा मासूम चेहरा। तो क्या यह भी...? उसकी आँखें छलछला आयीं।

"इसे बहुत तेज़ बुख़ार है!" शोभा ने रोते हुए कहा और सूरी को उसने उठाकर अपनी गोद में सुलाना चाहा तो वह चौंक गयी। सूरी का सिर नीचे की ओर ऐसे लटक रहा था, जैसे उसकी गरदन में कोई जान ही न हो। जैसे उसके धड़ और सिर के बीच कोई मज़बूत पुल बचा ही न हो। दोनों दो अलग-अलग हिस्से हों। शोभा डर गयी। उसने अपनी हथेली उसके सिर के पीछे सँभालकर लगायी और गोद में उसे लेकर अपना ब्लाउज़ खोलकर छाती उसके मुँह के साथ सटा दी। इस समय वह इतनी असहाय थी कि उसे कुछ और नहीं, बस यही सूझा। वह अपने बेटे के लिए इस पल सबसे बड़ा काम यही कर सकती थी। वह लगातार हिचकियों के साथ रोये चली जा रही थी।

उसकी छाती पर जैसे सुलगते अँगारों से सिझती हुई बोरसी आकर छू गयी हो। उसने जल्दी से, घबराकर अपना स्तन हाथ से दबाकर सूरी के मुँह में लगा दिया। लगता है वह बहुत अधिक भूखा था या फिर अपनी तकलीफ़ से भागने का उसे यही एक सहारा मिल रहा था। गहरी असुरक्षा में घिरा हुआ वह पूरी बेचैनी से और बदहवासी के साथ शोभा के दोनों स्तनों को बारी-बारी चूसने लगा। शोभा के भीतर अपने बेटे के लिए मातृत्व की एक तेज़ आँधी पैदा हुई। बहुत तीव्र आवेग। उसके स्तनों की घुण्डियाँ उस आवेग में उभरकर तन गयीं और उसके शरीर की समस्त शिराओं में बहने वाला सारा रक्त, माँ की ममता के उस संकटग्रस्त आपातकालीन रसायनिक क्रिया में, तेज़ी से दूध बनता हुआ उसी ओर दौड़ने लगा, जिधर अज्ञात बुख़ार, सिर की असहनीय पीड़ा और भूख के बावजूद बिना रोये, चुपचाप, तीन महीने का नन्हा-सा सूरी अपने मुँह में स्तनों को चूस रहा था। उसके गले में से उतरते हुए दूध की आवाज़ उस रात मियानी के भीतर गूँज रही थी। शोभा को लग रहा था, जैसे उसकी देह की अनगिनत शिराएँ, उसके फूले हुए दोनों स्तनों की ओर बहने वाली असंख्य अदृश्य नदियों में बदल

गयी हैं। उसकी देह एक धीमी सनसनाहट में काँप रही थी। उसके शरीर की करोड़ों कोशिकाओं और नाड़ियों में कोई एक ऐसा रहस्यपूर्ण संगीत बज रहा था, जो रक्त के दूध में बदलने का अलौकिक, आदिम संगीत होता है। ...और जिसे इस पृथ्वी पर कोई और नहीं, सिर्फ़ स्त्री ही सुनती और जानती है।

उस संगीत की सनसनाहट और लय में शोभा का पूरा शरीर धीरे-धीरे हिलने-काँपने लगा।

थोड़ी देर बाद, पूरी तल्लीनता के साथ दूध पीते सूर्यकान्त के माथे पर उसने जब हथेली रखी तो वह चौंक गयी। "...चन्दू...! चन्दू!!" उसके मुँह से सिर्फ़ यही बोल फूटे। उसके होंठों पर मुस्कान और आश्चर्य की एक बारीक-सी रेखा खिंची।

सूरी का बुख़ार बड़ी तेज़ी के साथ उतर रहा था, उसका माथा ठण्डा होता जा रहा था। लग रहा था, जैसे कोई ट्रैंक्वेलाइज़र और दर्दनाक दवा अपना असर तेज़ी से दिखा रही हो।

कुछ ही देर में सूरी की आँखें नींद और विश्रान्ति में मुँदने लगीं। उसके होंठों से बार-बार शोभा का स्तन फिसल जाता, जिसे नींद में ही वह दुबारा खोज लेता था।

आख़िर वह सो गया। उस समय साढ़े चार बजे थे। घण्टे-आधे घण्टे बाद सुबह हो जाने वाली थी। हवा में आने वाले भिंसार की फुरहरी घुलने लगी थी। चन्द्रकान्त इतनी देर से अवाक्-सा सब कुछ देख रहा था। शोभा आकर चन्द्रकान्त की बग़ल में लेट गयी। उसने सूरी को गद्दे पर सुला दिया था, जहाँ वह निश्चिन्त गहरी नींद में सो रहा था।

"मुझे जाने क्यों डर-सा लग रहा है, चन्दू!" उसने कहा। उसका ब्लाउज़ अभी तक खुला हुआ था। उसकी आवाज़ में आशंका और निर्बलता थी। उसने चन्द्रकान्त के सीने को छुआ। शायद वह उसका साथ चाहती थी। "आज हर हालत में हम सूरी को डॉक्टर के पास ले जायेंगे।" चन्द्रकान्त ने सांत्वना में दृढ़ता के साथ कहा। उसकी हथेलियाँ शोभा के स्तनों को गहरी कृतज्ञता, उत्सुकता और प्यार के साथ छूट रही थीं। नींद उड़ चुकी थी।

इन दोनों स्तनों को पहली बार उसने सारणी में, बिल्डर की कार में, आज से कई साल पहले देखा था। उस रात बीस साल की शोभा ने रोते हुए उसकी आस्तीन अपनी मुट्ठियों में भींच ली थी और किसी विक्षिप्त आवेग में अपनी छाती उघाड़ दी थी। उस रात, कार की पिछली सीट में, उन्नीस साल के चन्द्रकान्त ने बीस साल की शोभा की इन्हीं छातियों में वहशी जानवरों के दाँत और पंजों के लहूलुहान निशान देखे थे।

और फिर उसी दिन, उस दोपहर...! जब उन दोनों को दिल्ली की इस बस्ती, जहाँगीरपुरी में आये मुश्किल से दस दिन हुए थे, जब बालकनी में, नलके के पास नहाती हुई, लाल रंग के मग्घे से शोभा अपने ऊपर पानी डाल रही थी और उसके शरीर में पानी नहीं पारदर्शी रंगों की धार बह रही थी, उस दिन उन रंगों के पास उसके यही दोनों स्तन दिखायी दे रहे थे। किसी जादुई चुम्बक की तरह चन्द्रकान्त को बेबस अपनी ओर खींचते हुए। साबुन के रंगीन गुब्बारों और झाग में से कभी-कभी चुपके से अचानक झाँकते हुए।

...और आज! चन्द्रकान्त अभी तक, बस कुछ ही पल पहले घटे हुए उस अनुभव से उभर नहीं पाया था। अभी, कुछ ही पल पहले उसने इनका अलौकिक जादू देखा था, जो उसकी कल्पना में समा नहीं रहा था। उसके देखते-देखते, इन्हीं दोनों सुन्दर गोल स्तनों ने, तेज़ बुख़ार और असह्य पीड़ा में कराहते...और एक-एक साँस के लिए तड़पते तीन महीने के बीमार बच्चे को मृत्यु के जबड़े से निकालकर उसे एक निश्चिन्त, पीड़ाहीन, गहरी नींद दी थी। ...ओह! क्या इनमें कोई औषधि...कोई अमृत है? बिठोबा का प्रसाद? जीवन की लड़ाई में हारते हुए किसी पराजित, निर्बल, अकेले और ग़रीब पुरुष या शिशु का सुरक्षित शरण्य! ...उसने धीरे से अपने होंठ वहीं रख दिये और उसकी उँगलियाँ शोभा के सिर के उलझे हुए बालों में गहरी आत्मीयता, तल्लीनता और प्यार के साथ घूमने लगीं।

लेकिन यह भी तो एक जादू ही था, जो अब फिर से दुबारा शुरू हो गया था। शोभा की देह की उन असंख्य शिराओं और नाड़ियों में,

जिनमें बस अभी कुछ ही पल पहले, उसका सारा रक्त दूध में बदलता हुआ, नदियों की तरह उधर दौड़ रहा था, जहाँ उसके नन्हें से बेटे सूर्यकान्त का मुँह था, अब इस पल उसकी देह की उन्हीं शिराओं में जैसे कोई मादक द्रव बहने लगा। उसकी पूरी चेतना और देह को अदम्य वासना और आदिम उत्तेजना के एक नये संगीत में डुबाता हुआ। और किसी उन्माद में यह भी उसी दिशा की ओर दौड़ रहा था, जहाँ अब सूरी का मुँह नहीं, चन्द्रकान्त के होंठ रखे हुए थे।

"चन्दू...चन्दू...!!" वह फुसफुसाई और अपनी देह का सारा ज़ोर लगाकर उसके ऊपर छा गयी। चन्द्रकान्त की आँख, साँस, शरीर, त्वचा, चेतना के चारों ओर अब और कुछ नहीं, सिर्फ़ शोभा का उन्माद था। शोभा की देह, उसकी गन्ध, उसका भार और वे दोनों। चन्द्रकान्त की साँसें रुँध रही थीं, लेकिन वहाँ शुरू था एक स्त्री का अनोखा, अलौकिक, इन्द्रजालिक खेल।

वे दोनों जहाँगीरपुरी की गली नम्बर सात की उस संकरी-सी मियानी के फ़र्श पर बिछे उस जादू के ग़लीचे में लगने वाली आग की अदृश्य लपटों में झुलसते हुए छटपटाने लगे। ख़ुद जलते हुए, उस आग को बुझाने की वही विरोधाभासी अनिर्वच क्रीड़ा।

सूरी, उसी फ़र्श पर, बस कुछ ही बित्ता दूर, शायद अपनी निश्चिन्त नींद में कोई सपना देख रहा था, क्योंकि उसके पतले होंठों पर बार-बार हँसी की एक लकीर बनती थी, फिर मिट जाती थी।

लगभग पैंतालीस मिनट बाद, जब सामने के 'गिलगोटिया इंगलिश पब्लिक स्कूल' और उसके पीछे बनने वाले 'शंग्रीला होटेल' की ऊँची चहारदीवारी के पार से करोड़ों साल का पुराना सूरज आज फिर एक बार ऊपर उठ रहा था और नेशनल हाइवे पर ट्रैफ़िक का शोर बढ़ने लगा था, उस 'जादू के ग़लीचे' पर जो कि 'ग़लीचा' नहीं, विजयनगर की पटरियों पर लगने वाले बाज़ार से कई साल पहले ख़रीदी गयी सस्ती-सी दरी थी—चन्द्रकान्त और शोभा, दोनों शिथिल और लस्त-पस्त होकर ढह गये।

आने वाले दिन के उजाले को अपनी उसी संकरी मियानी के भीतर से, किसी नयी उम्मीद में निहारते हुए।

एक लगातार बड़ा होता सिर

'कल्पना हेल्थ एण्ड डायग्नोस्टिक सेंटर' के शिशु रोग विशेषज्ञ डॉक्टर अनिल कुमार माट्टा ने कहा, 'इस बच्चे को तुम 'एम्स' ले जाओ। वे लोग कैटस्कैन या एम.आर.आई. करेंगे। करवा तो हम भी सकते हैं, लेकिन यहाँ प्राइवेट मामला है। मार्केट से होगा। उतना ख़र्चा तुम लोग नहीं उठा पाओगे।'

"इसे हुआ क्या है, डॉक्टर साहब?" चन्द्रकान्त ने पूछा। डॉक्टर माट्टा के चेहरे पर परेशानी थी। "कुछ कह नहीं सकते। इसके सिर का वज़न और उसका साइज़ लगातार बढ़ता जा रहा है। अभी भी ये उसकी बाक़ी की बॉडी के बराबर ही है। इसके ग्रोथ में कोई 'एनामॉली', कोई असन्तुलन है। देर मत करो तुम लोग, जल्दी जाओ। बच्चे की लाइफ़ ख़तरे में है।"

शोभा और चन्द्रकान्त दोनों परेशान रहने लगे। शोभा की रात में जब कभी नींद टूटती, सूरी उसे एक अजीब-सी चुप्पी में जागता हुआ दिखता। अपनी दोनों हथेलियों से अपने दुखते हुए भारी सिर को दबाने की कोशिश करता हुआ। उसके अबोध नन्हें चेहरे पर तनाव और पीड़ा की असंख्य बेचैन लकीरें खिंची होतीं। उसकी हर साँस अटकती, लगता बस अब यह आख़िरी साँस है। अगली बार उसके कोमल अविकसित फेफड़े बाहर की हवा को भीतर खींच पाने में असफल हो जायेंगे। सूरी अपनी पूरी ताक़त लगाता। उसका शरीर ऐंठ जाता। 'शीं...शीं...शीं' की रुँधी हुई सीटी जैसी आवाज़ जो चन्द्रकान्त और शोभा की नींद को चीरती हुई उनके कलेजे तक उतरती, उसकी जीवित रहने की इसी कोशिश से पैदा होती थी। ...अगर इसने थककर यह कोशिश छोड़ दी तो? शोभा और चन्द्रकान्त भीतर से हिल जाते। क्या करें? कहाँ से इतने रुपये लायें?

शोभा घबराहट और असहायता में घिरी हुई सूरी को सँभालकर उठाती। उसके भारी सिर को हथेलियों में थमाकर, उसे अपनी गोद में सुलाती। सन्देह की कोई गुंजाइश नहीं। सूरी का सिर हर रोज़, हर पल भारी और बड़ा होता जा रहा था। शोभा को ऐसा लगता, जैसे

उसकी जाँघों पर किसी बच्चे का सिर नहीं, लोहा, रेत और सीसे की गर्म और वज़नदार कोई बोरी रखी हो। उसकी जाँघे दुखने लगतीं, लेकिन लाचारी में अपने स्तनों को उसके मुँह में लगा देने और उसके माथे पर अपनी हथेलियों से थपकियाँ लगाने के अलावा उससे कुछ और बन भी नहीं पड़ता था। वह हिचकियाँ लेकर रात में रोती और चन्द्रकान्त जागता हुआ उन दोनों को बेबस देखता रहता।

चन्द्रकान्त को विजयनगर के गुलशन अरोड़ा की दुकान से महीने के बँधे हुए रुपये मिलते थे। उतने में मुश्किल से मकान और बस का किराया, राशन-बिजली का ख़र्च निकल रहा था। शोभा आसपास के घरों में अचार, मुरब्बा, चटनी, पापड़, बड़ियों का काम कर लेती थी, उससे थोड़े रुपये और आ जाते थे। सूरी के जन्म के बाद एक तो ख़र्चे बढ़ गये थे, दूसरे अब वह उसे घर में छोड़कर बाहर भी नहीं निकल पाती थी। चन्द्रकान्त को कुछ रुपये मैंने दिये। गुलशन अरोड़ा ने भी उसकी मदद की और उसने यह भी कहा था कि ज़रूरत पड़ने पर चन्द्रकान्त उससे और भी रुपये ले सकता है। इतने सालों तक काम किया है। हिसाब बाद में होता रहेगा।

'एम्स' यानी ऑल इण्डिया इंस्टीट्यूट ऑफ़ मेडिकल साइंस एक तो जहाँगीरपुरी से दूर पड़ता था और दूसरे, सरकारी होने के कारण वहाँ सोर्स-सिफ़ारिश बहुत चलती थी। मन्त्रियों, ऊँचे अफ़सरों या उन तक पहुँच रखने वाले अमीर और साख-रसूख़ वालों का इलाज ही वहाँ होता। चन्द्रकान्त और शोभा सूर्यकान्त को गोद में उठाये घण्टों-घण्टों वहाँ ओ.पी.डी. में खड़े रहते। या तो उनका नम्बर न आता और अगर आता भी तो डॉक्टर उस भीड़ में सूर्यकान्त को लापरवाही से देखकर उन्हें अगली तारीख दे देता। कई चक्कर लगाने के बाद और महीनों गुज़रने के बाद जब डॉक्टर ने स्कैनिंग और एम.आर.आई. के लिए रेफ़र किया तो पता चला कि अस्पताल की मशीन ख़राब है, चेकअप बाहर कराना पड़ेगा। चन्द्रकान्त सब समझ चुका था। डॉक्टरों और कर्मचारियों की मिलीभगत थी। बाहर के प्राइवेट चेकअप सेंटर्स से उनका कमीशन बँधा हुआ था। फिर भी एक बार कर्ज़ लेकर, शोभा

के मायके और बिल्डर, दरोग़ा और रमाकान्त के पास से उड़ाये गये सारे गहने-ज़ेवर, बरतन बेचकर उन्होंने सारी जाँच करवाई।

सूरी अब तक एक साल से ऊपर का हो चुका था। उसका सिर अब तक काफ़ी बड़ा हो चुका था। हाँ, अब उसकी गरदन ज़रूर पहले की तुलना में कुछ मज़बूत हो गयी थी और अब वह अपने बड़े और भारी सिर को ताक़त लगाकर उठा लेता और या तो कुछ देर तक डगमगाता हुआ बैठा रहता या घुटनों के बल सरकने की कोशिश करता। लेकिन अक्सर वह कुछ ही देर में थक जाता और हाँफने लगता। उसकी बची-खुची ऊर्जा साँस लेने की मेहनत में ख़र्च हो जाती और वह निढाल होकर जहाँ होता, वहीं लुढ़क जाता।

...लेकिन पिछले कुछ दिनों से शोभा और चन्द्रकान्त दोनों को यह लगने लगा था कि सूरी का सिर ही बड़ा नहीं हो रहा है, उसका दिमाग़ भी उसकी उम्र के बच्चे से ज़्यादा विकसित हो रहा है।

वह हर रोज़ कम बच्चा रह रहा है।

इस बीच मैं कई महीने चन्द्रकान्त से नहीं मिल पाया। एक बार उसका फ़ोन ज़रूर आया। उसकी आवाज़ में गहरी निराशा थी। उसने बताया कि डॉक्टरों ने तो लगभग जवाब ही दे दिया है। उनका कहना है कि सूरी अधिक-से-अधिक डेढ़ या दो साल ही ज़िन्दा रह सकता है। इस रोग का कोई इलाज नहीं है। हाँ, अगर बीस-पच्चीस लाख रुपये हों तो कुछ भी हो सकता है। चन्द्रकान्त और शोभा के जीवन में इतने रुपये किसी असम्भव सपने की तरह थे।

चन्द्रकान्त के मुताबिक डॉक्टरों ने कहा था कि सूर्यक़ान्त एक एब्नॉर्मल बच्चा है। किसी अज्ञात वजह से—यह कोई 'न्यूरोलॉजिकल डिसऑर्डर' भी हो सकता है, कोई वायरल या बायो-जेनेटिक प्रभाव या किसी ख़ास प्रदूषण का 'प्वॉयज़नस' असर कि उसके सिर की कोशिकाओं का विकास उसके शेष शरीर के मुक़ाबले अधिक तेज़ी से हो रहा है। ...और अगर इस असन्तुलित विकास पर क़ाबू नहीं पाया गया तो दो से ढाई साल के बीच सूरी के जीवन का अन्त निश्चित है।

ओह! एक साल से ऊपर का समय तो बीत चुका था। मुश्किल से छह महीने का जीवन और...।

मुझे शोभा और चन्द्रकान्त से गहरी सहानुभूति होती। लगभग बुढ़ापे की दहलीज़ पर उन्हें बच्चा मिला था। लेकिन ऐसा बच्चा, जिसका सिर किसी टाइम बम की तरह उसी के धड़ के ऊपर रखा हुआ था। टिक्...टिक्...टिक्... करता हुआ। उसके अपने ही जीवन को एक विस्फोट के साथ ख़त्म कर देने की उल्टी गिनती में निमग्न। एक ऐसा सिर, जो जीवन नहीं, लगातार अपनी ही मृत्यु की साज़िश में व्यस्त और तल्लीन है।

मेरी हिम्मत सूर्यकान्त को देखने की न होती। वह मुझे पहचानने लगा था और मेरे पहुँचते ही मुस्कुराता हुआ मेरे पास सरककर आने की कोशिश करता था। मैं यह सोचकर सिहर जाता कि शोभा और चन्द्रकान्त कैसे उसके साथ हर पल रहे आते हैं। अन्त की ओर हर रोज़ बढ़ने वाले एक जीवन के साथ हर रोज़ सोना-जागना, रहना-खाना? शोभा उसे अपने स्तन से दूध क्या सोचकर पिलाती होगी? उसका दूध सूरी के जीवन तक पहुँचता होगा या उसकी आसन्न मृत्यु के पेट की जठराग्नि में?

शोभा को कई बार अपने ही ऊपर सन्देह होता। कहीं ऐसा तो नहीं कि सारणी में तीस साल पहले उस दरोग़ा, बिल्डर और उसके ब्याहता पति रमाकान्त ने जो दरिन्दगी की थी, उसके रेक्टम को बोतल से चीरा था, उसके हर अंग को नोचा और फाड़ा था, ब्लू-फ़िल्म की कैसेट देख-देखकर शराब और कबाब के नशे में उसकी बीस साल की देह के साथ जो सामूहिक हिंसा की गयी थी, उसकी वजह से उसके अपने गर्भ में हमेशा के लिए कोई ख़ामी पैदा हो गयी हो। हो सकता है एक-एक कर सात बच्चों के मरने के पीछे भी यही वजह हो? वह चन्द्रकान्त से खुलकर अपने इस सन्देह के बारे में बता नहीं सकती थी। इसीलिए तीसरे बच्चे के मरने के बाद उसने एक नर्स से पूछा था कि कहीं उसकी बच्चेदानी में तो कोई गड़बड़ी तो नहीं है?

वह नर्स पंजाबी लग रही थी। अधेड़, मोटी और खाने-कमाने वाली। उसने घूरकर शोभा को देखा और कहा था, "मैरिज के पहले

कहीं गिरवा आयी थी क्या? कितनी बार गिराया? पहले मज़ा किया, अब सज़ा भी भोग। सोनोग्राफ़ी करवा ले ख़ाली बच्चेदानी का। कल को मेरे पास आ जाना, करवा दूँगी। साढ़े सात सौ रुपये लगेंगे। अपने आदमी को मत बताना ये बात। नहीं तो छोड़ देगा।'

शोभा के पास उन दिनों साढ़े सात सौ रुपये नहीं जुट पाये थे।''

पत्थर, कपड़े, मिट्टी और धातु का जीवित पुतला

शोभा नन्हे-से सूरी को अपना दूध पिलाती, उसके होंठों के नीचे और उसकी बग़लों को उँगलियों से गुदगुदाती, उसके सामने चुटकी या ताली बजाती, मुँह से कभी चिड़िया कभी बिल्ली-कुत्ते की आवाज़ें निकालती, लेकिन सूरी अक्सर भावहीन रहा आता। शोभा को अचानक लगता, जैसे धीरे-धीरे एक-एक क़दम आगे बढ़ती हुई मृत्यु की परछाईं ने उसे और सूरी, दोनों को घेर लिया है। वह अपनी कल्पना में देखती कि नन्हा-सा सूरी उसकी गोद में—शीं...शीं' करता हुआ, अचानक तड़पकर निश्चल और ठण्डा पड़ गया है और उसका भारी-सा बड़ा सिर, शोभा की जाँघों के नीचे बेजान-सा लटक गया है।

एक बार उसने सपने में देखा कि वह सूरी के सिर को अपनी हथेलियों में सँभालकर उठाने की कोशिश कर रही है, तभी अचानक वह सिर उसकी हथेलियों से बाहर फिसल गया है और फ़र्श पर गिरकर फूट गया है। लेकिन उस सिर से ख़ून नहीं, तमाम सारे रंग निकल रहे हैं जिनमें दरी और मियानी का फ़र्श भीग गया है। वही दरी जिस पर वह और चन्द्रकान्त आग बुझाने का आदिम खेल खेलते थे और जिसे वह तीस साल से 'दरी' नहीं, 'ग़लीचा' कहा करती थी।

सबसे ज़्यादा ताज्जुब तो इस बात पर था कि सूरी ने बच्चों की तरह रोना बिल्कुल छोड़ दिया था। उसे भूख लगती या कोई ज़रूरत महसूस होती, तो वह चुपचाप सरकता हुआ शोभा के पास आता। अगर कभी गिर जाता और उसे चोट लगती तो रोने की बजाय अपनी आँखें मूँदकर और होंठों को भींचकर, वह चोट को अपने भीतर गुम कर लेता। इसके बाद पहले वह अपने शरीर के उस हिस्से को छूता,

जिस पर चोट लगी थी, फिर उस चीज़ को, जिससे वह टकराया था। लेकिन एक बार एक तरीक़े से चोट खा जाने के बाद, सूरी दुबारा वह ग़लती नहीं करता था। वह अपने अनुभवों से बहुत जल्दी, बहुत तेज़ी के साथ सीख रहा था। इतनी तेज़ी से कि शोभा और चन्द्रकान्त दोनों आश्चर्यचकित रह जाते। उसका सिर ही आकार और भार में बड़ा नहीं हो रहा था, बल्कि उसका दिमाग़ भी अपनी उम्र के बच्चों से कई साल बड़ा हो गया था। लगता कि वह लगातार कुछ सोचता रहता है। अपनी चुप्पी में डूबा हुआ। किसी रहस्य के भीतर के अँधेरे में अकेला।

रोना ही नहीं, सूरी ने हँसना भी लगभग बन्द कर दिया था। उसका चेहरा भावहीन रहा आता, जैसे वह कपड़े, लकड़ी, पत्थर या किसी मटैले धातु का बना कोई पुतला हो। बेढंगा, कमज़ोर जीवित पुतला। उसे अगर कभी हँसी भी आती तो बिल्कुल अप्रत्याशित घटनाओं और बातों पर आती। ...जैसे एक दिन शोभा सब्ज़ी काटने के लिए चाक़ू खोज रही थी। ज़रा देर पहले ही उसने चाक़ू उठाया था और आलुओं के साथ थाली पर रख दिया था। अब चाकू थाली में नहीं था। वह चाक़ू इधर-उधर खोज रही थी। सूरी कोने की दीवार से टिका, अपने सिर को सँभाले बैठा हुआ चुपचाप उसे देख रहा था। शोभा को जब चाकू आसपास कहीं नहीं मिला तो वह उठी। चाक़ू एक अधछिले आलू के साथ ख़ुद उसी के नीचे छिप गया था। उठने पर दिखा तो सूरी ज़ोरों से हँसा। शोभा को पहले तो आश्चर्य हुआ, फिर वह भी उसके साथ हँसने लगी।

इसी तरह एक बार सुबह सूरी सरकता हुआ बालकनी में पहुँच गया था और अपने भारी सिर के बोझ को कन्धे पर सँभाले हुए देर से बाहर के घरों और सड़क को चुपचाप देख रहा था। यह वही समय था, जब सारे बच्चे स्कूल और बूढ़े-बूढ़ियाँ दूध-ब्रेड लेने जा रहे होते हैं। लग रहा था डेढ़ साल का सूरी चुपचाप बड़ी तल्लीनता से बाहर की सारी गतिविधियों को देख रहा है। सामने से एक आठ-नौ साल की लड़की अपना स्कूल बैग टाँगे हुए दौड़ती हुई आयी और सड़क पर रुककर अपनी बस का इन्तज़ार करने लगी। अचानक उसे कुछ

याद आया और वह भागती हुई फिर वापस लौट गयी। इस बीच के पाँच-सात मिनट में सड़क पर दूसरी घटनाएँ घट रही थीं। तभी अचानक वह लड़की दुबारा प्रगट हुई। उसके हाथ में इस बार पानी का फ़्लास्क था। सूरी हँसा, खिलखिलाकर, ज़ोरों से। आश्चर्य यह है कि उस लड़की ने भी सूरी को देखा और वह समझ गयी कि सूरी उसके वाटर फ़्लास्क घर में भूल आने की ग़लती पर हँस रहा है। उसने शोभा की ओर देखा और वहीं से चिल्लाई, ''आण्टी आपका बेटा बहुत क्यूट है! क्या नाम है इसका?''

''सूरी!'' शोभा ने मुस्कुराते हुए जवाब दिया।

''सूरी!'' उस लड़की ने जाते-जाते सूरी की ओर मुस्कुराते हुए हाथ हिलाये लेकिन अचानक उसके बेढंगे और बड़े सिर को देखकर चौंक गयी। शोभा ने देखा, सूरी मुश्किल से अपने हाथ उठाकर हिलाने की कोशिश कर रहा है। उसका चेहरा काँप रहा था। अपनी लाचारी में कुम्हलाता हुआ। सूरी के होंठों पर हँसी की एक हल्की लकीर खिंच गयी थी, लेकिन उसमें एक अजब-सी असहायता थी।

शोभा को लगता कि जब वह और चन्द्रकान्त आपस में बातें कर रहे होते हैं तो सूरी बहुत ध्यान से चुपचाप उनकी बातें सुनता। वह उन्हें अपलक निहारता रहता, जैसे वह उनकी सारी बातें समझ रहा हो।

उस दिन जयपुर गोल्डेन अस्पताल के न्यूरोलॉजी सेंटर की डॉक्टर पार्वती नांबियार ने चन्द्रकान्त और शोभा को अलग बुलाकर बहुत गम्भीर और सन्तप्त स्वर में यह बताया था कि सूरी का अभी तक जीवित रह जाना एक 'रेयरेस्ट इन रेयर' उदाहरण है। वह कब और किस वक़्त चला जायेगा, इसे कोई नहीं जानता। उनके मुताबिक़ उसका जीवनकाल अब ख़त्म हो चुका है। एक तरह से वह सूरी को लेकर डॉक्टरों की ओर से अन्तिम जवाब था।

चन्द्रकान्त और शोभा उस दिन पूरी तरह टूट गये थे। एक-दूसरे की ओर देखने से भी वे कतरा रहे थे, क्योंकि दोनों जानते थे कि वे दूसरे का चेहरा सहन नहीं कर पायेंगे। दोनों के भीतर एक कोई विलाप था, जो उन्हें अधीर किये जाता था। उस रात वे दोनों मियानी

में यही बातें कर रहे थे। उनकी बातें इतनी अस्फुट और दबी हुई थीं कि उन्हें मुश्किल से ही कोई तीसरा सुन सकता था। अचानक शोभा की निगाह कमरे के दाहिने कोने की ओर गयी। उन्होंने बल्ब पहले ही बुझा दिया था। कमरे में अँधेरा था। सिर्फ़ बाहर से फट्टे से छनकर हल्की-सी रोशनी की एक लकीर उस कोने तक पहुँच रही थी। शोभा स्तब्ध रह गयी। वहाँ, उस कोने में चुपचाप, पीठ को दीवार से टिकाये, सूरी बैठा हुआ था। उसकी आँखें लाल काँच की तरह अँधेरे में जलती हुई चमक रही थीं।

शोभा और चन्द्रकान्त दोनों को लगा जैसे नन्हे-से सूरी ने उनकी बातों को न सिर्फ़ सुन लिया है, बल्कि उसने सब कुछ समझ भी लिया है।

मियानी के उस कोने के धुँधलके से उसकी आँखें उन दोनों को इस तरह देख रही थीं, जैसे किसी सड़क दुर्घटना में ट्रक के पहिये तले कुचला गया कोई मरता हुआ व्यक्ति, सड़क पर आते-जाते बाकी जीवित लोगों को देखता है। अपनी मृत्यु में सिमटती हुई अन्तिम निस्संग दृष्टि। उस पल ठीक उसी तरह थीं उनके अपने बेटे सूरी की ठण्डी, तटस्थ, पथराई हुई आँखें! जैसे समुद्र के अतल से, किसी डूबे हुए जहाज़ का कोई मुर्दा समुद्र के तट पर धूप में खड़े ज़िन्दा लोगों को देखता है।

एक बार मैंने अपने एक परिचित डॉक्टर से इस रहस्यपूर्ण रोग—'मैंगोसिल' के बारे में पूछा तो उसका कहना था कि उसे ऐसे किसी रोग के बारे में कोई जानकारी नहीं है। 'मेनाइंजोसील' नामक एक रोग होता तो ज़रूर है, लेकिन वह रीढ़, कमर कहीं भी हो सकता है। इसी तरह 'हाइड्रोसेफैलिस' होता है, जिसमें सिर के भीतर का द्रव बाहर न निकल पाने के कारण वहाँ कुछ सूजन आ जाती है, सिर थोड़ा बहुत बढ़ भी सकता है, लेकिन उसका तो इलाज है और वह फ़ेटल नहीं होता। उस डॉक्टर ने कहा, "तुम इस रोग के जो लक्षण बता रहे हो, वैसे रोग का ज़िक्र चिकित्सा विज्ञान की किसी भी किताब में नहीं है। अब अगर ऐसा रोग आ गया है, तो आगे उसका ज़िक्र भी आ जायेगा। एड्स के साथ भी ऐसा ही हुआ था।"

स्थगित मृत्यु और मियानी में जीवन

तीन साल से अधिक का समय गुज़र गया और सूरी डॉक्टरों की सारी भविष्यवाणियों और सिद्धान्तों को झुठलाता हुआ न सिर्फ़ जीवित रहा, बल्कि पहले से अधिक तन्दुरुस्त, गम्भीर, समझदार और विलक्षण होता चला गया। तोतली आवाज़ में वह बोलने भी लगा था। वह बहुत तेज़ी से नयी चीज़ें सीखता। अपनी माँ शोभा से वह किताबों और अख़बारों में छपे अक्षरों के बारे में पूछता और किसी भी काग़ज़ पर उन्हें लिखने की कोशिश करता। जो चीज़ें वह देखता, उनकी अनुकृतियाँ बनाने की कोशिश करता। साइकिल, बाल्टी, शोभा, बिल्ली, कुत्ता, रेडियो, पंखा, बस, कारें, बाइक, टीवी, पेड़, मकान...सभी कुछ।

इस बीच मियानी में एक चीज़ की और बढ़ोतरी हो गयी थी। सामने की दीवार पर, ऊपर, गुट्टों और कील पर टिके लकड़ी के पटरे पर रखा 'बेल्टेक' कम्पनी का 21 इंची ब्लैक एण्ड व्हाइट टीवी सेट। वह रिमोट से भी चलता, जो ज़्यादातर किसी और के पास नहीं, तीन-साढ़े तीन साल के बड़े सिर और नन्हे से धड़ वाले बेढंगे सूरी के ही हाथ में रहा आता था। यह टीवी सेट चन्द्रकान्त को उसके मालिक गुलशन अरोड़ा ने मुफ़्त में दिया था, क्योंकि इस बीच वह अपने लिए 'ओनिडा' का एक रंगीन टीवी ले आया था। 60 रुपये की किफ़ायती दर पर चन्द्रकान्त को केबल कनेक्शन मिल गया था और उस टीवी में बहुत सारे चैनल आते रहते थे।

तीन साल से भी कुछ महीने ऊपर का हो चुका सूरी टीवी के सामने की दीवार पर पीठ टिकाये, अपने भारी-भरकम, विशाल सिर को अपने कमज़ोर कन्धों पर उठाये, हाथ में रिमोट लिए, घण्टों-घण्टों टीवी देखता रहता। शोभा को भी कुछ सीरियल और फ़िल्मी गानों वाले कुछ म्यूज़िक चैनल पसन्द थे। शोभा को शुरू-शुरू में बहुत आश्चर्य हुआ, जब काम से निपटकर उसके बैठते ही सूरी रिमोट से ठीक वही चैनल टीवी में चला देता, जो उस समय वह देखना चाहती। कई बार शोभा को यह भी लगा कि किस दिन कौन-सा सीरियल कितने बजे आता है, सब सूरी को पता रहता था। उसके बेढंगे, अननुपातिक, रोगग्रस्त सिर

के भीतर का मस्तिष्क अपनी तीन साल की उम्र से कई साल ज़्यादा बड़ा हो चुका था। उसका दिमाग़ अपनी माँ के दिमाग़ के भीतर की सारी इच्छाओं और विचारों को चुपचाप पढ़ लेता था। किसी गुप्तचर की तरह उसकी आँखें सामने वाले के मस्तिष्क के भीतर प्रवेश करतीं और कुछ ही पलों में वह सब कुछ जान जाता। क्या यह सचमुच किसी रोग का लक्षण था, ऐसा रोग जिसके बारे में डॉक्टरों ने कहा था कि यह ला-इलाज है और जिसके कारण सूरी का जीवन ख़तरे में है?

या फिर यह कोई और ही चीज़ थी?

एक दिन चन्द्रकान्त का फ़ोन आया। उसने बताया कि पिछली रात जब शोभा और उसकी आँख अचानक खुली तो उन्होंने पाया कि सूरी बिस्तर पर नहीं है। वह कोने की दीवार पर टिका हुआ, बहुत ही धीमी आवाज़ में, टीवी देख रहा था। इतनी धीमी आवाज़ में, जिससे उन लोगों की नींद में ख़लल न पड़े। उस वक़्त रात के डेढ़ बजे होंगे। चन्द्रकान्त ने बताया कि आश्चर्य यह था कि वह कोई कार्टून या गाने-नाचने वाला चैनल नहीं, न्यूज़ चैनल देख रहा था और रात उसमें पोखरण में किये गये विस्फोट की ख़बरें आ रही थीं। सूरी का भारी बेढंगा-सा सिर उसके कमज़ोर छोटे से धड़ के ऊपर किसी धातु या पत्थर की मूर्ति के सिर की तरह स्थिर था। बिल्कुल अविचल, निष्पन्द। और उसकी लाल चमकती आँखें अपलक टीवी के दृश्यों पर टिकी हुई थीं।

चन्द्रकान्त ने कहा कि उसे कुछ डर-सा लग रहा है। सूरी को लेकर उसके मन में तरह-तरह के ख़याल आते हैं। वह अब उतना छोटा है नहीं, जितनी उसकी उम्र है। वह किसी अनहोनी की तरह कोई अजीब बच्चा है। वह कुछ ऐसी बातें जानता है और उसके बारे में सोचता रहता है, जिनका अन्दाज़ा भी लगा पाना हमारी लिए मुश्किल है। दूसरे बच्चों की तरह उसे चिड़ियों, खिलौनों, टॉफ़ी, बिल्ली से नहीं बहलाया जा सकता।

इसके बाद कई महीने तक मेरा न तो चन्द्रकान्त से मिलना हुआ, न उसका कोई फ़ोन ही आया। मैं ख़ुद भी इस बीच अपनी उलझनों और तनावों के बीच घिरा रहा। लेकिन एक दिन अचानक दोपहर तीन

बजे के आसपास फिर उसका फ़ोन आया। इस बार उसकी आवाज़ उत्तेजना और प्रसन्नता में काँप रही थी।

शोभा ने एक और बच्चे को जन्म दिया था। बिल्कुल साधारण, सामान्य, स्वस्थ बच्चा। पचास की उम्र में भी प्रसव में शोभा को कोई तकलीफ़ नहीं हुई। सामान्य प्रसव। अस्पताल के लेबर रूम के बाहर बैठे चन्द्रकान्त को जब नर्स ने सूचना दी और 'बख़्शीश' माँगी तो चन्द्रकान्त को विश्वास ही नहीं हो रहा था। शायद औलिया ने या बालाजी ने उनकी प्रार्थना सुन ली थी।

फ़ोन पर वह भावुक हो रहा था, "हमने उसका नाम पहले ही सोच रखा था। अमर...अमरकान्त। शोभा तो ख़ुशी के मारे पागल है। और सूरी तो एक पल को भी बच्चे के पास से हट नहीं रहा है। तुम एक बार ज़रूर आओ। शोभा तुमसे मिलने को बेताब है। अमर के जन्म के अगले दिन ही गुलशन अरोड़ा ने मुझे अपना अलग मकान ख़रीदने के लिए पचास हज़ार रुपये दिये हैं और किसी बैंक से दो लाख के लोन का भी इन्तज़ाम कर रहा है। शायद अगले महीने तक हम लोग अशोक विहार के जनता फ़्लैट्स में चले जायेंगे।"

मुझे सचमुच प्रकृति के इस चमत्कार पर आश्चर्य हो रहा था। शोभा इस समय पचास के आसपास होगी। इस उम्र में सन्तान? लेकिन फ़ोन पर चन्द्रकान्त बोले जा रहा था, "तुम नहीं आओगे तो हमें चैन नहीं पड़ेगा। समझ लो ये शोभा की ज़िद है। याद है ना, जब मैं पहली बार तुमसे मिला तो उस वक़्त मैं अभंग गा रहा था। तुमको मेरे पास बिट्ठल ने भेजा था। तुम्हारे आने के बाद हमारी ज़िन्दगी ही बदल गयी। सूर्यकान्त भी तो तुम्हारे आने के बाद ही जनमा। मेरे पिछले जनम के पाप होंगे, जिसे वो ख़ुद भोगकर अपने बाप को मुक्त कर रहा है। शोभा कह रही है अगर तुम नहीं आओगे तो अमरकान्त भी ठीक नहीं रहेगा। ...तुम्हें आना ही आना है।"

वे मेरे बहुत कठिन दिन थे, जैसे एक लेखक के जीवन में अक्सर आते रहते हैं। असुरक्षा, तनाव, बदहाली से भरे हुए मुश्किल बेचैन दिन। न आज की तारीख में मेरे पास कोई नौकरी थी, न भविष्य के

लिए कोई जमा-पूँजी या प्रॉविडेंट फ़ण्ड। दिल्ली बहुत तेज़ी से बदल रही थी। हर रोज़ ऐसी चीज़ें चारों ओर आ जातीं, जिनकी कल्पना भी नहीं होती थी। बीसवीं सदी बस बीत ही रही थी और नयी सदी सामने खड़ी थी। इस सदी की हर सुबह पिछली सुबह से अलग थी। पिछले दिनों हिन्दी का एक बहुत बड़ा लेखक शाहदरा के मानसिक अस्पताल में विक्षिप्तता और अभावों के चलते मर गया था। एक कवि अपने घर से लापता हो गया था और एक ने आत्महत्या कर ली थी। जिस भाषा में मैं लिख रहा था, उसमें अब हमारे जैसे लेखकों की कोई जगह नहीं बची थी। वैभव, ताक़त, हिंसा, अपराध और लूट का ऐसा समय अचानक अवतरित हो गया था, जिसके दृश्य किसी दुःस्वप्न से कम डरावने नहीं थे। श्रम का कोई मूल्य नहीं रह गया था। पूँजी श्रम से मुक्त हो चुकी थी। मैं अपने ही जीवनयापन की कोशिशों में लगातार सिमटता जा रहा था। आने वाले हालात मुझे हर पल चन्द्रकान्त और उसके जैसे लोगों के समाज के क़रीब धकेल रहे थे।

लेकिन जो स्थितियाँ थीं, उनमें यह भी ग़नीमत था, क्योंकि दिल्ली में लाखों लोग ऐसे भी थे, जिनकी झुग्गियों-झोंपड़ियों में बहुत रहस्यपूर्ण ढंग से अक्सर आग लग जाती थी और उनका सब कुछ राख में तब्दील हो जाता था। कहीं बुलडोज़र भेज दिये जाते थे, जो उनके घरों को रौंदकर मलबों में बदल देते थे। यहाँ रहने वाला जो भी ग़रीब और बेरोज़गार हो जाता था, उसको यहाँ से खदेड़ा जा रहा था। कोलोनाइज़र्स, प्रोपर्टी डीलर्स, आला पुलिस अधिकारी, प्रोफ़ेसर, विद्वान, दलाल सब क्रान्तिकारी संगठनों और सांस्कृतिक संस्थानों में आ गये थे और जो भी अपने समय के यथार्थ को व्यक्त करता था, उसे एकजुट होकर भूखा मार डालते थे।

मैं पिछले पन्द्रह साल से बेरोज़गार था। मेरे पास डिग्रियाँ थीं, स्वर्ण पदक थे, स्वास्थ्य था, काम का अनुभव और क़ाबिलियत थी, लेकिन जिस काम के लिए भी मैं आवेदन करता, रिजेक्ट कर दिया जाता। मेरी जगह किसी बहुत कम शिक्षा, अनुभव, लेकिन सम्पर्क और पहुँच

वाले व्यक्ति को नियुक्त कर दिया जाता। एक ऐसी भ्रष्ट सत्ता बन गयी थी, जिस तक मेरे जैसे लोगों की कोई पहुँच नहीं थी।

मैं गहरी निराशा और अवसाद में डूबता जा रहा था।

लगभग एक हफ़्ता और बीत चुका होगा, जब मैं जहाँगीरपुरी जा पाया। गली नम्बर सात के मकान नम्बर ई-3/1 की मियानी तक का रास्ता बदला हुआ था। कई नयी इमारतें बन गयी थीं। चारों ओर तोड़-फोड़ चल रही थी। चन्द्रकान्त ने बताया कि इस इलाक़े के बहुत से लोगों को हटाकर भिलसवा भेज दिया गया है। सुनते हैं यहाँ कोई वाटर पार्क बनेगा, जिसमें दिल्ली के अमीर लोग छुट्टियों में नहाने, तैरने, खाने-पीने और खेलकूद, मौज-मस्ती करने आयेंगे। उसने बताया कि अशोक विहार के फ़ेज़ फोर में एक लाख रुपये देकर और दो लाख का लोन लेकर उसने एक जनता फ़्लैट तीसरी मंज़िल पर ख़रीद लिया है। वह एक चार मंज़िला ब्लॉक था, जिसमें निम्न आय वर्ग के लोग रहते थे। चन्द्रकान्त के मन में अपने मालिक गुलशन अरोड़ा के लिए गहरी कृतज्ञता थी। उसी के कारण ऐसा सम्भव हो पाया था। हालाँकि मुझे उसकी बातें सुनते हुए ऐसा लग रहा था कि गुलशन अरोड़ा ने उसकी मदद इसलिए भी की होगी कि उसे चन्द्रकान्त जैसा ज़िम्मेदार और ईमानदार कर्मचारी कोई दूसरा मिलना मुश्किल होता। अगर चन्द्रकान्त जहाँगीरपुरी की उस मियानी से उजड़कर दिल्ली के किसी दूसरे इलाक़े में चला जाता, तो उसका उसकी दुकान में काम कर पाना सम्भव न होता।

मेरी नज़रें सूरी पर जमी हुई थीं। कुछ देर पहले मेरे आने पर वह मुस्कुराया था। इस समय वह अपने नये-नये जन्मे भाई अमरकान्त के पास बैठा हुआ बार-बार अपने भारी सिर को नीचे झुकाकर कभी उसे चूमता था और कभी कपड़े के एक टुकड़े से हवा करके उसके ऊपर बैठने वाली मक्खियों को भगाने लगता था। शोभा ने सिगड़ी नहीं जलायी थी। वह बिजली के हीटर पर मेरे लिए चाय बना रही थी। इलायची और अदरक वाली मेरी पसन्दीदा चाय। देर तक औटाई हुई, कड़क। ख़ूब मीठी, जिसे डायबिटीज़ से डरने वाले पीने से परहेज़ करते हैं।

अन्धकार में फूटते रंग और 'ग़लीचे' का जादू

चन्द्रकान्त ने उस रोज़ सिर्फ़ मेरे आने की वजह से दुकान से छुट्टी ले ली थी। शाम के पाँच बज रहे थे। थोड़ी ही देर में शाम पूरी तरह ढल जाने वाली थी। ऊँची इमारतों की परछाइयों ने धीरे-धीरे जहाँगीरपुरी की गलियों और छोटे मकानों को अपने अँधेरे के भीतर समेटना शुरू कर दिया था। मेरे और चन्द्रकान्त के परिवार के ऊपरी घिरी परछाईं इस बाहर के अन्धकार से कम घनी नहीं थी। मैं जल्द ही वहाँ से लौटकर अपने घर जाना चाहता था, लेकिन न तो चन्द्रकान्त और न ही शोभा मुझे इतनी जल्दी किसी भी तरह छोड़ने को तैयार थे। बहुत दिनों, बल्कि वर्षों के बाद, उनके जीवन में ऐसा समय आया था। पहली बार एक नये मकान की ख़रीद...अपना मकान। पचास के पेटे में पहुँच चुकी शोभा का प्रसव, अमरकान्त का जन्म और डॉक्टरों द्वारा मृत्यु की निश्चित भविष्यवाणियों को ग़लत सिद्ध करता हुआ, किसी अनहोनी-असम्भव घटना की तरह निरन्तर जारी उनके पहले बेटे सूर्यकान्त यानी सूरी का जीवन।

चन्द्रकान्त रम की पूरी एक बोतल ले आया था। 'ओल्ड मांक'। एक किलो मटन, जिसका एक-एक पीस उसने 'इण्डियन हलाल मीट शॉप' से चुन-चुनकर तौलवाया था। रान, पुट्ठ, नलियाँ और चाप। साथ में उबलते-तले चटपटे चने का दोना, जिसमें हरी मिर्च, नीबू का रस, धनिया, हरी पत्ती और प्याज़ के बारीक कतरे पड़े हुए थे।

"आज तुमको मटन कोल्हापुरी खिलाऊँगा। मिर्ची लगे तो रूमाल से नाक-आँख पोंछ लेना।' शोभा सिगड़ी पर रखे कुकर में मसाले भूनते हुए चहक रही थी। 'कभी याद करोगे कि शोभा के हाथ का पका मटन खाया था!" उसे मेरे जीवन में घिरते अँधेरे और हताशा की पूरी जानकारी थी। वे लोग अपने जीवन में वर्षों बाद आये सौभाग्य और ख़ुशी का कोई एक चमकदार टुकड़ा मेरे जीवन में भी डालना चाहते थे। मैं सचमुच उनके लिए कृतज्ञ हो रहा था।

"ए चन्दू, मेरा गिलास भी रखना। कुकर में सीटी लगाते ही उधर मैं भी बैठूँगी तुम लोगों के साथ।" शोभा कोई गाना गुनगुना रही थी।

अमरकान्त को जन्म देने के साथ ही जैसे शोभा ने अपनी देह से पिछले दस वर्षों की केंचुल को उतार फेंका था। सुख और उमंग के उजाले ने उसके चेहरे से उन झुर्रियों को मिटा दिया था, जिन्हें वर्षों से अभावों, संघर्षों, दुखों, ग़रीबी और सूर्यकान्त की आसन्न मृत्यु की चिन्ता ने उसकी त्वचा पर उकेरा था। उसकी आँखों और उसकी एक-एक हरकत में एक सन्तुष्ट और स्वतन्त्र स्त्री की कौंध थी। उस संकरी-सी मियानी में जलते 40 वॉट के बल्ब की पीली रोशनी और सिगड़ी की धुँधली आँच में मुझे वहाँ एक बीस साल की ऐसी लड़की दिखायी दे रही थी, जो अभी-अभी किसी प्रसन्न पहाड़ी झरने से नहाकर आयी थी। उसने इस समय अपनी उत्फुल्लता और सुन्दरता से अपने भीतर एक ऐसे चुम्बक को पैदा कर डाला था, जो मुझे मेरी हताशा और अवसाद के बाहर अपनी ओर पूरे संवेग के साथ खींच रहा था।

मुझे इस पल यह बताने में कोई डर या संकोच नहीं कि मैं उस रात शोभा के सौन्दर्य और उमंग में अपने आपको डुबा देना चाहता था। शायद मेरे भीतर का पशु, जो किसी लम्बी थकान और निराशा में अब तक किसी कोने में बीमार सोया पड़ा था, अचानक जाग गया था और अपनी भूखी ललचाई आँखों से उसे घूर रहा था, जो सिगड़ी के पास कुकर में मसाला भूनती हुई कुछ गुनगुना रही थी। एक पचास साल की औरत, जो औरत नहीं, इस समय एक प्रसन्न लड़की में बदल गयी थी।

अचानक शोभा ने चौंककर मुझे देखा और मैं उसके द्वारा पकड़ लिया गया। एक पल के लिए उसकी आँखें ठिठकीं, फिर वहाँ मुस्कान की एक झिलमिल रेखा खिंच गयी। वहाँ कोई गुस्सा या तिरस्कार नहीं था। वे एक स्त्री की आँखें थीं, जो किसी भी पुरुष के भीतर के पशु को सहलाना और उसे पालतू बनाना बहुत अच्छी तरह से जानती हैं। एक बेफ़िक्र स्त्री की आत्मविश्वास से भरी बिंदास आँखें।

मैंने देखा कि शोभा ने चन्द्रकान्त की ओर देखा। दोनों के बीच एक कोई ख़ामोश-सी बातचीत हुई। चन्द्रकान्त उस समय दरी पर अख़बार बिछाकर प्लेट और गिलास रख रहा था। सूरी पीछे की दीवार

पर थामे हुए रिमोट से टीवी के चैनल बदल रहा था। एक महीने का अमरकान्त दाहिनी ओर अपने नन्हे से गद्दे पर गहरी नींद में निश्चिन्त सोया हुआ था।

"आज रंग है, ओ माँ...रंग है री...! मेरे महबूब के घर रंग है री...!" चन्द्रकान्त ने धीरे-धीरे गाना शुरू किया। जहाँगीरपुरी की उस संकरी-सी मियानी के भीतर, जहाँ कई वर्षों से अक्सर अभावों, रोग, शोक और चिन्ताओं की परछाइयाँ टहलती रहती थीं, वहाँ सचमुच रंग तैरने लगे। रंगों के बुलबुले। होली जैसे रंग। वासना में सुलगते मेरे शरीर और चेतना को भीतर-बाहर रँगते हुए। शोभा, मैं और चन्द्रकान्त तीनों पी रहे थे और तीनों गा रहे थे। अमरकान्त के जन्म, सूर्यकान्त के जीवन, नये मकान में जाने की ख़ुशी और सद्यःप्रसूता, पुनर्नवा शोभा की सुन्दरता का उत्सव। चन्द्रकान्त ने मेरे गले में अपनी बाँहें डाल दी थीं और गाते-गाते नशे में डूबता जा रहा था।

ठीक इसी पल शोभा ने मुझे देखा। मेरी आँखें अभी तक उसी पर गड़ी थीं। उसने फिर चन्द्रकान्त को देखा। दोनों हँसें। इसके बाद दो घटनाएँ एक साथ घटीं। सिगड़ी पर रखे प्रेशर कुकर की पहली लम्बी सीटी देर तक बजी, जिससे मसालों की ख़ुशबू कमरे में भर गयी और शोभा ने नीबू-मिर्च वाले चटपटे चने की एक फाँक लगायी और तुरन्त 'शीं...शीं...!' करती हुई उठ खड़ी हुई। "बाप रे! कित्ती मिर्ची झोंकी है चने में।" उसने सुसुआते हुए कहा और एक ही घूँट में गिलास का रम पी गयी। "चन्दू कैसे खायेंगे ये इसे? बोतल खाली करनी है तो कुछ तो चाहिए पड़ेगा कि नहीं?"

चन्द्रकान्त ने झटके से अपना गिलास खाली किया और उठकर खड़ा हो गया। "उधर मोड़ पर से पकौड़े लेकर आता हूँ। ...मच्छी के।" उसने मेरी ओर देखा और कहा, "...तुम शोभा के साथ पीना चालू रखो। मैं अभी आया।"

ठीक इसी वक़्त अचानक टीवी का चैनल बदला और आवाज़ तेज़ हो गयी। यह कोई म्यूज़िक चैनल था। मैंने घूमकर पीछे देखा। दीवार से टिका हुआ, हाथ में रिमोट थामे सूरी बैठा हुआ था। उसने गहरी

भेदती हुई आँखों से मुझे देखा, मुस्कुराया और चुपचाप उठकर खड़ा हो गया। उसकी एक्स-रे जैसी दृष्टि मेरे भीतर तक उतरती चली गयी। मैं सिहर उठा। अपने पिता चन्द्रकान्त की उँगली पकड़कर, डगमगाता हुआ वह उसके साथ-साथ मियानी के बाहर निकल रहा था। उसके कमज़ोर और दुबले-पतले धड़ पर उसका अनुपात से बड़ा और भारी सिर रखा हुआ था। किसी टाइम बम की तरह। किसी भी पल फूट पड़ने के लिए हर पल उलटी गिनती करता हुआ। टिक्...टिक्...टिक्...टिक्...। जब यह फूटेगा, इस बच्चे के जीवन के चीथड़े उड़ जायेंगे। इस बम के भीतर के टाइमर में कौन-सा समय दर्ज है, इसे कोई नहीं जानता।

बाहर 'बालकनी' तक पहुँचकर सूरी अचानक रुका। उसने अपना वही सिर पीछे घुमाया और मेरी ओर देखा। उसकी दोनों चमकदार आँखें मुझे देखती हुई अजब तरह से हँस रही थीं। अपनी आसन्न मृत्यु के पार से झाँकती हुई आत्मीय और जीवन्त आँखें। फिर उसने शोभा की ओर देखा और दाहिने हाथ को उठाकर धीरे से हिलाया फिर अपने पिता की उँगली थामे, अँधेरे में सड़क पर उतर गया।

शोभा एक पल के लिए कहीं खो सी गयी, फिर उसने रम का अपना गिलास उठाया और एक ही साँस में पूरा गटक गयी। यह उसका चौथा पैग था। हथेलियों से उसने अपने होंठ पोंछे, नीबू-मिर्ची वाला तीखा-चरपरा चना मुँह में भरा हुआ चबाते हुए बोली, "सूरी को छोटा न समझो। गुरुघँटाल है पूरा। सब समझता है।" उसकी आँखों में शरारत थी। मैं सकपका गया।

"मेरे दिमाग़ में क्या है, क्या यह सूरी जानता है?" रम के नशे और जादुई ग़लीचे की आँच में झुलसते हुए मैंने उससे पूछा।

शोभा मेरे पास आ गयी। "सूरी, चन्दू सब जानते हैं कि इस बखत मेरे दिमाग़ में क्या है और तुम्हारे दिमाग़ में क्या है। इत्ती उमर में कोई बात छुपी रहती है क्या?" उसने अपने लिए एक छोटा पैग और बनाया और एक ही साँस में उसे भी गटक गयी। "हमारी ज़िन्दगी में है क्या? अगर कुछ हो भी तो दूसरे उसे छीन लेते हैं। अपनी इच्छा और मन से तो हम कोई-कोई चीज़ ही किसी को दे पाते हैं। है कि नहीं...?" शोभा

ने अटकते और सोचते हुए यह बात कही। उसका सिर मेरे कन्धे पर आ चुका था। "कितनी उमर हो चुकी है मेरी, तुम्हारी, चन्दू की। इस उमर में बच्चे मिले हैं, मकान ख़रीदा है। पन्द्रह साल की क़िस्त बनी है। लेकिन सोचो तो ज़रा, क़िस्त पूरी चुकाने की ज़िन्दगी हमारी बची है क्या? ...पीछे देखो तो डर लगता है। थक गयी मैं तो। और सूरी...! कब तक साँस खींच-खींचकर जीयेगा? परसों रात उसकी हालत फिर बिगड़ गयी थी। उसके सिर के भीतर बहुत तेज़ टीस उठती है, लेकिन बताता नहीं है। अपने आप लड़ता रहता है रात भर मौत से। कई बार लगता है भगवान या तो उसे निरोग कर दे या...!"

शोभा की आवाज़ काँप रही थी। मैं सांत्वना में उसके सिर को हथेलियों से सहला रहा था। उसके आँसुओं से मेरे कन्धे भीग रहे थे।

"...फिर ये अमरकान्त? लीला तो देखी उसकी! हमारी किस उमर में हमारे पास आया है? कब तक...कित्ते साल तक इसके साथ जा पायेंगे मैं और चन्दू? ...बहुत डर लगता है। ये अकेले कैसे सब कुछ सँभालेगा...हमारे बाद! मकान का बक़ाया क़र्ज़ा पटा पायेगा ये?"

हम उसी ग़लीचे पर बैठे थे, जहाँ से धीरे-धीरे लपटें उठने लगती थीं और जिन्हें बुझाने का खेल शोभा और चन्द्रकान्त पिछले कई वर्षों से खेलते आ रहे थे। आज भी उन लपटों में मद्धिम आँच और थोड़ा-सा उजाला था, जो मियानी के अँधेरे में कुछ पलों के लिए उदास रंग पैदा कर रहा था। कुछ देर बाद लपटें बहुत तेज़ हो गयीं और रंग चटख़ कि शायद हम दोनों चौंककर कई बार हँसे। तब तो और भी ज़ोरों से, जब कुकर की चौथी या पाँचवीं सीटी देर तक बजी।

चन्द्रकान्त मच्छी के पकौड़े, मूँगफली की टेस्टी और जाने क्या-क्या अटर-शटर ले आया था। सूरी ऑरेंज-बार चूस रहा था। डगमगाता हुआ चुपचाप वह आया और मेरी गोद में बैठ गया। उसने अपना भारी-भरकम सिर मेरे कन्धे पर टिका दिया। वहीं, जहाँ मेरी कमीज़ कुछ ही देर पहले उसकी माँ शोभा के आँसुओं से भीग गयी थी। मैं सिहर उठा। इतना भार? इसके भीतर पीड़ा का भार कितना होगा, और यन्त्रणा की कितनी मात्रा?

थोड़ी देर तक मैं उसका माथा सहलाता रहा। फिर उसे चूम लिया। उसने ज़ोर लगाया और गरदन घुमाकर मेरी ओर देखकर मुस्कुराया, फिर वह उठ गया और रिमोट लेकर पीछे की दीवार से टिककर बैठ गया।

चन्द्रकान्त ने गिलास भर दिये थे और पकौड़े, मूँगफली, प्याज़ सब सामने अख़बार के ऊपर फैला दिये थे। शोभा कुकर बन्द करके आ गयी थी।

वह एक ऐसी रात थी, जब हमने जाना कि हमारे जीवन को बाहर के यथार्थ और हमारी नियति ने एक साथ जोड़ दिया है। हमारी मृत्यु और हमारी मुक्ति का रास्ता एक ही है।

चन्द्रकान्त कभी अभंग तो कभी खुसरो के गीत गा रहा था।

तभी मैंने ध्यान दिया कि अचानक सूरी ने रिमोट से चैनल बदला। बीबीसी। बिल क्लिंटन दिखायी दे रहे थे। शायद वह 1998 की कोई रात थी। क्या यह वही तारीख़ थी, जब उन पर इम्पीचमेंट का अभियोग चल रहा था?

'मैंगोसिल' का वायरस और चींटा

दिसम्बर, 1998 की वह रात पीछे छूटती गयी। तारीख़ें तेज़ी से बदलती रहीं और उन्हीं के साथ हमारे चारों ओर की दुनिया भी। दिल्ली की सड़कें चौड़ी होती गयीं। छोटी-छोटी गलियाँ और लेन ग़ायब होते गये। इतने फ़्लाइओवर्स बने कि उनको गिनना मुश्किल था। तरह-तरह के मॉडल और आकार की लाखों कारें तमाम सड़कों पर छा गयीं। हर तरफ़ पहिये, हॉर्न और धुआँ। और रफ़्तार। कहीं पैदल चलना मुश्किल था। पैदल और साइकिल-स्कूटर सवार हर रोज़ कुचले जाते। उनका मरना किसी अख़बार या टीवी के समाचार चैनल में ख़बर तक न बन पाता। जहाँगीरपुरी, मंगोलपुरी, लोनी, नजफ़गढ़, हरिनगर, ज़ियासराय, बेरसराय, कड़कड़डूमा, प्रहलादगढ़ी जैसे सैकड़ों गाँवों का अस्तित्व ही मिट गया। जहाँ-जहाँ वे हुआ करते थे, वहाँ शॉपिंग माल, मल्टीप्लेक्स, होटल, बाज़ार, पार्क, दुकानें, हाउसिंग सोसाइटीज़, बैंक, पेट्रोल-डीज़ल पम्प वग़ैरह खुल गये। एक महीना भी न गुज़रने पाता और एक पूरे

इलाक़े का चेहरा इतना बदल जाता कि अपनी स्मृति पर ही सन्देह होने लगता।

जहाँगीरपुरी की गली नम्बर सात, उसमें गली में बने हुए मकान और उनमें रहने वाले लोग कहाँ ग़ायब हुए, कोई नहीं जानता। उस इलाक़े में रहने वाले हज़ारों ग़रीब और निम्न-आयवर्ग के परिवारों को वहाँ से विस्थापित कर दिया गया था। पुलिस, म्युनिसिपैलिटी, आँसूगैस, बुलड़ोज़र्स, प्रशासन, राजनीति—सब-के-सब बड़ी इमारतों और बाज़ारों को बनाने के पक्ष में थे। छोटे-छोटे घरों और मामूली-ग़रीब लोगों को राजधानी के हर इलाक़े से साफ़ किया जा रहा था। हिंसा, अपराध, अनैतिकता की घोर अमानवीय सत्ताएँ हर ओर क़ाबिज़ को गयी थीं। दिल्ली की आबादी सवा करोड़ का आँकड़ा पार कर रही थी। इनमें से एक करोड़ के आसपास ऐसे लोग थे, जिनके पास आजीविका का न कोई ठोस आधार था, न भविष्य के लिए कोई जमापूँजी। जिन मकानों और घरों में वे रह रहे थे, वे उनके अपने नहीं थे। निजी या विदेशी बैंकों या फाइनेंस कम्पनियों के पास हर सम्पत्ति गिरवी रखी हुई थी। इतने सारे लोग दिन-रात बँधुआ मज़दूरों की तरह ब्याज और क़र्ज़ की क़िस्तें चुकाने के लिए काम कर रहे थे।

चन्द्रकान्त और शोभा का परिवार अशोक विहार के फ़ेज़ फ़ोर की अम्बेडकर नगर कॉलोनी के सी ब्लाक में ख़रीदे गये अपने जनता फ़्लैट, सी-7/3 में शिफ़्ट कर गया। जहाँगीरपुरी से अम्बेडकर नगर तक उनका सामान पहुँचाने में मैं भी उन लोगों के साथ लगा रहा। उस छोटी-सी मियानी में, इतने वर्षों में इतना सामान इकट्ठा हो गया था, जिसे ढोने में टाटा-407 को चार चक्कर लगाने पड़े।

इसी बीच मुझे बोन ट्यूबरक्युलोसिस हो गया और मेरी रीढ़ की कुछ हड्डियाँ गल गयीं। दस महीने के लिए मैं बिस्तर से लग गया और इलाज में बहुत रुपये ख़र्च हो गये। पुराना मकान बेचकर नये मकान में जाना पड़ा। इसी दौरान मैंने एक ऐसी किताब लिख डाली, जिसने मेरे जीवन के बचे-खुचे पुलों को भी तोड़ डाला। जिस भाषा में मैं लिख-पढ़, सोच-बोल रहा था, वह भाषा मेरे लिए किसी यातनाघर

में बदल गयी थी। निर्लज्ज भ्रष्टाचार, हिसंक जातिवाद और आक्रामक अनैतिकता के भयावह फ़ासीवादी पंजों और नाख़ूनों को मैंने अपने जीवन में महसूस किया। जिस नौकरी या काम के लिए मैं आवेदन करता, रिजेक्ट कर दिया जाता। मेरी डिग्रियों, योग्यताओं, अनुभवों वग़ैरह का कोई अर्थ नहीं रह गया था। उन्नीसवीं-बीसवीं सदी की महान् अवधारणाएँ और आदर्श चापलूसों, धूर्त पाखण्डियों और सत्ता के दलालों के हाथों लफ़्फ़ाजी और धोखाधड़ी के माध्यम बन चुके थे। जिसे हत्यारा कहा जाता, वह खुलेआम हत्याएँ कर जाता। जिसे ठग कहते, वह सार्वजनकि तौर पर मुस्कुराता हुआ ठगी करता। कैमरे के आगे और पीछे लगातार कमीशन और रिश्वत के नोट गिने जा रहे थे। संस्थाओं और लुटेरों के गिरोहों का क़ब्ज़ा था। मंच पर वे मालाएँ पहने हँसते और भाषण देते बैठे थे। एक ऐसा डरावना यथार्थ अवतरित हुआ था, जिसकी प्रत्याशा किसी ने नहीं की थी।

इस यथार्थ के ब्योरे फूहड़ और घटिया थे कि किसी कथा या कविता में उनका आना, कविता और कहानी को चौपट कर सकता था। इसीलिए ज़्यादा कवि और कथाकार इस यथार्थ से कतराकर कविताएँ और कहानियाँ लिख रहे थे और सम्मानित हो रहे थे।

आइये इस यथार्थ के ब्योरों को फ़िलहाल यहीं रोककर अशोक विहार, फ़ेज़ फ़ोर के अम्बेडकर नगर के सी-7/3, जनता फ़्लैट्स की ओर चलें, जहाँ शोभा और उसका परिवार निवास करता है।

अमरकान्त पाँच वर्ष का हो चुका था और 'ब्लू बेल्स' स्कूल में पढ़ने जाता था। शोभा ने सिलाई मशीन ख़रीद ली थी और आस-पड़ोस के अलावा बाज़ार की दो-तीन दुकानों से कपड़े लाकर सिलाई का काम करने लगी थी, क्योंकि मकान की क़िस्त और अमर की फ़ीस का इन्तज़ाम हर महीने करना पड़ता था। विजयनगर के 'क्वालिटी डिपार्टमेंटल स्टोर्स' का मालिक गुलशन अरोड़ा मर चुका था और उसके बेटे किशन अरोड़ा ने वह दुकान बेच दी थी। चन्द्रकान्त को अशोक विहार के दीप मार्केट की एक दुकान में काम मिल गया था। वह अपने घर से दुकान तक रोज़ पैदल ही आता-जाता था।

मैं अपने परिवार के साथ दिल्ली छोड़कर ग़ाज़ियाबाद चला आया था। चन्द्रकान्त के पास मेरा नया पता और फ़ोन नम्बर था।

मुझे लगता किसी-न-किसी दिन चन्द्रकान्त का अचानक फ़ोन आयेगा और उसमें सूरी की मृत्यु की सूचना होगी। वह अब तक आठ साल का हो चुका था और न सिर्फ़ किसी अजब-अनहोनी की तरह अपनी तयशुदा मृत्यु से लड़ता-जूझता अब तक जीवित था, बल्कि उसके बेढंगे, विद्रूप, विशाल, अननुपातिक सिर के भीतर का दिमाग़ इस हद तक विचित्र और विलक्षण हो चुका था कि उसकी बातें हर किसी को हतप्रभ, स्तब्ध और आश्चर्यचकित कर देतीं।

उदाहरण के लिए एक दिन उसने शोभा से कहा, 'मम्मी, तुम अमर की फ़ीस के लिए आँख की रोशनी बेच रही हो। आँख बचानी हो तो उसे किसी सस्ते स्कूल में डाल दो।'

एक बार रात में शोभा की आँख खुली तो सूरी बालकनी में खड़ा हुआ अपने सिर के चारों ओर कसकर रस्सी पलेट रहा था। उसके होंठ भींचे हुए थे और चेहरे पर पीडा की असंख्य रेखाएँ थीं। वह उस समय भी 'शीं...शीं...' करता हुआ बाहर की हवा से अपने फेफड़ों के भीतर ऑक्सीजन खींचने की जी-तोड़ कोशिश में लगा हुआ था। उसकी आँखें लाल थीं और फटकर बाहर निकल पड़ रही थीं। शोभा ने उसके पास जाकर उसकी पीठ पर हाथ फेरा तो उसने भर्राई हुई आवाज़ में कहा, ''मम्मी, डॉक्टरों के पास सिर्फ़ उन्हीं रोगों की दवा होती है, जो रोग वैसे भी, बिना दवा के अपने आप भी ठीक हो सकते हैं।'' इसके बाद उसने ज़ोर लगाकर एक गहरी साँस ली और बोला, ''अस्पताल तो उनके लिए बनते हैं, जिनके लिए कारें, होटल, हवाई जहाज़ और बिल्डिंगें बनती हैं।''

एक दिन उसने कहा, ''मेरे सिर के भीतर जो रोग है, वह उस गन्दे नाले से पैदा हुआ, जो हमारी मियानी के पास बहता था।'' इसके बाद कुछ देर तक शून्य में देखते रहने के बाद उसने गम्भीरता से कहा, '''मैंगोसिल' नाम का यह रोग जिस वायरस से पैदा होता है, मालूम है उस वायरस का क्या नाम है? ...ग़रीबी!''

एक दिन जब अमर स्कूल जा रहा था, सूरी ने कहा, "बच्चे स्कूलों में जितना पढ़ते हैं, उससे ज़्यादा और अच्छा बिना स्कूलों के पढ़ सकते हैं। अपने बच्चों को वही लोग स्कूल भेजते हैं, जो अपने बच्चों से छुटकारा पाना चाहते हैं।" इसके बाद वह फिर से कुछ देर तक शून्य को निहारता रहा और फिर किसी दार्शनिक की तरह बोला, "यह एक सच्चाई है कि ज़्यादा पढ़े-लिखे लोग हमेशा कम पढ़े-लिखे लोगों के नौकर या कर्मचारी होते हैं। स्कूल तो नौकर तैयार करने की फ़ैक्टरी होते हैं। दुनिया में हमेशा ताक़तवर अमीर और ख़ुशहाल लोग कम पढ़े-लिखे होते हैं।"

सूरी ने अपनी बीमारी के चलते घर में ही रहकर पढ़ाई-लिखाई की थी। वह अख़बार पढ़ता, टीवी देखता, रेडियो सुनता और पिछले कुछ दिनों से पास के नीमड़ी मार्केट में 'जुपिटर नेटवर्क' नामक साइबर कैफ़े में जाने लगा था। उसके शरीर की बनावट, छोटे और दुबले-पतले धड़ पर रखे हुए भारी-भरकम सिर और उसके चलने के विचित्र ढंग के कारण आसपास के तमाम लोग उसे जानने लगे थे।

एक दिन सूरी ने कहा, "मुझे सड़क पर चलता हुआ देखकर लोग इसलिए चौंकते हैं, क्योंकि उन्होंने इतने बड़े सिर वाले चींटे को कभी आदमियों जैसे कपड़े पहनकर चलते हुए नहीं देखा।" ऐसा कहते हुए सूरी हँस नहीं रहा था। उसकी आँखें लाल थीं, होंठ ख़ुश्क थे और काँप रहे थे। उसने कहा, "दुनिया में सिर्फ़ दस से बीस प्रतिशत लोग ही आदमी होते हैं। बाक़ी या तो चींटे या कॉक्रोच हैं या कुत्ते, सुअर और बैल।" इसके बाद वह अजीब तरह से व्यंग्य में मुस्कुराया, "हमारे ही घर में देखो। बाबू जी बैल हैं, मम्मी मशीन और अमर कॉक्रोच। और मैं तो असल में उस गन्दे नाले का एक केंचुआ था, जो एक रात सरकता हुआ मम्मी के पेट में घुस आया था।"

एक बार आधी रात को जब अपने दुखते सिर को दोनों हाथों से कसकर दबाये हुए वह एक-एक साँस के लिए तड़प रहा था, उसने कहा, "मेरा सिर इसलिए इतना बड़ा होता जा रहा है, क्योंकि वह बहुत-सी ऐसी बातें जानता जा रहा है, जिसे छोटे सिर वाले या तो जानते

नहीं या फिर जानना ही नहीं चाहते। अगर वे भी उन सारी बातों को जानने की कोशिश करें, तो उनका भी सिर मेरे जैसा बड़ा हो जायेगा।''

उसकी आँखों से चकमक की तरह लाल रंग चिंगारियाँ फूट रही थीं। उसने कहा, ''जैसे मैं अच्छी तरह से जानता हूँ कि अमेरिका ने इराक़ पर हमला सिर्फ़ तेल के लिए किया है, लेकिन इस बात को छुपाने के लिए जितना रुपया ख़र्च किया गया है, उतने में अमेरिका वैसे भी वहाँ से तेल ख़रीद सकता था।'' इसके बाद उसकी साँसें कुछ सामान्य हुईं और थोड़ी देर तक चुप रहने के बाद वह बोला, ''अगर इण्डिया में भी उतना तेल निकल आये तो अमेरिका इण्डिया पर भी हमला कर देगा। ...वैसे एक दिन ऐसा आयेगा, जब दुनिया में या तो सिर्फ़ अमेरिका होगा या फिर दुनिया में सिर्फ़ अमेरिका नहीं होगा।''

एक रात आठ-साढ़े आठ साल का सूरी दर्द में छटपटाता हुआ अपनी उम्र के किसी भी बच्चे की तरह रोने लगा। ऐसा इसके पहले कभी नहीं हुआ था। दर्द होने पर वह चुपचाप उठकर बाहर चला जाता था और अपने आप उससे लड़ता था। उस रात उसने शोभा की गोद में अपना सिर रख दिया और कराहते हुए बोला, ''मम्मी, मुझे कहीं से पॉयज़न लाकर दे दो। मुझसे अब बर्दाश्त नहीं होता।'' वह फूट-फूटकर रो रहा था। हिचकियों के बीच उसने कहा, ''मेरी समझ में ये नहीं आता कि ऐसे लोग पैदा ही क्यों होते हैं, जिनकी ज़िन्दगी में इतना दर्द रहता है?'' कुछ देर बाद जब उसका दर्द थमा तो उसने कहा, ''मम्मी, मेरे सिर में इतना ज़्यादा दर्द होता है कि उसे ठीक करने के लिए सूरज जितनी बड़ी साइज की टैबलेट चाहिए।'' कुछ देर बाद सिसकते हुए उसने फिर कहा, ''मम्मी, पापा से कहो, मैं ज़िन्दा रहना चाहता हूँ। मैं मरना नहीं चाहता इतनी जल्दी। क्या हमारे पास कहीं से इतने रुपये नहीं आ सकते कि मेरा इलाज हो सके?''

सूरी की आवाज़ में इतनी असहायता और याचना थी कि शोभा उसके सिर को गोद में थपकते हुए ज़ोर-ज़ोर से रोने लगी। उसकी समझ में नहीं आ रहा था कि अपने बेटे का जीवन बचाने के लिए वह क्या करे।

लेकिन उस रात ने शोभा के भीतर एक गहरा बदलाव भी पैदा किया। वह जानती थी कि चन्दू और वह, दोनों सूरी का इलाज करवा पाने में असमर्थ हैं, अगर मकान समेत सब कुछ बेचकर और क़र्ज़ लेकर भी वे यह कोशिश करें तो भी वे 15-20 लाख रुपये इकट्ठा नहीं कर सकते। वे सिर्फ़ ईश्वर से प्रार्थना ही कर सकते थे, जो वे कर ही रहे थे और यह ईश्वर की कृपा ही थी कि सूरी अब तक जीवित था। इसीलिए उसने उस रात यह फ़ैसला किया कि सूरी की निश्चित सम्भावित मृत्यु के आघात को सहने और उससे बचने के लिए अब वह सूरी के प्रति तटस्थता, निस्संगता और उससे दूरी बनाने की कोशिश करेगी। यही बात उसने चन्द्रकान्त से भी कही।

सूरी फ़िल्में भी देखने लगा था। उसने 'क़यामत से क़यामत तक', 'लगान', 'देवदास', 'मैं हूँ ना', 'सत्या' वग़ैरह कई फ़िल्में वीसीआर में देखीं। एक-दो बार चन्द्रकान्त और शोभा उसे सिनेमा हॉल भी ले गये। दोनों जानते थे कि उसकी ज़िन्दगी बस जब तक है, तब तक है। इसलिए वे अपनी पहुँच के भीतर की हर चीज़ का अनुभव उसे एक बार ज़रूर करा देना चाहते थे। मिठाइयाँ, चाट, पीत्ज़ा बर्गर, पेप्सी, कोकाकोला, अप्पूघर, क़ुतुबमीनार, लालक़िला, चिड़ियाघर आदि।

चन्द्रकान्त ने बताया कि एक बार पास की सड़क पर एक एक्सीडेंट हो गया था। एक ट्रक सड़क के किनारे खड़े एक पेड़ से टकरा गया था। ड्राइवर की मौत हो गयी थी और क्लीनर को अस्पताल पहुँचा दिया गया था। उस रोज़ चन्द्रकान्त, शोभा और सूरी रिक्शे से घर लौट रहे थे। सूरी ने भी पेड़ के साथ टकराने वाले उस ट्रक को देखा। पेड़ का तना कई जगह से छिल गया था। बहुत देर तक चुप रहने के बाद सूरी ने अचानक कुछ सोचते हुए कहा, "पेड़ तो हमेशा चुप खड़ा रहता है, अपनी ही जगह पर। मुझे लगता है अगर वह कभी किसी से लड़ता भी होगा, जैसे वो पेड़ उस ट्रक से लड़ा, तो सिर्फ़ अपनी जान बचाने के लिए।"

शोभा और चन्द्रकान्त दोनों को लगता कि सूरी का दिमाग़ हालाँकि इतने विचित्र और जटिल तरीक़े से सोचता था कि उसकी बातों से सब

ताज्जुब में पड़ जाते थे, लेकिन कभी-कभी उसके भीतर का वह बच्चा भी पैदा हो जाता था, जो बिल्कुल साधारण, उसकी अपनी उम्र का स्वाभाविक बच्चा होता था। वैसी ही ज़िद, गुस्सा, इच्छाएँ। कई बार वह ऐसी चीज़ें खाने की ज़िद करता, जो उसे पसन्द होतीं। जैसे बेसन के गट्टे या लाल साग या मूँग की बड़ियाँ।

शोभा और चन्द्रकान्त को कई बार यह भी लगता कि जब वे लोग अमर पर ज़्यादा ध्यान देते तो सूरी की आँखों में ईर्ष्या और जलन का भाव पैदा होता। यह बात सच थी कि पाँच साल के अमर के पास अपने बड़े भाई सूरी के मुक़ाबले ज़्यादा चीज़ें थीं। इसका मुख्य कारण था कि वह स्कूल पढ़ने जाता था। रेग्ज़ीन का सुन्दर-सा रंगीन बैग, जिसमें डोनल्ड डक और रोजर्स रैबिट बने हुए थे। कापियाँ, बहुत सारी किताबें, जिनमें तरह-तरह के चित्र छपे हुए थे। पेंसिलें, पेन, इरेज़र, कलर बॉक्स। अमर के पास कपड़े भी ज़्यादा थे। स्कूल के दो जोड़े यूनिफ़ॉर्म, दो जोड़े मोज़े, एक जूता, दो टाइयाँ। प्लास्टिक का एक नीले रंग का सुन्दर-सा, चौकोर टिफ़िन बॉक्स, जिसके भीतर एक और छोटा-सा डब्बा रखा होता था। शोभा पराँठा बनाकर अमर के लंच के लिए टिफ़िन बॉक्स में रखती और उस छोटे से डब्बे में दो-चार बिस्कुट। एक वाटर बॉटल भी था, जिस पर एक लाल रंग का हाथी सूँड उठाये हुए नीले रंग के पानी की बौछार छोड़ रहा था।

सुबह सात बजे जब अमर के स्कूल जाने का समय होता, उसके एक घण्टा पहले शोभा और चन्द्रकान्त दोनों, पूरी तरह उसी को तैयार करने में लगे रहते। दोनों का ध्यान अमर पर ही लगा रहता, जो कई बार स्कूल न जाने के बहाने भी बनाने लगता था। उस दौरान सूरी की ओर देखने की उन्हें फ़ुरसत ही नहीं रहती थी।

सामने की सड़क पर 'ब्लू बेल्स' स्कूल की बस आती थी। बस में बहुत सारे लड़के-लड़कियाँ भरे होते। कभी शोभा और अक्सर चन्द्रकान्त अमर को बस में चढ़ाने के लिए उस सड़क तक छोड़ने जाते थे। अमर बस में चढ़कर जब उन्हें 'टा...टा' करता और बस चल देती, तब वे लौटते।

कई-कई बार उनके पीछे-पीछे, चुपचाप, लड़खड़ाता-डगमगाता, अपने भारी-भरकम बेढंगे सिर को अपने झुके हुए कन्धे पर ढोता सूरी भी साथ चल पड़ता। अमर को देखकर, दूर से ही बस के लड़के-लड़कियाँ हँसते और उसे पुकारते। जल्दी से बस तक पहुँचने के लिए उसको हाथ हिलाकर बुलाते। सूरी यह सब चुपचाप देखता। उसके होंठों पर ख़ुशी और मुस्कान की लकीर-सी झिलमिलाती। लेकिन तभी उसे लगता कि बच्चे और ख़ासतौर पर लड़कियाँ उसके बेढब से सिर और शरीर को देखकर सहम-सी गयी हैं और वे सब आपस में इशारे करके कुछ कह रहे हैं, तो वह सहम जाता। अगर ऐसा हो जाता तो फिर कई दिनों तक वह वहाँ न जाता। घर पर ही रुका रहता, लेकिन कुछ दिनों बाद वह फिर पीछे-पीछे चल देता।

सुबह-सुबह जब अमर को स्कूल के लिए साफ़-धुले कपड़े पहनाये जाते, सफ़ेद शर्ट, नीली निकर और लाल टाई, साथ में सफ़ेद मोज़े और काले चमकदार जूते, तो कई बार शोभा ने देखा कि सूरी की आँखों में ईर्ष्या और द्वेष की ऐसी रेखाएँ खिंची, जिन्हें देखकर जाने क्यों शोभा के मन में किसी अनिष्ट की आशंका ने सिर उठाया। आख़िर सूरी रोगी था। निश्चय ही उसका मस्तिष्क स्वस्थ और सामान्य नहीं था। कहीं हीनता और कुण्ठा में इसने कुछ अपने साथ कर लिया तो? या फिर द्वेष और डाह के मारे कहीं अपने भाई अमर के साथ वह कुछ कर बैठा तो? यह तो सच था कि अमर की तुलना में सूरी के पास बहुत कम चीज़ें थीं। दो टी-शर्ट्स, दो निकर और पाजामा। सभी मामूली। उसका जूता भी सस्ता-सा, पटरियों से ख़रीदा गया, फीके सलेटी रंग का स्पोर्ट्स शू था। सुबह शोभा अमर को डाँट-डाँटकर टूथब्रश करने के लिए कहती। उसके ब्रश में कोलगेट का पेस्ट ख़ुद लगाकर देती। जबकि सूरी को अपना सारा काम ख़ुद करना होता। एक बार तो ऐसा भी हुआ कि सूरी ने अपने ब्रश में थोड़ा ज़्यादा पेस्ट लगा लिया क्योंकि मिंट की ठण्डक, ख़ुशबू और पेस्ट की मिठास उसे अच्छी लगती थी। लेकिन शोभा ने इसे देख लिया और वह चिल्लाई, ''अरे...! मिठाई समझ के खायेगा क्या? इतना मत निकाला कर।''

सूरी सहम गया। उसके बाद उसने कभी ऐसा नहीं किया। हाँ, एक बार जब अमर स्कूल के लिए तैयार होकर चन्द्रकान्त के साथ जा चुका था और शोभा घर में अकेली थी, तब अचानक सूरी ने कहा, ''मम्मी, तुम लोग ठीक ही सोचती हो। आख़िर जिसकी ज़िन्दगी का कोई भरोसा ही न हो, उसके कपड़ों और जूतों के लिए क्यों फ़ालतू ज़्यादा रुपये ख़र्च किये जायें। उसका तो खाना भी वैसा ही कुछ होना चाहिए। क्या पता वह कब मर जाये? तब तक क्या पता उसका खाया हुआ खाना ठीक से पचा भी होगा या नहीं?''

शोभा उसकी बात सुनकर सन्न रह गयी। ''तेरा दिमाग़ फिर गया है। ऊल-जलूल बातें सोचता रहता है।'' उसने सूरी के सिर पर हाथ फेरा। उसकी आँख में आँसू थे। 'जहाँ तक जीने और मरने की बात है, तो बेटा कौन जाने कौन आगे जायेगा, कौन पीछे? डॉक्टरों ने तो तेरी उमर बस दो-ढाई साल लिखी थी, औलिया और बिट्ठल की दया से तू अब भी हमारे साथ है। उधर अपने बाबू जी के मालिक गुलशन अरोड़ा जी के बारे में सोच, जो कहते थे—एक सौ पाँच साल की उमर में अपन ठस्से से ऊपर जायेंगे। वे तो अस्सी भी नहीं पहुँच पाये। पहले ही टें बोल गये।''

सूरी खिलखिलाकर हँसा। उसने कहा, ''मम्मी, अगर मैं एक सौ पाँच साल तक ज़िन्दा रह गया तो मेरा सिर कितना बड़ा हो जायेगा? फिर मैं रहूँगा कहाँ पर? और मेरे उस सिर को उठाने कौन आयेगा?''

इतवार को अमर के स्कूल की छुट्टी होती थी। उस दिन सूरी ने बच्चे जैसी ज़िद की कि वह अमर के टिफ़िन बॉक्स में पराँठा ले जाकर, नीम के पेड़ के नीचे, पार्क की बेंच पर बैठकर खायेगा। शोभा ने उसके लिए दो पराँठे, आलू और दो बिस्कुट टिफ़िन बॉक्स में रख दिये। सूरी ने वाटर बॉटल में पानी भी भर लिया था। समस्या तब पैदा हुई, जब अपने भाई को अपना टिफ़िन और बॉटल ले जाते देखकर अमर रोने और चिल्लाने लगा। दोनों के बीच छीना-झपटी हुई और अगर शोभा ने दौड़कर सूरी के पंजे से अमर की गरदन न छुड़ाई होती, तो वह उसका गला ही दबा देता। उस दिन शोभा ने सूरी की आँखों में एक

अजीब-सी हिंसक चमक देखी। जैसे कोई जंगली जानवर घायल होने पर तड़पकर हिंसक हो उठता है।

सूरी ने शोभा की ओर देखा और भारी तथा ठण्डी-निष्कम्प आवाज़ में बोला, ''मेरे लिए एक अलग से टिफ़िन बॉक्स ले आओ, तुम सब ज़िन्दा लोग। आज के बाद मैं लंच कभी घर के भीतर नहीं करूँगा।''

इसके बाद टिफ़िन लेकर सूरी डगमगाता हुआ सीढ़ियाँ उतर गया।

हालाँकि ऐसी घटनाएँ बहुत कम ही हुईं। ज़्यादातर सूर्यकान्त अपने से तीन साल छोटे भाई अमरकान्त को प्यार ही करता। जब से वह 'जुपिटर नेटवर्क' साइबर कैफ़े जाने लगा था, तब से कई बार वहाँ से लौटते हुए वह अमर के लिए टॉफ़ियाँ, मैजिक पॉप-अप, चॉकलेट वग़ैरह ले आता। पता चला कि कैफ़े का मालिक रोहन चावला उसे पैसे देता है। एक बार चन्द्रकान्त ने बताया कि रोहन चावला ने उससे कहा कि आपका बेटा सूरी एक जीनियस माइण्ड है। अगर घर में कोई काम न हो तो वह उसके कैफ़े में बैठ सकता है। वह महीने में सात-आठ सौ रुपये इसके लिए देने को तैयार है। पता चला कि सूरी ने बहुत जल्दी वहाँ कम्प्यूटर में फ़ोटोशॉप, ब्लॉग बनाना और ग्राफ़िक डिज़ाइनिंग सीख लिया था। इन दिनों वह रोज़ थ्री-डी एनिमेशन सीखने में लगा हुआ था। अपने आप। बिना किसी की मदद के। रोहन चावला उसकी प्रतिभा देखकर **हतप्रभ** था।

अमर को स्कूल से होमवर्क मिलता तो सूरी उसकी मदद करता। उसकी ड्रॉइंग की कॉपी में क्रेयॉन या रंगीन पेंसिल से वह इतने सुन्दर चित्र बनाता कि अमर को स्कूल से 'वेरी गुड' और 'एक्सिलेंट' के रिमार्क मिलते, लेकिन एक बार शोभा ने उसे डाँटा। उसने कहा, ''अगर तू ही सारी ड्रॉइंग बनायेगा तो तेरा भाई क्या सीखेगा? ...बनाने दे उसे।'' सूरी ने अपने हाथ रोक दिये और उठकर खड़ा हो गया।

''मम्मी, क्या जानो कि इस पन्ने पर मैंने अभी जो ये झोंपड़ी, पेड़, डूबता सूरज और झील बनायी है, यही मेरा आख़िरी चित्र हो।'' उसने कहा और लड़खड़ाता हुआ चुपचाप बालकनी की ओर चला गया।

शोभा भीतर से हिल गयी।

सूर्यकान्त से जुड़ी दो बातें और थीं। एक तो यह कि सोने का **समय** लगातार कम होता जा रहा था। शायद वह सोने से बचना चाहता था, क्योंकि सोने के बाद ही उसके सिर के भीतर दर्द शुरू होता था और उसकी साँस रुकने लगती थी, इसीलिए वह जानबूझकर, नींद को टालने के लिए या तो कुछ पढ़ने लगता या टीवी देखने लगता। नये घर में एक सुविधा यह थी कि टीवी बाहर वाले कमरे में रखा हुआ था।

दूसरी महत्त्वपूर्ण बात यह थी कि सूरी ने बहुत तेज़ी से अंग्रेज़ी सीख ली थी। वह टीवी में भी कई अंग्रेज़ी के चैनल देखता और अंग्रेज़ी की किताबें और पत्रिकाएँ भी पढ़ने लगा था। कई बार वह मुझे फ़ोन करता और देर-देर तक बातें करता रहता। 'जुपिटर नेटवर्क' के रोहन चावला ने उसे अपने कैफ़े से फ़ोन की खुली छूट दे रखी थी। सूरी नेट पर सर्फ़िंग और चैट भी करता रहता।

एक दिन उसने मुझसे फ़ोन पर कहा, "अंकल, मुझे लगता है, आज़ादी के पहले हिन्दी सीखना और बोलना बेहतर था। अब अंग्रेज़ी सीखना और बोलना बेहतर है।' कुछ देर तक सोचने के बाद उसने कहा, 'अंग्रेज़ी के ज़माने में अंग्रेज़ी हमें गुलाम बनाती थी, अंग्रेज़ी के जाने के बाद हिन्दी हमें गुलाम बनाती है।'

उसकी बातें ऐसी ही होती थीं। एक बार वह बोला, "अंकल, अब तीसरी दुनिया नहीं है। दो ही दुनिया हैं। और वो हर जगह हैं। एक दुनिया वो, जिसमें अन्याय करने वाले लोग रहते हैं और दूसरी वो, जिसमें बाक़ी वो सारे लोग रहते है, जो अन्याय सहते हैं।"

मुझे बहुत बाद में पता चला कि सूर्यकान्त ने अपनी एक डायरी बना रखी थी, जिसमें वह अंग्रेज़ी-हिन्दी, दोनों में कुछ-न-कुछ लिखता रहता था। शायद जो किताबें वह पढ़ता या जो कुछ वह सोचता, उन्हें उस कॉपी में लिख देता। वह कॉपी बहुत मोटी है और उसके ज़्यादातर पन्ने भरे हुए हैं। अन्दाज़ा लगाया जा सकता है कि सूर्यकान्त कितना पढ़ता था और कितनी बातें सोचता रहता था।

उसके अक्षर हिन्दी और अंग्रेज़ी, दोनों में बहुत ही सुन्दर थे। उसकी कॉपी के पृष्ठ 27 पर लिखा था :

"एवरीथिंग इज़ लूटेड, स्पॉयल्ड, डिस्पॉयल्ड,
डेथ फ़्लिकरिंग हिज़ ब्लैक विंग,
एंगुइश, हंगर—देन व्हाइ दिस लाइटनेस ओवरलेइंग एवरीथिंग..."

मैं याद करने की कोशिश कर रहा था कि ये पंक्तियाँ किसकी थीं। क्या अन्ना अख्मातोवा?

पृष्ठ 32 पर उसने लिखा था :

"उन्होंने रबर से मेरे शब्द हर जगह से मिटा दिये हैं और अब मैं तो बिल्कुल मर ही चुका हूँ, मेरा ख़ूब बड़ा-सा सिर है, जिसके अन्दर तेज़ दर्द है, जिकी कोई दवा कहीं नहीं है।

चारों ओर गोलियों और ख़ून के निशान हैं, चारों ओर लोग खा रहे हैं और हँस रहे हैं, क्या उन तक डरावनी ख़बरें नहीं पहुँची हैं या वे लोग ख़ुद अपराध में शामिल हैं? वे लोग कैमरों के सामने और कैमरे के पीछे लगातार नोट गिन रहे हैं। मैं सोचता हूँ कि क्या मेरा सिर हिन्दुस्तान है जो धीरे-धीरे मर रहा है...?"

शोभा और चन्द्रकान्त अपने बीमार बेटे सूर्यकान्त के लिखे को ठीक-ठीक समझ नहीं पाते थे। वे लोग पढ़े-लिखे भी कम ही थे। फिर अंग्रेज़ी तो दोनों को ही नहीं आती थी। वे दोनों सिर्फ़ हिन्दी और मराठी बोलते थे और शायद इसलिए भी बहुत दैन्य का जीवन जी रहे थे। चन्द्रकान्त ने एक दिन मुझसे कहा था, 'मुझे यक़ीन है कि सूरी पर तुम्हारा ही असर पड़ा है। वह तुम्हारी किताबें अक्सर पढ़ता रहता था। उसने उसके तमाम पन्नों पर निशान लगा रखे थे।'

शोभा ने रोते हुए बताया कि अभी पाँच-छह दिन पहले ही उसने कहा था कि अंकल ने अपनी किताब में एक बात लिखी है। इस बार हमारे घर आयेंगे तो उनसे इसके बारे में पुछूँगा।

लेकिन सूर्यकान्त मेरी किस किताब में लिखी कौन-सी बात पूछना चाहता था, मैं कभी नहीं जान पाया, क्योंकि उसके पहले ही उसकी मृत्यु हो गयी।

वही मृत्यु, जिसके किसी भी पल आ जाने की आशंका पिछले छह साल से सबको थी। सूर्यकान्त ने ख़ुद ही अपने जीने की ज़िद में, बहुत कोशिश करके उसे अब तक टाल रखा था।

वह हर रात अपने सिर के भीतर मौजूद उस टाइम बम के टाइमर की सुइयाँ आगे खिसका देता था और अपने लिए एक दो दिन का जीवन फिर से पा जाता था। यह एक लगातार की अथक कोशिश थी। एक ऐसी जिजीविषा, जो करोड़ों अन्याय सहने वाले और कठिन ज़िन्दगी जीने वाले लोगों में अक्सर पायी जाती है।

लेकिन एक दिन सूरी ने अपनी वह कोशिश ख़ुद जानबूझकर छोड़ दी।

कैसे? और क्यों? यह मुझे शोभा और चन्द्रकान्त ने उसी दिन बताया, जब हम लोग दिल्ली के निगमबोध घाट में सूर्यकान्त का दाह-संस्कार करके लौटे।

फेरीवाला, छत पर धूप, कुकर की लम्बी सीटी और चीनी पिस्तौल

तारीख़ थी 25 दिसम्बर 2004।

उस दिन दिल्ली में अधिकतम तापमान था 16 डिग्री से. और न्यूनतम 03.4 डिग्री से.।

सुबह साढ़े नौ बजे तक कोहरा इतना घना था कि सूरज का कहीं अता-पता ही नहीं चल रहा था। उस सुबह आठ-साढ़े आठ बजे तक तो सड़क पर निकलने वाले वाहन अपनी हेड लाइट या फ़ॉग-लाइट जलाकर चींटियों की तरह धीरे-धीरे रेंग रहे थे। विज़िबिलिटी बहुत कम थी। तीन-चार मीटर से आगे कोहरे की वजह से कुछ दिखायी ही नहीं दे रहा था।

उस दिन अमरकान्त के स्कूल 'ब्लू बेल्स' की बस नहीं आयी थी और चन्द्रकान्त लगभग पौन घण्टे तक सड़क पर इन्तज़ार करने के बाद अपने छोटे बेटे अमर को लेकर वापस लौट आया था।

दस-सवा दस बजते-बजते अचानक कोहरा छँटा और चमकीली धूप खिल आयी। शोभा ने उस दिन चने की दाल कुकर पर चढ़ा रखी थी। धूप से निकलते ही 'सी' ब्लॉक की आस-पड़ोस की औरतें, जो ऊपरी मंज़िलों पर रहती थीं, छत की ओर भागीं। शोभा भी अपनी सिलाई मशीन और दरी लेकर छत पर आ गयी। यह वह दरी नहीं

थी, जो जहाँगीरपुरी में 'जादू का ग़लीचा' होती थी। इसे उसने अशोक विहार आकर ख़रीदा था। पिछली रात वह डेढ़-दो बजे तक कपड़ों की सिलाई कर रही थी। उसको चश्मा पिछले पाँच साल से लगने लगा था। आज तीन बजे तक उसे सिले हुए कपड़े दीप मार्केट के 'कल्पना बुटीक एण्ड डिज़ाइण्ड गारमेंट्स' को देने थे। इसीलिए उस दिन वह हड़बड़ी और तनाव में **थी**।

छत पर उसने दरी बिछाई और सिलाई मशीन लेकर बैठ गयी। उसका आधा ध्यान नीचे कुकर की ओर लगा हुआ था, जिसमें उसने चने की दाल चढ़ा रखी थी और जो किसी भी समय बज सकता था। छत पर बैठे-बैठे उसे सीटियों की गिनती करनी थी और छठवीं सीटी पर नीचे दौड़कर गैस बन्द करनी थी।

शोभा के साथ दरी पर सूरी और अमर बैठे हुए थे। सूरी अमर की कॉपी पर कुछ लिख रहा था और अमर चुपचाप झुका हुआ उसे देख रहा था। ठीक इसी वक़्त शोभा से कुछ ही दूर आगे बैठी हुई बिमला साहू ने कहा, ''आजकल तुम्हारा बड़ा वाला लड़का बालकनी से कई बार नीचे थूकता है और काग़ज़ फाड़कर नीचे गिराता है। उसे रोक देना। एक-दो बार तो हमने दरवाज़े के सामने मूँगफली के छिलके और चॉकलेट की पन्नियाँ भी पड़ी देखी हैं।''

यह बात बिमला साहू ने जानबूझकर इतनी ज़ोरों से ऊँची अवाज़ में कही थी, जिससे छत पर बैठी दूसरी औरतें भी इसे सुन लें।

सूरी, जो अब तक चुप झुका हुआ अमर की कॉपी पर कुछ लिख रहा था, उसने भी यह सुना। उसने अपना भारी-भरकम सिर ऊपर उठाया और खरखराती आवाज़ में बोला :

''नहीं आण्टी! मैं कभी बालकनी से नीचे कुछ नहीं गिराता। ...थूकता तो बिल्कुल भी नहीं। क्या आप मुझे इतना गन्दा और बेवकूफ़ समझती हैं?''

सूरी का इतना बोलना था कि बिमला साहू, जिसकी उम्र चालीस से ऊपर थी, रंग गहरा साँवला, काले की ओर झुका हुआ था और जो इतनी हट्टी-कट्टी थी, जिसकी वजह से जनता फ़्लैट्स की औरतें

उसे आपस में 'मुस्टण्डी' और 'पहलवान' कहा करती थीं, ज़ोरों से चीख़ने लगी :

"अरे देखो तो, ज़बान लड़ाता है! जो तू करता है, वही तो मैंने कहा...! गली में हग्गा, कुछ बोलो तो बग्घा!"

सूरी की साँसें चढ़ने लगी थीं। उसने कहा "आण्टी आप झूठ बोल रही हैं, क्योंकि आपको लड़ाई करने के अलावा और कुछ आता ही नहीं है। ...अपना बी.पी. आप चेक कराओ!"

सूरी का इतना कहना था कि बिमला साहू ने अपने हाथ की थाली को, जिसमें उसने चावल रखे हुए थे और उसके कंकड़ बीनने में लगी हुई थी, झन्नाटे के साथ नीचे पटका और हाथ लहराकर चिल्लाई, "तू क्या बी.पी. चेक करायेगा मेरा, पहले अपना हण्डे जैसा सिर तो ठीक करा ले। अरे, तुझे तो पता ही नहीं चलता होगा, तेरे मुँह से अपने आप लार नीचे बह जाती होगी। बालकनी में खड़ा ही होना है तो कोने में दायें बाज़ू की तरफ़ खड़ा हुआ कर। हमारे सिर के ठीक ऊपर ही जगह मिलती है क्या?"

सूरी के चेहरे पर पीड़ा की असंख्य लकीरें खिंच आयीं। उसके होंठ काँपने लगे और उसे साँस खींचने में दिक्कत होने लगी। शोभा डर गयी। अब इसके भीतर का दर्द न कहीं शुरू हो जाये। सूरी बहुत अधिक संवेदनशील था। बिमला साहू की बात उसके भीतर कहीं गड़ गयी थी।

शोभा ने बिमला साहू से कहा, "इतनी ऊँची आवाज़ में कि छत की सारी औरतें सुन लें, 'अरे पहलवान जी, बच्चे से क्या कुश्ती करती हो। लड़ना ही है सुबह-सुबह, तो इधर मैं हूँ ना!"

शोभा ने जिस स्टाइल से 'मैं हूँ ना' कहा था, उससे सारी औरतें एक साथ हँस पड़ीं। छत पर इतनी ज़ोरों से इस समवेत हँसी का विस्फोट हुआ था कि सूरी और अमर भी हँस पड़े।

यहाँ तक कि 'मुस्टण्डी-पहलवान' बिमला साहू को भी हँसी आ गयी। उसने कहा, "लगता है तेरा स्टाइल देखकर शाहरुख़ खान तुझे भगाकर ले जायेगा।' और सिर झुकाकर चुपचाप चावल बीनने लगी।

और ठीक इसी पल, जब ग्यारह बजकर पाँच-सात मिनट का समय रहा होगा, नीचे से अचानक फेरीवाले की आवाज़ आने लगी। सी-ब्लॉक पाँच मंज़िला था। सारी छतें एक-दूसरे से जुड़ी हुई थीं। दूसरे बच्चों की तरह अमर भी छत की रेलिंग की तरफ़ दौड़ा।

उसके पीछे पीछे अपने भरी-भरकम, बेढंग, अननुपातिक सिर को अपने कन्धे पर उठाये हुए, डगमगाता-लड़खड़ाता सूरी भी चला गया।

''पीं...पीं...पीं...पीं...पूं...!'' नीचे से फेरीवाला प्लास्टिक की पिपिहरी बजा रहा था। उसकी साइकिल के हैंडल के साथ बाँस की एक बड़ी-सी लाठी बँधी थी, जिसमें ऊपर गत्ते का कम-से-कम चार फ़ुट बाइ चार फ़ुट का बोर्ड फ़िट था। उस बोर्ड़ पर तरह-तरह की चीज़ें लटकी हुई थीं। गुब्बारे, खिलौने, रंगीन कंघियाँ, लाइटर, कैंचियाँ, नाड़े, हेयर पिन, कई रंग के रिबन, हेयर बैंड, ब्रश आइने, चूड़ियाँ और पता नहीं क्या-क्या।

लेकिन गत्ते के उस बोर्ड के सबसे ऊपर एक क़तार में टँगीं चाइनीज़ पिस्तौलें। ये चीनी पिस्तौलें आजकल दिल्ली के बाज़ार में पन्द्रह रुपये में मिलती थीं और बच्चों में बेतहाशा लोकप्रिय थीं। इन दिनों चीनी माल ने दिल्ली के बाज़ार में धमाका कर रखा था। बेहद सस्ती और हैरतअंगेज़ इलेक्ट्रॉनिक चीज़ें। उस चीनी पिस्तौल से प्लास्टिक के रंगीन बुलेट्स चलते थे। ट्रिगर दबाते ही 'ट्रैंग श्शू...ऊँ...ऊँ...श्टाक्' की आवाज़ होती थी। एकदम रियल। और निशाना सही हो, तो प्लास्टिक की गोली सीधे अपने टारगेट को हिट कर देती थी।

अमर ने ज़िद करनी शुरू की, 'मैं चाइनिज़ पिस्तौल लूँगा और दुश्मन को मारूँगा।'

शोभा ने पहले तो मना किया, लेकिन एक दिन पहले ही उसे एक तो 'कल्पना बुटीक एण्ड डिज़ाइण्ड गारमेंट सेंटर' से बाइस सौ रुपये मिले थे, कुछ पिछला भुगतान और कुछ पेशगी। दूसरे, अभी 'मुस्टण्डी-पहलवान' बिमला साहू ने जिस तरह की बातें करके बच्चों का और उसका दिमाग़ ख़राब किया था, उसके चलते उसे लगा कि बच्चे खेलेंगे तो उनका मन बहल जायेगा। इसलिए उसने पिस्तौल ख़रीदने का फ़ैसला

लिया और रेलिंग तक जाकर नीचे झाँकते हुए फेरीवाले को आवाज़ लगायी, 'भइया, वहीं रुकना एक मिनट। मैं अभी...तुरन्त आयी!'

शोभा नीचे जाने के लिए जैसे ही सीढ़ियों के पास पहुँची, उसे सूरी की खरखराती हुई ठण्डी मशीन जैसी आवाज़ सुनायी पड़ी, "मम्मी, एक पिस्तौल मेरे लिए भी लाना। अलग से।"

शोभा ने पलटकर देखा। सूरी रेलिंग से सटा हुआ, अपने विशाल सिर को कन्धे पर सँभाले, उसी की ओर देखता हुआ खड़ा था।

"अरे, तू क्या बच्चा है, जो पिस्तौल से खेलेगा?" शोभा ने मुस्कुराकर हल्के-फुल्के ढंग से कहा और सीढ़ियाँ उतर गयी।

उसने नीचे जाकर तीसरी मंज़िल के अपने फ़्लैट नम्बर सी-7/3 के दरवाज़े की कुण्डी खोली और अन्दर जाकर अलमारी की दराज़ में रखे बटुए में से रुपये निकाले और नीचे, ग्राउण्ड .फ्लोर की ओर सीढ़ियाँ उतरती हुई चली गयी।

शोभा ने नीचे पहुँचकर फेरीवाले से पन्द्रह रुपये में चीनी पिस्तौल ख़रीदी। देर तक भाव-ताव करने के बाद भी फेरीवाले ने एक रुपया भी कम नहीं किया। जो चीज़ें बहुत बिकती हैं, उनकी क़ीमत दुकानदार कम नहीं करते। ऐसा शोभा ने सोचा। पिस्तौल लेकर, सीढ़ियाँ चढ़ती हुई वह ठीक अपने फ़्लैट के दरवाज़े तक पहुँची ही थी कि ऊपर, छत की ओर से सीढ़ियाँ उतरता हुआ अमर आया। उसका चेहरा ख़ुशी और उत्तेजना में चमक रहा था। उसने शोभा के हाथ से पिस्तौल ले ली और धड़धड़ाता हुआ सीढ़ियाँ चढ़ने लगा।

"भइया को भी चलाने को देना पिस्तौल। अकेले-अकेले मत चलाना।" शोभा ने अमर को आवाज़ लगाकर कहा।

"नहीं दूँगा...! नहीं दूँगा...!" कहता हुआ अमर ऊपर दौड़ गया।

शोभा रसोई के भीतर गयी। गैस के ऊपर कुकर चढ़ा हुआ था, जिसमें चने की दाल थी। जहाँगीरपुरी से यहाँ अशोक विहार, फ़ेज़ फ़ोर के अम्बेडकर नगर आ जाने के बाद उन्होंने गैस का चूल्हा ले लिया था और सिगड़ी जलानी बन्द कर दी थी। हालाँकि जनता फ़्लैट में बहुत सारे परिवारों में अभी भी सिगड़ी या कैरोसिन के स्टोव में खाना पकता था।

आज वह दोपहर के खाने में घिया-चने की मसालेदार दाल पका रही थी, जो सूरी, चन्दू, अमर, उसे...सभी को बहुत पसन्द थी। इसे बनाना जहाँगीरपुरी में अपने पड़ोस में रहने वाली नत्थो चौधरी से सीखा था, जो अपने शराबी पति को छोड़कर अपने प्रेमी के साथ बिजनौर से दिल्ली भाग आयी थी। वह इसे 'लखदाला' कहती थी। शायद 'लौकी' से 'लख' और 'दाल' से 'दाला' मिलाकर इस व्यंजन का नाम 'लखदाला' रखा गया था। उसने सोचा कि कुकर की सारी सीटियाँ हो जायें, तो वह इत्मीनान से छत पर बैठकर सिलाई का काम करेगी। इस समय भी बारह बजने में पाँच-सात मिनट बाकी थे। उसने गैस-चूल्हे की नॉब घुमाकर बर्नर तेज़ कर दिया।

एक मिनट बाद ही कुकर की पहली सीटी बजी। ज़ोरदार सीटी। देर तक। शायद अब तक ख़ूब सारी भाप भर चुकी थी। पूरी रसोई में सीटी के साथ निकलने वाली भाप की तेज़ पिचकारी के साथ मसालों की ख़ुशबू ज़बरदस्त थी। शोभा के मुँह में पानी भर आया, लेकिन अभी तो पाँच **सीटियाँ** और होनी थीं।

ठीक तभी, जब दूसरी सीटी बजने ही वाली थी, बाहर ज़ोरों का शोर उठा। औरतें और बच्चे ज़ोरों से चीख़-चिल्ला रह थे और छत की ओर सीढ़ियों पर दौड़ते-भागते पैरों की आवाज़ें आ रही थीं।

शोभा डर गयी। कोई दुर्घटना घट गयी। जाने क्यों उसकी आँखों के सामने अचानक अमर का चेहरा घूमने लगा। उसका मन गहरी आशंका से भर उठा।

उसने नॉब घुमाकर गैस बन्द किया और छत की ओर जाने वाली सीढ़ियों की ओर भागी। उसे याद आया, जब उसने फेरीवाले को आवाज़ लगायी थी, तब सूरी ने ठण्डी और मशीन जैसी खरखराती आवाज़ में उससे कहा था, "मम्मी, मेरे लिए भी एक चाइनीज़ पिस्तौल ख़रीद लेना। अलग से।" ऐसा कहते हुए सूरी की आँखें लाल थीं। उसका सिर धीरे-धीरे काँप रहा था। उसके चेहरे में वैसी ही हिंसा की चमक थी, जैसी उस दिन थी, जब वह अमर का टिफ़िन बॉक्स लेकर पार्क की ओर खाना खाने जा रहा था और अमर से उसकी झड़प हुई थी।

अगर शोभा ने खींचकर उसे अलग न किया होता तो वह अपने छोटे भाई अमर का गला दबा देता।

कहीं सूरी ने अमर को छत की रेलिंग से नीचे धक्का तो नहीं दे दिया?

वह 'अमर...अमर...!' चिल्लाती हुई, बदहवास-सी छत तक पहुँची।

अमर रेलिंग के सहारे किसी बुत की तरह चुपचाप खड़ा रो रहा था। उसके हाथ में चीनी पिस्तौल थी।

छत पर जो औरतें बची रह गयी थीं, वे सारी रेलिंग पर झुकी हुई, ज़मीन की ओर देख रही थीं।

शोभा ने नीचे झाँका। नीचे, सड़क पर, जहाँ अभी कुछ ही देर पहले अपनी साइकिल के साथ फेरीवाला खड़ा था, वहाँ भीड़ जमा हो गयी थी। आसपास के ब्लॉक से लोग दौड़ते हुए उसी ओर आ रहे थे।

बिमला साहू, जिसे झगड़ालू और तन्दुरुस्त होने की वजह से सारी औरतें 'मुस्टण्डी' और 'पहलवान' कहती थीं, पीछे से शोभा के पास आयी। उसने उसकी पीठ पर हाथ रखा। वह फूट-फूटकर रो रही थी :

'वो ख़ुद ही उधर रेलिंग तक गया और फिर ख़ुद ही नीचे कूद गया। अचानक।'

उसकी घिग्घियाँ बँधी हुई थीं और पूरा चेहरा आँसुओं से तरबतर था, ''सुसाइड कर डाला तेरे बड़े वाले बेटे ने! मेरी-तेरी छोटी-सी ग़लती को उसने दिल पर ले लिया।''

औरतों ने बताया कि जैसे ही अमर नीचे से चीनी पिस्तौल लेकर आया और उसमें उसने पहली गोली भरकर फ़ायर किया, सूरी को साँस लेने में दिक़्क़त होने लगी। उसने अपनी दोनों हथेलियों से अपने सिर को पकड़ा और डगमगाता हुआ रेलिंग की ओर चला गया।

और फिर...वहाँ से वह चुपचाप नीचे कूद गया।

दिल्ली के निगमबोध घाट पर चन्द्रकान्त ने अपने बेटे सूरी को मुखाग्नि दी और जब धीरे-धीरे चिता की लपटों ने उसकी देह को चारों ओर से घेरना शुरू किया, तभी मैंने पीछे घूमकर देखा।

कुछ दूर पीछे हटकर वह बूढ़ा फ़क़ीर चुपचाप खड़ा हुआ था। उसने एक मैली, पुरानी, फटी हुई चादर ओढ़ रखी थी। दिसम्बर की ठण्ड थी और सारे उत्तर भारत में शीतलहर चल रही थी, जिसमें कई ग़रीब लोग मारे जा चुके थे। वह बूढ़ा फ़क़ीर ठण्ड में काँप रहा था।

यह वही बूढ़ा फ़क़ीर था, जो मुझे और चन्द्रकान्त को कुछ साल पहले हज़रत निज़ामुद्दीन की दरगाह में 'छोटे सरकार' यानी हिन्दी खड़ी बोली के पहले कवि अमीर ख़ुसरो के मज़ार के पास मिला था, और जिसकी आँखें उन चींटियों की तरह लाल थीं, जिनको ख़ुदा ने नींद की नेमत नहीं दी है और जो अपने से तीस गुना अधिक भार अपनी ज़िन्दगी में ढोती रहती हैं।

मुझे अपनी ओर ताक़ते हुए पाकर वह घूमा और वहाँ से जाने लगा। मैंने देखा, उसका सिर उसके धड़ की तुलना में बहुत ज़्यादा बड़ा था, जिसे वह अपनी फटी-पुरानी चादर के भीतर छुपाने की लगातार कोशिश कर रहा था।

अन्त में डब्ल्यू.एच.ओ. का सर्वेक्षण, सूर्यकान्त की डायरी का एक पन्ना और पेंटागन

सूरी यानी सूर्यकान्त सितम्बर, 1995 की किसी तारीख़ को पैदा हुआ था और 25 दिसम्बर, 2004 को दोपहर बारह बजकर चार मिनट पर उसकी मृत्यु हो गयी। उसके जन्म की सही तारीख़ और वक़्त का पता मॉडल टाउन और आदर्श नगर के बीच बने प्राइवेट 'कल्पना हेल्थ सेंटर' नामक अस्पताल के रिकॉर्ड में आज भी कहीं दर्ज होगा, लेकिन उसको जानना मुश्किल है। क्योंकि जिस जगह पर वह अस्पताल होता था, वहाँ अब एक रेस्टोरेंट और उसके ऊपर एक ब्यूटी पार्लर और मसाज सेंटर मौजूद है। 'कल्पना हेल्थ सेंटर' नाम का अस्पताल कहाँ चला गया, कोई नहीं बताता। हाँ, यह ज़रूर पता चला कि दो साल पहले किसी ग़रीब बीमार आदमी का गुर्दा निकालकर बेचने की कोई घटना टीवी चैनल वालों की नज़र में आ गयी थी और वहाँ पुलिस का छापा पड़ा था।

मैं नहीं जानता कि उस अस्पताल में अपने जन्म के नौ महीने पहले जब सूर्यकान्त अपनी माँ शोभा के गर्भ में आया था तो वह उस 'जादू के ग़लीचे' में लगने वाली आग को बुझाने वाले खेल के दौरान आया था, जिसे चन्द्रकान्त और शोभा सारणी से भागकर दिल्ली की जहाँगीरपुरी की गली नम्बर सात के मकान नम्बर ई-3/1 के मियानी के फ़र्श पर वर्षों से खेला करते थे या वह सचमुच उस गन्दे नाले के केंचुए की तरह सरकता हुआ आया था और अपनी माँ के गर्भ में चुपचाप किसी रात प्रवेश कर गया था। उसको जो रोग था, जिसके चलते उसका सिर हर रोज़ बड़ा होता जा रहा था, जिसके कारण डॉक्टरों ने उसकी ज़िन्दगी की मियाद दो से ढाई साल तक तय की थी और जिस रोग का ज़िक्र किसी मेडिकल सांइस की किताब में नहीं था, जिसे चन्द्रकान्त और शोभा 'मैंगोसिल' कहते थे और जिसके वायरस के बारे में सूरी ने ख़ुद ही पता लगाया था, उस रोग से निश्चित ही उसकी मृत्यु नहीं हुई थी।

उसने अपने जीवन का अन्त ख़ुद ही चुना था।

मेरे सामने सूरी की कॉपी का एक पन्ना खुला है। पृष्ठ 56। उसने बहुत सुन्दर अक्षरों में कहीं से किसी कविता की पंक्तियाँ उतारी हैं :

> "यू आर स्टिल अलाइव, यू आर नॉट अलोन येट—
> शी इज़ स्टिल बिसाइड यू, विद हर एम्प्टी हैंड्स,
> एण्ड जॉय रीचेज़ यू बोथ एक्रॉस इम्मेंस प्लेंस,
> थ्रू मिस्टर एण्ड हंगर एण्ड फ़्लाइंग स्नो,
> मिज़रेबल इज़ दि मैन हू रन्स फ्रॉम ए डॉग इन हिज़ शैडो...
> एण्ड पुअर दि वन हू होल्ड्स आउट हिज़ रैग ऑफ लाइफ़ टु बेग मर्सी ऑफ़ ए शैडो..."

(तुम अभी भी ज़िन्दा हो, अब भी तुम अकेले नहीं हो/वह अब भी तुम्हारी बग़ल में है/अपने खाली हाथों के साथ/और ख़ुशियाँ तुम दोनों तक पहुँच रही हैं तमाम मैदानों-पठारों को पार करती हुई/कोहरे और भूख और बर्फ़बारी के आरपार होकर/दयनीय है वह आदमी जो

अपने अँधेरे में एक कुत्ते से डरकर भाग रहा है/और दरिद्र है वह, जो अपनी ज़िन्दगी के फटे चीथड़ों को उठाये हुए/किसी अन्धकार से दया की भीख माँग रहा है।)

यह अनुवाद मैंने जल्दबाज़ी में किया है। इसकी वजह यह है कि मेरे सामने वर्ल्ड हेल्थ ऑर्गेनाइज़ेशन के इस साल के सर्वेक्षण की एक रिपोर्ट है, जिसमें डरावने आँकड़े हैं कि तीसरी दुनिया के ग़रीब देशों के कितने करोड़ बच्चे हर रोज़ कुपोषण, ग़रीबी और गन्दगी के कारण असंख्य जानलेवा बीमारियों के शिकार होते हैं और मर जाते हैं।

लेकिन इसी रिपोर्ट में यह चौंकाने वाली सूचना भी दर्ज है कि पिछले कुछ सालों से इन बच्चों को एक ऐसी बीमारी अपनी चपेट में ले रही है, जिसमें बच्चे का सिर उसके बाक़ी शरीर की तुलना में अधिक तेज़ी से बढ़ता है और उसके मस्तिष्क का व्यवहार अस्वाभाविक हो जाता है। डॉक्टरों के मुताबिक़ इस रोग के कारणों और वायरस आदि का पता अभी नहीं लगाया जा सका है, लेकिन ऐसे बच्चों की उम्र अमूमन दो से ढाई साल तक की होती है। विश्व स्वास्थ्य संगठन की इस रिर्पोट के अनुसार यह बीमारी एड्स की तरह ही बहुत तेज़ी से फैल रही है।

लेकिन सबसे अधिक चौंकाने वाला दस्तावेज़ पेंटागन का है। इथियोपिया, घाना, भारत, बांग्लादेश, इराक़, अफ़गानिस्तान, बोस्निया, फ़िलीस्तीन, कोसावो, श्रीलंका, नामीबिया, निकारागुआ, ब्राजील समेत 67 देशों में ऐसे बच्चे लगातार जन्म ले रहे हैं, जिनका सिर तेज़ी से बड़ा हो रहा है।

यहाँ तक कि ख़ुद अमेरिका, फ्राँस, ब्रिटेन और ऐसे ही विकसित और अमीर कहे जाने वाले देशों में भी। ऐसे बच्चे जिनका दिमाग़ सब कुछ जानता है। वे बच्चों की तरह अबोध और मासूम नहीं हैं।

इन बच्चों के सिर के भीतर स्थित मस्तिष्क की उम्र उनकी स्वाभाविक उम्र से कई गुना ज़्यादा बड़ी है। उस मस्तिष्क में कई शताब्दियों की जैविक-स्मृतियाँ मौजूद हैं। एक तरह से अब तक के इतिहास का एक माइक्रोप्रिंट। उनका डी.एन.ए. अजीब तरीक़े से एक जैसा है।

पेंटागन के मुताबिक़ इस समय के सभी देशों की सभी सरकारों क्रो उन बड़े सिर वाले बच्चों पर निगाह रखनी होगी।

उनकी आइडेंटिटी यह है–

'वे ग़रीब घरों में गन्दगी और कुपोषण के बीच पैदा हुए हैं। उनकी आँखें चींटियों की तरह लाल हैं और उन्हें नींद लगभग नहीं आती।

...और शायद वे सब कुछ जानते हैं!!'

❐❐